W0362464

grafit

Chemnitzer Str. 31, 44139 Dortmund
Internet: http://www.grafit.de
E-Mail: info@grafit.de

Umschlagabbildung: Carsten Hardt, www.carsten-hardt.de
unter Verwendung der Fotos von:
Jurgens de Bruin © www.fotolia.de
SilentWolf © www.istockphoto.com
Cybernesco © www.istockphoto.com
Druck und Bindearbeiten: CPI – Clausen & Bosse, Leck
ISBN 978-3-89425-369-1
4. 5. 6. / 2017 2016 2014

Prolog

»Es war eine verdammte Falle.«

Er hielt den Kopf gesenkt und sprach mit gepresster Stimme, leise und schnell. Die Finger seiner linken Hand spielten nervös am Henkel der Kaffeetasse herum, während er mit der rechten immer noch das daumennagelgroße Glas umklammerte, in dem der Kirsch gewesen war. Er hatte ihn rasch hinuntergestürzt und der Bedienung mit einer weltmännisch gemeinten Handbewegung zu verstehen gegeben, dass das keinesfalls reichte. Nach dem dritten hatte sie die Flasche wortlos auf dem Tisch stehen lassen, doch jetzt bediente er sich nicht mehr davon. Sein zuvor leichenblasses Gesicht hatte durch den Schnaps etwas Farbe bekommen, ein an Cocktailkirschen erinnerndes Rot überzog nun fleckig seine jungenhaften Züge, die er seinem Alter entsprechend mit einer betont männlichen Mimik zu überspielen versuchte. Er zuckte mit den Mundwinkeln, schob das Kinn vor und zog den Rotz hoch, bis ich ihm ungeduldig zu verstehen gab, dass wir unter uns seien und er auf das Grimassenschneiden bis auf Weiteres verzichten dürfe. Worauf er unsicher grinste und sich etwas zurücklehnte. Die Baseballmütze, die er verkehrt herum trug, das darunter hervorquellende, leuchtend orange gefärbte Haar und die willkürlich sprießenden Bartstoppeln ließen ihn im gedämpften Licht des Lokals jünger erscheinen, als er war. Ness hatte gesagt, dass er vierundzwanzig sei, doch im Moment wirkte er wie achtzehn. Wie ein Achtzehnjähriger, der gerade Todesangst ausgestanden hatte.

Der dunkle Holzboden knarrte verhalten, als die Bedienung, eine robuste, aber hübsche Frau mit breiten Wangenknochen und slawischem Akzent, erneut an den Tisch trat und sich nach weiteren Wünschen erkundigte. Er winkte ab und brachte dabei sogar ein angedeutetes Lächeln zustande. Ich fragte mich, ob sie seine scharfen Körperausdünstungen auch wahrnahm. Ungelüftete Fußballergarderobe trifft auf Schlachthaus. Er hatte zwar nur eine Woche in einer abgelegenen Alphütte verbracht, doch mir verschlug es noch immer den Atem, wenn er eine hastige Bewegung machte und ein Luftzug aus seiner Richtung herüberwehte. Aber wahrscheinlich war die Kellnerin stark erkältet oder ihr Mann roch ähnlich. Sie ließ sich jedenfalls nichts anmerken, lächelte nur und verzog sich wieder hinter den Tresen.

Zu Beginn hatte ich befürchtet, gar nichts aus ihm herauszubekommen. Nervös zappelnd wie ein überzuckertes Schulkind war er auf dem Stuhl gesessen und hatte herumgedruckst. Doch dann hatte er plötzlich tief Luft geholt und erzählt.

»Wir gingen hinein und legten unsere Ware auf den Tisch, danach wurden wir mit Getränken und Sandwiches versorgt. Bis dahin war alles cool, alles voll easy. Ich wartete auf die Kohle und wollte danach so rasch wie möglich abhauen.«

Ich beobachtete ihn, während er sich auf seine Geschichte konzentrierte und das Licht der Lampe dunkle Schatten in sein Gesicht kerbte.

»Doch plötzlich veränderte sich die Stimmung, und ich dachte noch, aber hallo, was für eine abgefahrene Sache ist denn das. Die Spannung stieg spürbar, es war, als rückten sie näher, und sie hatten alle diesen merkwürdigen Blick drauf. Drohend, gefährlich und irgendwie auch gierig. Lüstern. War echt krass, Mann.«

Wir waren mittlerweile beinahe allein im Lokal. Die Stunde derjenigen, die vor dem Abendessen noch schnell auf ein Glas oder zwei reingeschaut hatten, um sich Mut für den ehelichen Samstagabend anzutrinken, war vorbei, die Wanderer und Wochenendausflügler hatten sich längst auf den Weg ins Tal begeben. Die Kellnerin räumte Tische ab, wischte mit einem Lappen nach und trug dann das volle Tablett zur Anrichte, wo sie alles in eine Spülmaschine füllte. Die rot-weiß karierten Tischtücher und die dazu passenden Vorhänge gaukelten genau jene Heimeligkeit der heilen Schweiz vor, die bei Touristen so beliebt war, das dunkle, beinahe schwarze Holz, aus dem Wände, Decke und sogar die Bodendielen gefertig waren, ließ den Raum kleiner erscheinen, als er war. Kunstvoll geschmiedete Hängelampen aus Gusseisen spendeten ein warmes, sanftes Licht.

Der Junge räusperte sich, blickte kurz über die Schulter zur Theke und schien zu zögern. Seine Finger spielten am Tischreiter herum. *Coupe Nesselrode, 8.50 Franken,* stand auf der eingeschobenen Karte, dazu ein Foto: Vanilleeis im Glas, darüber Kastanienpüree, eine Sahnehaube und zuoberst die obligatorische rot glänzende Kirsche. Ein Klassiker im Herbst. Seine Finger bogen die Karte unsanft um und rissen sie langsam in Stücke.

»Und dann ließ der dicke Chinese plötzlich sein Glas fallen. Es war, als wäre der Bann gebrochen. Alle zuckten zusammen, und ich sprang, ohne zu überlegen, zur Tür, riss sie auf und rannte, wie ich noch nie in meinem Leben gerannt bin.«

Montag

Sechs Tage zuvor beobachtete ich, wie sich eine Kakerlake vergeblich anstrengte, mein brandneues Handy zu besteigen. Das Telefon war mir von einem äußerst freundlichen Verkäufer mit gelgetränkter Igelfrisur aufgeschwatzt worden und verfügte über unvorstellbar viele Funktionen, die dem durchschnittlichen Benutzer das Gefühl geben sollten, dass es sich hierbei mindestens um die Fernsteuerung eines Raumschiffes handelte. Die Kakerlake versuchte hartnäckig, mit ihren dürren Beinchen Halt auf der glatten Oberfläche zu finden, bis ich sie zwischen Daumen und Zeigefinger klemmte, mich kurz an ihrem verzweifelten Gezappel ergötzte und daran dachte, dass sie in gewissen Ländern als Delikatesse gehandelt wurde, den darauf folgenden Gedanken trotz meines knurrenden Magens im Keim erstickte und sie aus dem Fenster hinter mir warf, das der ungewohnten Hitze wegen weit offen stand. Ein Jahrhundertherbst, unkten die Meteorologen im Fernsehen, aber da das Wort ›Jahrhundert‹ in den letzten Jahren im Zusammenhang mit ungewöhnlichem Wetterverhalten beinahe inflationär benutzt wurde, war man allgemein wenig beeindruckt und genoss die warmen Septembertage, ohne sich allzu viele Gedanken dazu zu machen. Jedenfalls ich. Ich hatte ganz andere Probleme.

Vorsichtig hob ich das Telefon hoch und drückte die grüne Taste. Der Signalton erklang auf der Stelle, das Telefon schien tadellos zu funktionieren. Drei Tage waren jetzt vergangen, und es hatte keinen einzigen eingehenden Anruf vermeldet. Diejenigen meiner Mutter ausgenommen. Ich seufzte, lehnte mich in meinem im Brockenhaus erstandenen Bürosessel zurück und starrte an die Decke. Sie war übersät von bräunlichen Wasserflecken und erinnerte an ein T-Shirt aus dem Anfängerkurs für Batik. Seit sechs Jahren wohnte ich jetzt schon in dieser Wohnung an der Dienerstrasse in Zürichs Kreis 4 und hatte mich längst an ihre Mängel, die damals in der Anzeige mit *charmanter Altbau im Originalzustand* umschrieben worden waren, gewöhnt. Dafür war die Miete akzeptabel und meine Nachbarschaft störte sich nicht daran, wenn ich nachts lautstark Musik laufen ließ. Vielleicht auch deshalb, weil sie sie in dem ganzen Lärm, den sie selbst veranstaltete, gar nicht hörte.

Nachdem ich endlich im Besitz meiner Lizenz war, hatte ich mein Wohnzimmer stilsicher in eine Art Büro umgewandelt. Das heißt, das abgewetzte Sofa stand jetzt direkt neben der Wohnungstür, falls ein unvorhergesehener Andrang meine Klienten zwingen würde zu warten. Davor ein niedriger Tisch mit ein paar zerfledderten Illustrierten. Den Fernseher hatte ich ins Schlafzimmer verbannt, das sich im zweiten Raum meiner Zweizimmerwohnung befand, er schuf Platz für einen großen, dunklen Schreibtisch, denn ein großer, dunkler Schreibtisch ist zusammen mit schräg gestellten Jalousien das A und O jedes Detektivbüros, das weiß jeder, der ab und zu fernsieht. Dazu gab es einen Gummibaum und irgendeine Pflanze mit elliptischen Blättern, die gelb umrandet waren. Ich fand sie hübsch und sie war billig gewesen – was absolut nichts mit meinem Frauengeschmack zu tun hatte.

Direkt gegenüber dem Sofa stand eine indische Truhe, dunkles Tropenholz mit verschnörkelten Schnitzereien, Kolonialkitsch, aber ich konnte mir vorstellen, dass gewisse

Leute darauf abfuhren. Ein paar Halter für Räucherstäbchen vervollständigten zusammen mit einer handgroßen, rosafarbenen Ganesha-Statue, dem hinduistischen Gott mit dem hässlichen Elefantenkopf, die Ethnoecke. Ich wollte es nicht übertreiben, aber schließlich muss man sich irgendwie von der Konkurrenz abheben.

Am meisten mit Stolz erfüllte mich aber mein Namensschild, das unten bei der Klingel neben dem Hauseingang hing und dann noch einmal im dritten Stock an der Wohnungstür. V. J. KUMAR, PRIVATERMITTLUNGEN, stand da in schwarzen Lettern auf einer brandneuen, blank polierten Messingplakette eingraviert, die sich wie ein Goldfisch im Haifischbecken von den anderen Namensschildern und den dazugehörigen Klingelknöpfen abhob, die geschwärzt von den Abgasen des Durchgangsverkehrs und dem häufigen Gebrauch durch denselben beinahe unleserlich geworden waren. Meinen etwas umständlichen, aber typisch indischen Vornamen Vijay hatte ich zum international verständlichen Kürzel V. J. zusammengeschrumpft, etwas, das enorm wichtig war in einer von exotischen Namen dominierten Nachbarschaft, die hauptsächlich aus Prostituierten und Dealern bestand. Meiner potenziellen Kundschaft.

»Hai rabba!«, hatte meine Mutter händeringend gejammert. »Mein Sohn ist nicht nur unnütz, sondern offensichtlich auch noch komplett verrückt geworden. *Pagal ho gaya.* Hätte ich doch an seiner Stelle eine sanftmütige und folgsame Tochter geboren! Ohne Widerrede hätte die ihre alte Mutter im Haushalt und im Geschäft unterstützt und nach ihrem Schulabschluss hätte man sie dank der soliden Schweizer Ausbildung und ihrer Jungfräulichkeit gewinnbringend mit einem jungen Mann aus Mumbais besseren Kreisen verheiraten können. Das wäre dann der ganzen

Familie zugutegekommen. Aber der! Da zahlt sich keine einzige investierte Rupie aus!«

Sie fixierte mich mit diesem Blick, den sie indischen Frauen schon im Kindesalter beibringen und den jede von ihnen perfekt beherrscht: eine Mischung aus Vorwurf, unbeschreiblichem Seelenleid und einer üppigen Portion Melodramatik. Ich kriegte auf der Stelle ein schlechtes Gewissen, dieser Blick verfehlte seine Wirkung nie.

Vijay bedeutete ›der Sieger‹, und ein Sieger wollte ich auch sein. Ich war gerade dreißig geworden, hatte ein wenig studiert, war ein wenig herumgereist und hatte meinen Vater und meine Mutter, die vor mehr als drei Jahrzehnten in die Schweiz gekommen waren und sich mühsam eine eigene Existenz aufgebaut hatten, damit beinahe zur Verzweiflung getrieben. Doch jetzt hatte ich nach dem erfolgreich absolvierten Fernkurs immerhin eine abgeschlossene Ausbildung als Privatdetektiv vorzuweisen und war selbstständig.

Zumindest momentan.

Noch war ich nicht ganz so erfolgreich, wie mein Businessplan es vorsah, doch wenn ich auf mein Bankkonto schielte, würde ich noch mindestens zwei Wochen auf eigenen Beinen stehen können, wenn ich eine Mahlzeit am Tag ausließ und eine andere in flüssiger Form zu mir nahm. Und ich war bereit, noch viel mehr tun, damit das Geld länger reichte. Denn das Letzte, was ich wollte, war, zurück in den Laden meiner Mutter zu gehen, um dort hinter dem Tresen zu stehen und im Dunst der ständig brodelnden Pfannen ihre selbst gebackenen Samosas zu verkaufen.

Ich schlug die Zeitung auf, die ich vor mir auf dem Tisch liegen hatte. Es war eine dieser Gratiszeitungen, wie sie einem am Bahnhof von bereits frühmorgens beängstigend gut gelaunten Studenten aufgedrängt wurden. Auf die Titelseite hatte es ein junger Mann geschafft, besser gesagt seine übel zugerichtete Leiche, die man in der Limmat gefunden hatte. Noch stand die Polizei vor einem Rätsel, weder Identität noch Todesursache waren geklärt. Das Foto über dem kurzen Bericht zeigte eine wenig geglückte Aufnahme eines Mitarbeiters des Elektrizitätswerks Letten, der mit betrübter Miene und ausgestrecktem Arm auf die Rechenanlage zeigte, wo die Leiche zusammen mit benutzten Kondomen und leeren PET-Flaschen angeschwemmt worden war. Rasch blätterte ich weiter und betrachtete im Anzeigenteil nicht ohne Stolz das Inserat. *V. J. Kumar, Privatermittlungen,* stand da, darunter meine Telefonnummer, meine E-Mail- und Internetadresse.

Seitdem ich meine Homepage vor drei Tagen online gestellt hatte, zeigte der Zähler schon vier Besucher an. Zweimal war ich selbst es gewesen, um zu überprüfen, wie die von meinem Kumpel José gestaltete Seite wirkte. Er arbeitete als Journalist bei eben diesem Gratisblatt und dank ihm wurde die Anzeige auch nicht ganz so teuer. Dafür hatte ich versprochen, mit ihm einen Abend in der *Centralbar* beim Helvetiaplatz zu verbringen, wo der gesamte Abend auf mich gehen sollte. Was mich bei seiner Trinkfestigkeit letztendlich wohl mehr kosten würde als eine reguläre Anzeige.

Einmal hatte sich meine Mutter die Seite angesehen, als tüchtige und erfolgreiche Ladeninhaberin kannte sie sich gut mit Computern aus. Lediglich mit dem Internet hatte sie manchmal ihre liebe Mühe. Schon mehr als einmal musste ich ihren Bildschirm von Myriaden wild blinkender Sites mit unzweideutigen Inhalten befreien.

»Keine Ahnung«, war die übliche, kurz angebundene Antwort auf die Frage, wie sie denn dahin gekommen sei, während sie angestrengt und mit geröteten Wangen in einem Topf rührte oder tief gebückt ein Gestell auffüllte, um meinem spöttischen Blick auszuweichen.

»Das ist alles, *Beta,* mein Sohn?«, fragte sie zweifelnd, als sie sich meine spartanisch, aber meines Erachtens stilvoll gehaltene Homepage anschaute. Ob sich ihre Skepsis auf die Gestaltung der Seite bezog oder meinen Geisteszustand, war nicht genau zu eruieren.

»Da sollten mehr Farben sein, Muster und Ornamente, die Leute mögen es fröhlich«, bemängelte sie. »So was erwarten die Schweizer von uns Indern! Sonst wirst du nie erfolgreich!«

»Ma, ich bin kein Teppichhändler auf dem Basar in Agra, sondern ein Privatdetektiv!«, erwiderte ich entsetzt.

Sie zuckte mit den Schultern. »*Acha.* Gut. Wenn du meinst.«

Den vierten Besucher meiner Homepage kannte ich nicht, folgerichtig war er der erste potenzielle Kunde. Es bestand Hoffnung.

Flüchtig las ich die Anzeigenseite. Ein Inserat von Madame Bonheur, gleich unter meinem, versprach Glück in Liebe und Beruf, Madame pendelte, legte Karten und las Kaffeesatz, auch am Telefon, darüber drohte Domina Paulina härteste Bestrafung für den diskreten Geschäftsmann, ab siebzehn Uhr, an. Ich befand mich wieder mal in bester Gesellschaft.

Ich musste kurz eingenickt sein, denn als ich erwachte, erfüllte goldenes Nachmittagslicht den Raum. Ganesha lächelte selig und irgendwie ein wenig beduselt vor sich hin, Staub tanzte in der Luft, und es roch nach gebratenem Lammfleisch und Zwiebeln, was auf das immer noch offen stehende Fenster und die tausendundeinen Kebabstände der nahe gelegenen Langstrasse zurückzuführen war. Irgendwoher erklang ein summendes Geräusch, und der Tisch vibrierte leicht. Es dauerte dennoch zwei oder drei weitere Sekunden, bis ich begriff. Mein Telefon klingelte! Ich sprang auf, und während ich es zum Ohr führte, dachte ich einmal mehr daran, den Klingelton zu ändern, dieses halbseidene Gesumme war ziemlich uncool für einen richtigen Detektiv.

»Herr Kummer?«

Ich bejahte, ohne zu korrigieren.

»Ich brauche Sie dringend!«

»Natürlich«, erwiderte ich und grübelte darüber nach, wer aus meinem Bekanntenkreis sich da einen Scherz mit mir erlaubte. Es war eine hohe, weinerliche Stimme, die einer etwa fünfundvierzigjährigen Frau gehörte, so schätzte ich. Ich kannte keine Frauen in dem Alter, jedenfalls nicht näher und schon gar nicht solche, die akzentfrei Deutsch sprachen. »Was kann ich für Sie tun?«

»Das kann ich Ihnen nicht am Telefon mitteilen. Wären Sie so nett und würden kurz zu mir rausfahren?«

Ich brummte abwägend, raschelte mit der Zeitung und hoffte, dass das wenigstens ein bisschen nach übervoller Agenda klang. Dann war ich so nett. Sie gab mir die Adresse. Beste Wohnlage auf der linken Seeseite, noch in der Stadt. Ein guter Anfang, dachte ich.

Ich hatte ja nicht den Hauch einer Ahnung.

Auf der Suche nach einem Parkplatz fuhr ich im Schritttempo durchs Quartier. Einmal mehr stellte ich fest, wie provinziell und reizlos Wollishofen war mit seiner konzeptfreien Mischung aus abgehalfterten Mietblöcken aus den Sechzigerjahren, den dörflich wirkenden Wohnhäusern mit

Kleingewerbe im Erdgeschoss und den unzähligen gesicht losen Geschäftsgebäuden, die sich entlang der Seestrasse dicht aneinanderdrängten – und wie hübsch und gepflegt oberhalb der Tramlinie, wo der Hügelzug sanft anstieg und schmale Einbahnsträßchen zu umzäunten und schmuck bepflanzten Grundstücken führten, wo meist im Hintergrund von Bäumen gut getarnt eine Villa lauerte. Ich parkierte meinen hellblauen Volkswagen, einen klapprigen Käfer, den ich von meinen Eltern zum zwanzigsten Geburtstag geschenkt bekommen hatte, vorschriftswidrig auf dem Gehsteig, denn ein regulärer Parkplatz war nicht auszumachen.

Sofort fiel mir die Stille auf, die hier herrschte. Weit unten glitzerte unverdrossen der Zürichsee und spielte mit seinen Schiffchen und den von Sonnenhungrigen dicht besiedelten Ufern weiterhin Sommer. Irgendwoher aus der Ferne drang verhalten das einlullende Rauschen der Straße. Ansonsten war nur das zögernde Tschilpen einer Amsel zu hören. Es schien, als hätten die Bewohner des Viertels beim Bingo gestern Abend allesamt eine Kreuzfahrt gewonnen oder zumindest so viel getrunken, dass sie vor lauter Kopfschmerzen nur auf Zehenspitzen herumliefen. Andererseits war das nicht die Gegend, in der man es nötig hatte, Bingo zu spielen, und getrunken wurde auch nie zu viel. Zumindest nicht in der Öffentlichkeit.

Ich betrachtete das Haus, das mir meine allererste Klientin als Adresse angegeben hatte. Es wirkte im Gegensatz zu den umliegenden Protzvillen eher bescheiden und lag etwas nach hinten versetzt und geduckt am Ende eines gewundenen Kieswegs. Die Fassade bröckelte stellenweise, Risse zogen sich durch den Verputz, und auf den ehemals rostroten Dachziegeln wucherte Moos, aber das betonte den Charme und den Stil des zweistöckigen Gebäudes eher noch.

Es war umgeben von einem dicht bewachsenen Garten, den man dringend wieder einmal hätte jäten müssen. Wobei roden oder abfackeln wohl sinnvoller gewesen wäre.

Heckenrosen säumten den Kiesweg, ihre roten Früchte glühten in der Abendsonne, leuchtend orange Kürbisse lagen herum wie übrig gebliebene Luftballons von einer Party für Riesenkinder, ansonsten war aber deutlich zu sehen, dass der Herbst nahe war und das Anwesen verwahrloste. Vertrocknete Blütenstände überall, geplatzte Samenschoten, abgestorbenes, zum Teil verfaultes Gemüse, ein Meer aus Braun und Algengrün und Schwarz.

Ich drückte mit der Hand das schmiedeeiserne Gartentor auf, worauf es klagend wimmerte. Ein aufgeschrecktes Rascheln ließ mich nach oben blicken, in die Äste einer Linde. Neugierig spähte ich in das goldgelbe Blattwerk, doch das Rascheln war verstummt und nichts regte sich mehr.

Voller Elan sprang ich die drei Stufen zur Haustür hinauf, überflog das Namensschild und drückte beherzt auf die Klingel. Aus dem Innern des Hauses war gedämpft der verspielte Klang eines Glockenspiels zu hören. Während ich wartete, las ich das Namensschild erneut. *Barbara Georget,* stand darauf, und irgendwie erinnerte mich der Name an etwas – etwas, das mir schon seit ihrem Anruf im Kopf herumgeschwirrt war. Ich kam nur nicht darauf. Doch ich hatte keine Zeit zum Überlegen, denn die Tür schwang auf und der üppigste Schmetterling, den ich je gesehen hatte, stand vor mir. Mit gespreizten Flügeln hing er im Türrahmen. Feinster, beinahe transparenter Stoff floss in Ocker und Orange an ihm herunter, verziert mit goldfarbenen und schwarzen Ornamenten, die offensichtlich ein von epileptischen Anfällen geschütteltes Kind aufgemalt hatte. Mitten in dieser wilden Pracht kauerte ein teigiges, rundes Gesicht in einem Nest von goldenen Halsketten und beäugte mich argwöhnisch. Ich lächelte vorsichtig.

Der Schmetterling wackelte mit dem Kopf, und die silbergrau getönte Krystle-Carrington-Frisur erschauderte. Dann lächelte er auch.

»Herr Kummer, nehme ich an?«, flötete er mit gespitzten Lippen, und jetzt erkannte ich die Stimme wieder. Fünfundvierzig war eine wohlwollende Schätzung gewesen.

»Frau Georget?«

»Babsi, für Sie.«

Irgendetwas rastete in meinem Kopf ein. Sie lächelte erneut, und ihr Doppelkinn vervielfachte sich, als sie mir zunickte, dann senkte sie die Arme, mit denen sie sich beidseitig am Türrahmen abgestützt hatte. Mit einem leisen Seufzen fiel das bunte Seidenkleid in sich zusammen und blieb schlaff über ihren Rundungen hängen. Damit war auch die Illusion des Schmetterlings verpufft, übrig blieb eine dickliche, überkandidelt angezogene Raupe.

»Kommen Sie.«

Der sandelholzschwere Duft von Räucherstäbchen schlug mir entgegen, als ich ihr ins Haus folgte. Während sie vor mir her durch den Flur ging, rasselte es aus ihrem kaftanartigen Kleid andauernd, als versteckte sich die Percussiontruppe von *Earth, Wind and Fire* darunter. Wie ein zerschlissener Vorhang flatterte es um ihren Körper, und ich war nicht unglücklich, dass der Stoff nur beinahe transparent war. In diesem Moment wandte sie den Kopf und lächelte mich über die Schulter hinweg an. Ich lächelte zurück und stellte überrascht fest, dass sie dabei unglaublich sexy wirkte. Erst jetzt bemerkte ich, wie elegant, ja beinahe tänzelnd sie sich trotz ihrer körperlichen Fülle bewegte. Das Haar hüpfte fröhlich auf ihren Schultern, die Hüften wogten nach links, dann nach rechts, sodass ich ein bisschen um die Vasen und Götterstatuen fürchtete, die den Korridor zum Wohnzimmer säumten.

Dort angelangt, drehte sie erst mal eine schwungvolle Pirouette. Ihr Kleid bauschte sich auf, und *Earth, Wind and Fire* rasselten einen Tusch. Sie breitete die Arme aus wie ein Zirkusdirektor, der gerade eine Sensation ankündigt, und sah mich Beifall heischend an. Ich ließ meinen Blick durch den Raum schweifen und augenblicklich wurde mir schwindelig. Als ich mich einigermaßen gefasst hatte, fixierte ich einen hüfthohen handgeschnitzten Elefanten aus Teakholz und Stoßzähnen aus wahrscheinlich echtem Elfenbein und machte ein beeindrucktes Gesicht. Das Wohnzimmer sah aus, als hätte sie einen Souvenirladen in Mumbais Touristenmeile komplett ausgeraubt und das Diebesgut auf der Flucht vor der Geschmackspolizei eiligst in ihrem Wohnzimmer verstauen müssen. Auf dem Boden überlappten sich Orientteppiche in wilden Farbmischungen, darauf lagen massenweise verzierte Kissen, Seidentücher mit goldbestickten Borten hingen an den Wänden, in einer Ecke thronte im Schein flackernder Kerzen eine Nachbildung des Taj Mahal aus weißem Marmor, Statuen von mindestens dreitausend indischen Gottheiten aus Holz und Stein, und ein paar besonders farbenfrohe aus Plastik türmten sich auf einem dunklen Gestell zu meiner Linken, daneben befand sich ein buddhistischer Altar samt bronzenem Gong.

Ich schloss kurz die Augen, doch hinter meinen Lidern tanzten die Farben weiter, eine Orgie aus Gold, Orange, Hellblau, Safrangelb, Tannengrün und Purpurrot.

Räucherstäbchen qualmten mir die Atemluft weg und tauchten den ganzen Raum in ein nebliges Licht, als fände gleich ein Auftritt von Siegfried & Roy statt. Vor den raumhohen Fenstern standen Tablas in drei verschiedenen Größen, daneben lag ein Sitar. Das Einzige, was fehlte, war ein umtriebiger Verkäufer mit betelroten Zähnen und einem halbblinden Auge, der händereibend um mich herumscharwenzelte. Vorsichtig blickte ich mich um, ob nicht doch noch einer hinter einem bestickten Lederhocker hervorhüpfte.

»Sind Sie Türke?«, fragte Babsi.

»Inder.«

»Ach sooo!« Sie dehnte das ›o‹ so lange, bis es in einem heiseren Knurren versickerte.

»Namaste!«, sagte sie und sah mich dabei erwartungsvoll an, als erwarte sie, dass ich jetzt aufspränge und im Bollywoodstil zu tanzen begänne, mit dem Kopf wackeln oder ein paar lustige Grimassen schneiden würde. Ich tat ihr den Gefallen nicht. Sie starrte mich weiterhin an.

»Sie sind groß für einen Inder«, sagte sie nach einer Weile und ihr Blick glitt unverschämt langsam über meinen Körper.

»Das Schweizer Essen wahrscheinlich.« Ich grinste und hoffte, dass sie das lustig fände. Tat sie nicht. Sie hielt inne und legte den Kopf schief, als wäre da noch ein Rest Badewasser in ihrem Ohr. Die Stille wurde drückend. »Ich hätte immer gern indisch kochen gelernt«, sagte sie plötzlich im weinerlichen Tonfall eines Schulmädchens, dem man das ausdrücklich verboten hatte.

»Sie mögen Indien«, bemerkte ich wenig einfallsreich. Babsi blickte sich in dem Raum um, als sähe sie ihn zum ersten Mal.

»Alles aus Colaba!«, sagte sie dann stolz.

»Hätte ich nicht gedacht.«

»Indien ist mein zweites Zuhause.« Sie nickte zur Bekräftigung. »Eigentlich mein erstes. Nur dort kann ich sein, wer ich wirklich bin.«

Ich lächelte diplomatisch und versuchte, die Bilder von meinem letzten Zwischenstopp in Goa zu verdrängen. Doch die Diashow in meinem Kopf lief bereits, und sie tauchten wieder vor mir auf, die mittelalten, mittelwohlhabenden, mittelfrustrierten, mittelausgebrannten, mitteleuropäischen Frauen und Männer, die sich in quietschbunter Piratenkleidung, die sie aus irgendeinem irrigen Grund für indisch hielten, am Strand die Ödnis aus der Seele trommelten, tanzten, rauchten. Die fasteten, sangen, meditierten, sich Darm und Stirnhöhlen mit heißem Öl ausspülen ließen und nachts auf harten Pritschen schliefen, nur um zurück im Büro ihrem Chef den Kaffee mit ein wenig mehr Selbstachtung bringen zu können.

»Kann ich Ihnen etwas zu trinken anbieten?«

Ich knipste die Diashow aus und bejahte. Während sie in der Küche verschwand, um irgendwelche Yogitees aufzugießen, sah ich mich nach einem Sofa um. Ich fand keins. Vielleicht entdeckte ich es aber in dem ganzen Kram auch einfach nicht. Was mir hingegen auffiel, war eine schwere Truhe aus dunklem Holz, die mit filigranen Schnitzereien verziert war. Auf dem Deckel ausgebreitet lag ein Seidentuch in leuchtenden Rottönen, darauf standen etliche Fotorahmen, goldene Schallplattenauszeichnungen, Preise, die sie für ihr Schaffen erhalten hatte in Form von Urkunden und Trophäen. Endlich wusste ich, weshalb sie mir auf Anhieb so bekannt vorgekommen war. Ich griff nach einem Foto. Obwohl es schwarz-weiß war und die Jahre im Räucherstäbchendunst mehr schlecht als recht überstanden hatte, war es unübersehbar: Sie war einmal wirklich schön gewesen. Eine Frau mit Stil. Babsi National, so ihr Übername, das wohl berühmteste Schweizer Fotomodell. Daneben war sie ein bisschen Sängerin gewesen, mit einem einzigen großen Hit, den selbst heute noch jedes Kind nachträllern konnte, und hatte sich als Schauspielerin, Schriftstellerin, die es auf ein gutes halbes Dutzend Autobiografien, Diätbücher und Lebensratgeber brachte, und Bardame versucht. Letzteres allerdings nicht zeitgleich mit dem Rest. Sie war immerhin beinahe ein Weltstar, an den sich heute leider nur noch wenige erinnerten. Nur ab und zu tauchte sie noch in der Klatschpresse auf, meist wegen eines neuen, wesentlich jüngeren Mannes an ihrer Seite.

»Das ist lange her.« Geräuschlos hatte sie den Raum betreten. »Ich lebe jetzt und hier, die Vergangenheit ist nichts anderes mehr als Dekoration auf einer Mahagonitruhe.« Sie kicherte, als hätte sie soeben jemandem einen besonders lustigen Streich gespielt. »Kommen Sie.«

In den Händen hielt sie ein Tablett mit Gläsern und einer kunstvoll geformten Flasche eitergelben Inhalts. Also doch kein Yogitee. Das Exmodel, das mehr Ex war als Model, begann, mir allmählich sympathisch zu werden.

Sie wies mit dem Kinn zu einem Haufen Kissen, ich blickte mich um und klemmte mir dann beherzt einen bestickten, dunkelblauen Lederhocker zwischen die Beine, der sofort auf der einen Seite nachgab, sodass ich schräg auf ihm saß. Ich platzierte meine Füße breit auseinander und war stolz, dass ich noch nicht am Boden lag. Ein feines Lächeln umspielte ihre Lippen, als sie sich elegant im Schneidersitz auf einem der Teppiche niederließ.

»Eierlikör?«

Ich sah keine Alternative und sie nicht danach aus, als ob sie sich demnächst wieder erheben wollte. Also nickte ich.

»Weshalb haben Sie mich angerufen?«

Ohne auf meine Frage einzugehen, schenkte sie die beiden Gläschen voll und streckte mir dann eines davon entgegen. »Zum Wohl, Herr Kummer, auf eine gute Zusammenarbeit!«

Ihr Kopf kippte nach hinten und gab den Blick frei auf einen faltigen Schildkrötenhals, in den die Goldketten Jahresringe gestanzt hatten. Sie leerte das Glas in einem Zug und schenkte sich gleich wieder nach. Vorsichtig nippte ich an dem Likör, versuchte, das Gesicht nicht zu verziehen, und tat es ihr gleich. Auch bei mir war das Glas sofort wieder voll. Gebannt verfolgte ich, wie sie das zweite Glas in ihren Schlund schüttete, und als die empörten Ketten um ihren Hals aufgehört hatten zu rasseln, wiederholte ich meine Frage.

»Marie Antoinette!«, erwiderte sie, als sei damit alles geklärt.

»Ach so!«

»Musik?« Ohne eine Antwort abzuwarten, sprang sie auf, behände wie ein junges Zicklein, ihre Bewegungen schienen die Gravität außer Kraft zu setzen. Der Saum ihres Kleides strich wie ein Lufthauch über meine Schulter, als sie an mir vorbeischoss. Sie nestelte in einer Ecke des Raumes herum, eine CD-Hülle wurde auf- und zugeklappt, worauf wildes Tablagetrommel erklang, ein Sitar stimmte mit ein und ließ den Raum vibrieren, und schließlich setzte eine unnatürlich hohe Frauenstimme dazu an, an der Grenze zur Hysterie etwas zu beklagen. Nahm ich mal an. Oder vielleicht freute sie sich auch. Man weiß das bei Inderinnen nie so genau.

»Ich mag große orientalische Männer«, gurrte Babsi in einer plötzlich viel tieferen Stimmlage. Ich wandte mich zu ihr um und schluckte leer.

»Marie Antoinette?«, versuchte ich, den hauchdünnen Faden wieder aufzunehmen. Babsi hatte sich nicht wieder gesetzt, sie wiegte sich mit geschlossenen Augen im Takt der Musik und schien mich komplett vergessen zu haben.

»Frau Georget. Babsi. Ich werde Ihnen diese Zeit berechnen.«

Sie schlug die Augen auf und bedachte mich mit einem mitleidigen Blick. »So korrumpiert hat Sie die westliche Welt bereits. Also wirklich, Sie sollten sich was schämen. *Atman, Karma, Samsara.* Bedeutet Ihnen das alles nichts mehr?«

Wieder so eine, die glaubte, mit dem Runterbeten einiger Begriffe in Sanskrit sei das Gröbste erledigt und ewiges Seelenheil garantiert. Ich seufzte verhalten, und sie warf mir einen strafenden Blick zu. »Es gibt Wichtigeres als Geld und Profit, Ihre Ahnen haben das noch gewusst.«

Ich wollte gerade erwidern, dass sie das bitte schön meinem Vermieter und dem Steueramt mitteilen solle, doch sie hatte die Augen bereits wieder geschlossen und summte die wilden Melodiebögen mit.

»Marie Antoinette!«, versuchte ich es erneut. Langsam war ich genervt.

»Ist meine Perserkatze. Sie ist verschwunden. Und Sie sollen sie wiederfinden.« Sie starrte mich herausfordernd an. Ebenso gut hätte sie mich ohrfeigen können. Mein erster Fall sollte also die Suche nach einer dämlichen Katze sein. Ich sah mich bereits auf Bäume steigen, Nachbarn befragen, in Straßengräben rumstochern und Tierheime abklappern.

»Wann …?«

»Wann ich sie zum letzten Mal gesehen habe?« Sie musterte mich kühl, als traute sie mir plötzlich nicht mehr zu, das Viech zu finden.

»Genau.«

Sie setzte sich wieder und schenkte sich einen weiteren Likör ein, den sie wie die vorherigen unverzüglich ihrem

Körper zuführte. Dann drückte sie Daumen und Zeigefinger ihrer rechten Hand gegen ihre Stirn und schien zu überlegen. Ich wartete. Die hysterische Inderin war zum Schweigen gebracht worden, jetzt waren nur noch Tablas zu hören, leise und in einem scheinbar willkürlich geschlagenen, einlullenden Rhythmus. Sie senkte die Hand und starrte wie in Trance vor sich hin. Die Zeit schien den Atem anzuhalten. Staubpartikel tanzten im bronzefarbenen Licht der letzten Sonnenstrahlen. Ich räusperte mich, sie verharrte reglos, und in Schanghai wurden zwei Wolkenkratzer gebaut. Draußen fuhr irgendwann ein Auto vorbei. Meine Geduld neigte sich ihrem Ende zu. »Wann haben Sie Ihre Katze zuletzt gesehen, Frau Georget?«

Unvermittelt hob sie den Kopf und blickte mich direkt an. Ihre Augen verzogen sich wohlig zu schmalen Schlitzen, wie bei einer Mieze auf der warmen Ofenbank. Dann wanderte ihre Hand zielstrebig unter eine der unzähligen Falten ihres Kleides, und plötzlich lag ein Teil ihres Schenkels frei. Die Hand glitt aufreizend langsam über das schlaffe Fleisch. Ich musste unwillkürlich an Hefeteig denken. Sie seufzte lasziv und streichelte ihre großen, weinschlauchartigen Brüste. Ich griff zum Glas und kippte es auf ex. »Ihre Pussy … ehm … Katze!«

Sie zuckte zusammen, bedeckte ihren Oberschenkel mit einem Stoffzipfel und warf mir einen giftigen Blick zu. »Sie ist weg.«

»Seit wann?«

»Heute Morgen.«

»Passiert das oft?«

»Zum ersten Mal.«

Ich nannte meinen Preis, bat um ein Foto von Marie Antoinette, erhob mich und wandte mich zur Tür.

»Finden Sie sie, bitte! Sie ist alles, was ich habe.« Sie warf sich in dramatische Pose. Exmodel, das Beinaheschauspielerin gewesen war. Dem Beinahe machte sie alle Ehre. Immerhin brachte sie eine Träne zustande, die ihr jetzt über die Pausbacke kullerte und die Schminke verschmierte.

Ich wischte ihr die Träne mit dem Daumen weg und tätschelte ihre Wange. »Keine Sorge, Marie Antoinette ist bald wieder bei Frauchen.«

Sie lächelte ein wenig, dann sackte ihr Gesicht in sich zusammen wie ein Käsesoufflé in der Kälte. »Wann kommen Sie wieder?«

»Sobald ich die Mieze habe.«

»Ich werde Samosas für Sie backen.«

Ich lächelte diplomatisch und machte, dass ich rauskam.

Am Gartentor blieb ich stehen. Mein Hemd roch nach Räucherstäbchen und vom Eierlikör war mir merkwürdig in Kopf und Magen. Ich vergewisserte mich, dass ich vom Haus aus nicht beobachtet wurde, und blickte dann nach oben ins Geäst der Linde. Wie erwartet, saß sie dort. Das weiße Wuschelfell war etwas zerzaust, ansonsten sah sie prima aus. Kein bisschen vermisst. Marie Antoinette starrte mich mit weit aufgerissenen Augen an wie eine Oma in der ersten Lektion ›Internet für Senioren‹ an der Volkshochschule. Ich hatte keine Ahnung, wie ich sie da runterbekommen sollte. »Miez, Miez«, versuchte ich es, doch sie zuckte nur zusammen, duckte sich mit angespannten Muskeln und schien ernsthaft das Weite suchen zu wollen. Ich probierte eine Reihe anderer Lockrufe aus, inklusive »Leckeres Mäuschen findet sein Loch nicht mehr« und »Prall gefülltes Vogelnest«, doch sie blieb da oben sitzen und musterte mich – je länger, desto verächtlicher. Ich versuchte, am Baum hochzuklettern, doch der Stamm war zu glatt und die ersten Äste, an denen ich mich hätte hochhangeln können, waren außer Reichweite. Das Gartentor kam nicht infrage, es war bewehrt mit schmiedeeisernen Speerspitzen, und ich hatte keine Lust, als Satéspießchen zu enden. Ich blickte nach oben und stützte die Fäuste in die Seiten. Langsam ging mir Marie Antoinette auf die Nerven. »Komm runter, du Mistvieh!«

Sie schien unbeeindruckt. Seelenruhig leckte sie an einer Vorderpfote und fuhr sich damit immer wieder über den Kopf.

Ich bückte mich und nahm ein paar Kieselsteine in die Hand. Die ersten beiden Würfe verfehlten ihr Ziel, beim dritten traf ich. Marie Antoinette fauchte wütend, gab aber ihre Position nicht auf. Ich zielte erneut, traf, sie fauchte. Wir spielten das etwa sechs Mal durch, dann wurde mein Arm lahm. Ich hatte keine Lust mehr. Das Detektivdasein war noch erniedrigender, als mir das meine Mutter ausgemalt hatte. Doch schließlich saß dort oben meine Miete, und es war mein erster Fall und überhaupt. So schnell wollte ich nicht aufgeben. Ich war Vijay, der Gewinner!

Suchend sah ich mich nach einem Wurfgeschoss um und riss dann etwas von einem wuchernden, abgestorbenen Gestrüpp, das wahrscheinlich einmal eine Aubergine gewesen war. Auf jeden Fall war es schwer, dunkelviolett und roch faulig. Ich zielte, warf und traf. Diesmal war kein Fauchen zu hören. Marie Antoinette glotzte mich ungläubig an, schwankte auf dem Ast und versuchte noch, sich festzukrallen. Von wegen Katzen landen immer auf allen vieren. Sie plumpste herunter wie eine vollgestopfte Designerhandtasche und blieb reglos auf dem Kiesweg liegen. Vor Entsetzen war ich wie gelähmt.

»Marie Antoinette!«, krächzte ich mit heiserer Stimme.

Immerhin atmete sie noch. Ich kauerte mich nieder und berührte sie vorsichtig. Sie zuckte zusammen und schaute zu mir auf, ihr Gesicht ein einziger Vorwurf. Dann begann sie zu heulen. Es klang wie Babygeschrei und war sicher bis auf die andere Seeseite zu hören. Besorgt blickte ich zum Haus, aber nichts rührte sich. Wahrscheinlich war die hysterische Inderin aus ihrer Teepause zurückgekehrt und beklagte erneut lautstark ihr Schicksal. Gut für mich. Ich packte Marie Antoinette, die jetzt noch lauter schrie, rannte zu meinem Wagen, riss die Beifahrertür auf und deponierte sie auf dem Sitz. Dann hastete ich um den Käfer herum, warf mich hinters Steuer, gab Gas und raste die Seestrasse entlang, als wäre die leibhaftige Göttin Parvati mit ihren Pocken- und Cholera-Verwünschungen hinter mir her.

Eine blau-warme Nacht hängte sich über die Stadt. Von unten und aus dem Treppenhaus war der Durchgangsverkehr zu hören, irgendwo schrie eine Frau zetermordio, auf den Dachterrassen gegenüber blinkten bunte Lichterketten, und junge und jung gebliebene Leute mit verstrubbelten Frisuren grillten Würste und tranken Prosecco.

Ich strich Marie Antoinette über den Kopf. Sie spielte immer noch ein wenig beleidigt, doch die frische Hühnerleber hatte sie zweifelsohne besänftigt und an den Verband, mit dem ich ihre verstauchte Pfote versorgt hatte, war sie mittlerweile gewöhnt. Jetzt leckte sie sich den letzten Rest verfaulter Aubergine aus dem Fell und machte sich auf meinem Schreibtisch breit. Für mich war das kein Problem, meine Auftragslage erforderte keine freie Arbeitsfläche. Und für ein Glas fand sich immer Platz.

Ich hob den Deckel meines Ethnoschreins und zog die Flasche Amrut heraus, die ich beim letzten Besuch im Laden meiner Mutter hatte mitgehen lassen. Der Whisky schmeckte großartig. Kein Vergleich zu dem billigen, petrolartig riechenden Fusel, den man in den dubiosen Lokalen Mumbais ausgeschenkt bekam und der so übel war, dass er nicht einmal ausgeführt werden durfte. Ich platzierte Flasche und Füße auf dem Tisch, lehnte mich in meinem Bürostuhl zurück und streichelte Marie Antoinette. Der erste Schluck war Himmel pur, und während das Eis im Glas leise knackste, kam ich mir zum ersten Mal vor wie ein richtiger Detektiv.

Der Abend plätscherte so entspannt vor sich hin wie der Whisky durch meine Kehle. Ich schenkte mir gerade meinen dritten Feierabenddrink ein, als die Türklingel schrillte. Rasch bugsierte ich Marie Antoinette von meinem Schoß auf den Schreibtisch, ignorierte ihren beleidigten Blick und ging zur Tür. Schwungvoll öffnete ich sie, und das blanke Entsetzen fuhr mir in die Glieder. Ich schlug die Tür wieder zu, rannte zurück zum Schreibtisch, packte hastig Flasche, Glas und Marie Antoinette und verstaute alles in der Truhe. Dann atmete ich tief durch und öffnete die Tür erneut.

»Ich bin hier schon richtig, oder?«

Das Mädchen oder was immer es sein mochte, war komplett schwarz eingekleidet. Schwarzes Hemd, schwarze Hose, schwarzer Ledergürtel, schwarz angemalte Fingernägel. Sie trug schwarze, kniehohe Lederstiefel, und ihre Haare, ebenfalls schwarz gefärbt, erinnerten an eine zu lang benutzte Zahnbürste. Verziert war das Ganze mit einer Unmenge silberner Ketten, die von ihrem Körper baumelten, eine beträchtliche Menge Metall hatte sie sich zudem ins Gesicht genagelt. Dieses war beängstigend blass, so als gäbe es an dem Ort, wo sie herkam, keine Sonne. Ich konnte mich nicht entscheiden, ob mich der dick aufgetragene Kajal um ihre Augen an Alice Cooper erinnerte oder an eine überarbeitete Nachtschwester.

Sie war knapp über zwanzig, aber für dieses Alter konnte sie schon ziemlich sarkastisch gucken. »Privatdetektiv, hm?«

Ihr Blick wanderte vom Türschild zu mir und zurück. Ich hatte vor, etwas ziemlich Schnippisches zu antworten, doch erstens fiel meinem alkoholvernebelten Gehirn gerade nichts ein und zweitens traute ich mich nicht. Was nicht unerheblich mit den fünfunddreißig Kilo reiner Muskelmasse zusammenhing, welche die Kleine begleiteten und mich gerade sehr misstrauisch fixierten. Dazu knurrten sie bedrohlich. Leise zwar, dafür aber konstant.

»Ruhig, Pluto«, raunte sie dem – natürlich – schwarzen Pitbull zu, worauf der verstummte, ohne mich jedoch aus den Augen zu lassen oder seine angespannte Haltung aufzugeben. Vorsichtig bewegte ich mich rückwärts in mein Büro zurück und deutete ihr mit einer wenig gastfreundlichen Geste an, mir zu folgen.

»Du bist doch Privatdetektiv, oder?«

Offenbar machte ich nicht gerade einen zuverlässigen Eindruck auf sie.

»Mit Leib und Seele.«

Sie musterte mich spöttisch und ging dann mit staksigen Schritten auf den für die Klientel reservierten Sessel zu. Ich verzog mich hinter den Schreibtisch und versuchte, möglichst viel Abstand zwischen mich und den Hund zu bringen. Rasselnd setzte sich die Schwarze Witwe, Pluto dagegen blieb witternd stehen und musterte mit seinen blutunterlaufenen Schweinsäuglein aufmerksam mein Büro. Als er mit seiner Betrachtung bei der Truhe angelangt war, klappte sein Mund auf, eine fleischige, rosafarbene Zunge schoss triefend hervor und zwei Reihen messerscharfer

Zähne blinkten gänzlich undiplomatisch im Licht der Schreibtischlampe. Das drohende Knurren setzte wieder ein, und er begann, an seiner Leine zu zerren. Ich fragte mich plötzlich, wie widerstandsfähig Leder eigentlich war.

»Pluto! Platz!«

Das musste ich der Schwarzen Witwe lassen: Ihren Köter hatte sie im Griff. Pluto setzte sich, widerwillig zwar, jedoch ohne die Truhe aus den Augen zu lassen.

»Nun, wozu braucht jemand wie du jemanden wie mich?«

Sie duzte mich, also duzte ich sie auch, entgegen der Weisung, die man uns im Fernkurs ans Herz gelegt hatte. Zudem hielten wir wohl beide relativ wenig von antiquierten Höflichkeitsfloskeln. Auf meine Frage hin veränderte sich ihr Gesichtsausdruck, die demonstrativ zur Schau getragene Ironie versickerte sekundenschnell zwischen all den Piercings. Stattdessen hatte ich plötzlich ein verloren wirkendes Mädchen vor mir, das dringend einen Stil- und Farbberater benötigt hätte. Während sie zögernd an ihrer Unterlippe kaute, schien sie die Worte in ihrem Kopf zu ordnen.

»Na, komm schon, so wild wird's nicht sein!« Ich grinste kumpelhaft, worauf sie sich wortlos erhob.

»Was denn?«

Sie blieb stehen und drehte sich um. »Du wirst mich nicht ernst nehmen.«

»Wer sagt denn so was? Ich nehme alle meine Kunden ernst!« Den plötzlichen Gedanken an Babsi verdrängte ich rasch. Das Mädchen ging weiter, hielt aber vor der Tür inne. Pluto, der ihr gefolgt war, wandte sich Hilfe suchend nach mir um.

»Setz dich wieder und sag mir, worum es geht.«

Sie rührte sich nicht vom Fleck.

»Vielleicht kann ich dir helfen.«

Ihre Schultern zitterten, und sie schniefte geräuschvoll.

»Ich werde nicht lachen, ich verspreche es!«

Ein gequetschter Laut entfuhr ihrer Brust, und ich war mir nicht sicher, ob sie heulte oder kicherte. Abrupt drehte sie sich auf dem Absatz um. Pluto sprang erschrocken zurück und hechelte dann sein Frauchen erwartungsvoll an. Dieses war noch ein paar Nuancen bleicher geworden, doch immerhin kämpfte sich ein schwaches Lächeln durch die Tränen. Jetzt sah sie beinahe süß aus.

»Na, also. Und jetzt zum Geschäftlichen.«

Sie setzte sich wieder und schlug die dünnen Beinchen übereinander. Pluto stand vor der Truhe und knurrte. Drinnen begann es zu rumoren.

»Pluto! Platz!«

Gerade noch rechtzeitig, dachte ich erleichtert.

»Ich heiße übrigens Ines, doch alle nennen mich Ness«, sagte die Kleine und streckte mir ihre schmale Hand hin.

»Und was führt dich zu mir, Ness?«

Wieder zögerte sie, doch dann gab sie sich einen Ruck. »Philipp ist verschwunden.«

Damit konnte ich nicht viel anfangen, also nickte ich erst mal betroffen.

Doch Ness machte nicht den Eindruck, als wollte sie die Tatsache, dass Philipp verschwunden war, weiter ausführen. Sie starrte mich an, als wäre ich jetzt dran.

»Ich brauchte da allerdings schon noch die eine oder andere Information, bevor ich Philipp suchen gehe, das verstehst du doch, oder?«

Ness' Miene hellte sich auf. »Er ist vierundzwanzig, etwas größer als ich, hat einen durchtrainierten Körper, ziemlich sportlich, ziemlich sexy.« Sie legte den Kopf schief und überlegte. »Ah, und orangefarbene Haare!«

Sie strahlte, als hätte sie mir gerade den Schlüssel zur Lösung des Falls überreicht.

»Hast du ein Foto von ihm?«

Sie nestelte ein schwarzes Lederportemonnaie hervor, das mit einem Karabiner an einer massiven Silberkette befestigt war, und entnahm ihm eine Viererserie von Passbildern, die offensichtlich in einem Automaten gemacht worden war. Sie zeigte Ness und Philipp, wie sie sich in der engen Kabine aneinanderdrängten, um gemeinsam aufs Foto zu kommen. Sie lachten und hatten sich die Arme um die Schultern gelegt. Ness ganz in Schwarz, Philipp mit karottenrotem Haar und einer grünen Jacke im Militärlook.

»Dein Freund?«, fragte ich überflüssigerweise, und Ness nickte mit unverhohlenem Besitzerstolz.

»Wann hast du ihn zum letzten Mal gesehen?«

Mir fiel schon wieder Babsi ein, ihr hatte ich heute dieselbe Frage gestellt. Ich hoffte inständig, dass ich Philipp nicht auch mit einer verfaulten Aubergine von einem Baum holen musste.

Ness kaute an ihrer Unterlippe, und die Piercings rasselten im Takt dazu. »Äh, am Freitag, oder so. Er sprach von einem Riesendeal und dass es das letzte Mal sei. Dass er danach aufhören wolle.«

»Riesendeal?«

Ness zuckte zusammen und schwieg. Ich lehnte mich zurück und fixierte meine Klientin. Von den Gleisen her war das kreischende Bremsen eines einfahrenden Zuges zu hören.

»So kommen wir nicht weiter. Womit hat er gedealt? Koks?«

Sie nickte langsam.

»Wo?«

»Meistens als Kurier, manchmal auch auf Partys.«

»Kurier?«

»Mit dem Fahrrad. Auto hatte er keins.«

»Hat er auch auf der Straße verkauft?«

»Nie.«

»Also hat er einen fetten Deal an Land gezogen und ist danach abgetaucht. Was erscheint dir daran so merkwürdig, dass du einen Detektiv aufsuchst?«

Sie funkelte mich wütend an. »Philipp ist nicht so! Er ...« Ihre Lippen zitterten. Tränen liefen ihr über die Wangen und verschmierten den Kajal.

»Er wollte aufhören. Ein letzter Auftrag, hat er gesagt, noch einmal so richtig fett Kohle absahnen. Danach sei Schluss. Es war ihm ernst damit.«

»Okay, mal angenommen, er hat den Deal durchgezogen und ist nicht abgehauen: Wo könnte er dann sein?«

Ness zuckte mit den Schultern. »Ich habe ihn eine Million Mal versucht anzurufen, mindestens. Doch da geht sofort die Combox dran. Und in seiner WG hat er sich auch nicht blicken lassen.«

»Woher hat er den Stoff?«

Ihre Schultern hoben und senkten sich. »Darüber haben wir nie gesprochen.«

»Nie auch nur ein klitzekleiner Hinweis?«

»Nein, echt nicht.«

»Wo wohnt er denn?«

»In letzter Zeit war er meist bei mir. Sonst wohnt er mit zwei anderen Jungs über der *St. Pauli Bar.* Zweiter Stock. In dem blauen Haus, Ecke Langstrasse/Militärstrasse.«

Ich nickte. Das Haus war mir bekannt. »Und seine Familie?«

Schulterzucken.

»Wie heißt er mit Nachnamen?«

Schulterzucken.

»Gibt es sonst noch etwas, das ich wissen müsste?«

Ratloser Blick.

»Hm, du weißt nicht gerade viel von ihm. Und da verwundert es dich …« Ich verkniff mir den Rest des Satzes, das Mädchen heulte eh schon.

»Wie lange kennst du ihn?«

»Zwei Monate.«

Ich schluckte leer. Zwei Monate waren kein gutes Stichwort. Vor zwei Monaten hatte Annina mich verlassen. Hatte sich ausgeloggt. Account deleted. Nach vier Jahren Beziehung hatte sie sich plötzlich in den Kopf gesetzt, Kinder zu kriegen. Die biologische Uhr, das Ticken und so weiter. Was Frauen halt so umtreibt. Auf eine vorsichtig abtastende Frage ihrerseits reagierte ich aus lauter Panik mit dermaßen übersteigerter Euphorie, dass sie das Thema nie mehr anschnitt. Ein paar Wochen später wurde ich storniert. Doch ich war mir sicher, dass ich sie in absehbarer Zeit wiedersehen würde. Höchstwahrscheinlich im Kreis ihrer Freundinnen, die auch Webdesignerinnen waren oder Onlineredaktorinnen oder etwas ähnlich Kreatives, das einen stets mitgetragenen Laptop und überall drahtfreien Internetzugang erforderte. Sie würden an einem Samstagnachmittag im *Für dich* sitzen, wo sie mit ihren Kinderwagen demonstrativ Eingangstüren, Toiletten oder Notausgänge – am besten alles gleichzeitig – blockieren würden, als wäre das ihr schwer erkämpftes Recht. Nur um anschließend mit latent aggressivem Triumph den kinderlosen Kaffeehausbesuchern ihren mit einem nach strengsten Kriterien ausgewählten Samenspender konzipierten Nachwuchs zu präsentieren. Hochbegabte Kinder allesamt, Algebra und Latein im Kindergarten, spätestens, darunter machten es Frauen wie Annina und ihre Freundinnen nicht, und ihr Gesicht würde denselben säuerlich-entschlossenen Ausdruck mit den schmal zusammengepressten Lippen angenommen haben, der diesen Szenemüttern gemeinsam ist, die scheinbar mit Leichtigkeit Karriere und Kind kombinierten und nicht müde wurden, es wem auch immer zu beweisen. Ich seufzte und fragte mich, ob mich ihr Weggang nicht doch ein wenig verbittert hatte.

»Ehm.«

Ich zuckte zusammen und stürzte aus meiner Albtraumvision unsanft in mein Büro zurück, wo mich Ness hoffnungsvoll anstarrte.

»Entschuldige«, murmelte ich und betrachtete erneut die vier Fotos. »Also: Du weißt weder seinen Nachnamen noch wo er sein könnte. Nicht gerade viel.«

»Ich weiß, dass er mich liebt. Und dass er nicht zurückgekommen ist, heißt nur, dass ihm etwas zugestoßen ist.« Ness fuhr sich mit der Hand durchs borstige Haar.

»Wo fand der Deal statt?«

Erneutes Schulterzucken. »Nicht in Zürich, er hat ein paar Sachen eingepackt und ein Ticket gekauft, bevor er gegangen ist. Und die ganze Zeit so geheimnisvoll getan.«

Ich überlegte. »Ich könnte mich ein wenig umhören. Im Quartier kenn ich ein paar Leute, vielleicht wissen die was. Dafür brauche ich die Fotos.«

Ness nickte wenig vertrauensvoll.

»Das ist alles, was ich dir im Moment anbieten kann. Aber Zürich ist keine Riesenstadt und die Langstrasse nicht der Broadway. Ich werde schon was rausfinden. Gib mir mal deine Telefonnummer.«

Ness lächelte süffisant. »Sagen sie immer.«

Ich grinste und schrieb mit. Dann erhob ich mich, und

einem Gummiball gleich sprang Pluto auf und begann wieder zu knurren.

»Wie steht's mit der Bezahlung?«

Ich nannte Ness meinen Preis. Sie grinste nur frech. »Philipp hat die Kohle. Also finde ihn und du kriegst deinen Anteil. Bis dahin muss das genügen.« Sie holte einen kleinen Plastikbeutel aus ihrer Hosentasche und warf ihn auf den Schreibtisch.

»Und was soll ich damit?« Ich musterte das weiße Pulver.

»Das ist die Anzahlung. Fünf Gramm reines Koks, beste Qualität, kriegst du auf der Straße so nicht.«

Sie stand auf und der Pitbull trottete ihr nach, doch vor der Truhe blieb er wie angewurzelt stehen. Er knurrte heiser und im Inneren fiel etwas um. Ein Fauchen war zu hören, dann kratzte es unsicher am Holz. Eine Sekunde lang herrschte Totenstille. Dann begann der Hund, wie von Sinnen zu bellen, und zerrte mit aller Kraft an der Leine. Schaum spritzte von seinen Lefzen, seine Augen quollen hervor, jede Faser seines muskelbepackten Körpers war aufs Äußerste angespannt. Aus der Truhe war panisches Gezeter zu hören.

Ness guckte verwirrt, und ich schrie ihr zu, sie solle sich auf der Stelle mit ihrem Köter verziehen, doch sie verstand mich nicht im ohrenbetäubenden Lärm, der mein Büro plötzlich erfüllte. Also rannte ich um sie herum, riss die Tür auf und bugsierte sie unsanft hinaus. Mit Müh und Not schleppte sie den wütend geifernden Pluto hinter sich her in den Korridor hinaus. Ich warf die Tür zu und lehnte mich einen Moment lang mit dem Rücken dagegen, bis sich mein Puls wieder halbwegs beruhigt hatte.

»Marie Antoinette?«

Die plötzliche Stille war mir unheimlich. Vorsichtig hob ich den Deckel der Truhe an und blickte hinein. Die Whiskyflasche, die ich in der Eile zu schließen versäumt hatte, war umgekippt. Die braune Flüssigkeit schwappte ölig auf dem Boden der Truhe, und mittendrin saß Babsis Perserkatze und leckte sich angewidert das Fell. Ich hob sie heraus, sie war klitschnass und roch wie ein alter Seebär. Vorsichtig stellte ich sie auf den Boden. Sie glotzte mich apathisch an, dann versuchte sie ein paar Schritte zu gehen. Sie wankte, torkelte und knickte schließlich kraftlos ein. Ehe ich bei ihr war, war sie eingeschlafen.

Ich bettete sie auf das Besuchersofa, versuchte ihr Schnarchen zu überhören und stand dann lange am Fenster und beobachtete das erlahmende Treiben in den Straßen. Es war kurz vor Mitternacht, und ich war zufrieden mit der Auftragslage, auch wenn ich bisher nicht viel geleistet hatte. Aber immerhin hatte ich eine Katze gesucht und gefunden, und ich war mir sicher, ich würde auch Philipp aufstöbern. Irgendwie.

Dienstag

Das Telefon schrillte ohrenbetäubend. Schlaftrunken blickte ich auf den Wecker. Sieben Uhr zweiunddreißig. Damit konnte ich überhaupt nichts anfangen. Meine Zeitrechnung begann frühestens um zehn. Ich zog das Kissen über den Kopf und verfluchte den Rufton, den ich endlich geändert hatte. Das frühere Summen hätte mich kaum geweckt. Aber ich wollte ja unbedingt ein detektivgerecht läutendes Telefon. Selber schuld. Das Klingeln verstummte, und einen Moment lang herrschte wohltuende Stille. Schon schlummerte ich wieder ein, als das Schrillen erneut begann. Entnervt schlug ich die Decke zurück.

»Herr Kummer, endlich!« Babsis jammernde Stimme bohrte sich in mein Ohr. Sie klang stark erkältet.

»Marie Antoinette ist verschwunden!«

»Aber das weiß ich doch. Deswegen war ich ja gestern bei Ihnen.«

»Nein, Sie verstehen mich falsch. Sie ist weg!« Sie schluchzte.

Es dauerte einen Moment, bis ich begriff. Lüsternes Luder.

»Ich habe die ganze Nacht auf sie gewartet. Die ganze Nacht!«

»Auf mich?«

»Aber nein, auf die Katze natürlich!« Ein unterdrücktes Winseln drang aus dem Hörer.

»Frau Georget. Babsi, ich kann Ihnen versichern, Ihr Fall ist bei mir in den besten Händen.«

Verstohlen schielte ich zu Marie Antoinette hinüber, die immer noch schnarchend auf dem Sofa lag, die einbandagierte Pfote streckte sie dabei weit von sich. Unmöglich konnte ich sie heute schon zurückbringen. Zudem drängte die Suche nach Philipp. Ich musste Prioritäten setzen.

»Gott sei Dank! Haben Sie eine Spur?«

»Ich habe vage Hinweise, die ich verfolge. Ich werde Sie bald Näheres wissen lassen«, flunkerte ich.

»Ich singe die ganze Zeit Schutzmantras, damit Marie Antoinette nichts zustößt. *Om navah shivaya, om, om, oooo-ooooooohmmm...*«

Ich legte das Telefon auf die Tischplatte und ging in die Küche, um Kaffee aufzusetzen. Als ich zum Tisch zurückkehrte, plärrte der monotone Singsang immer noch aus der Muschel. Ich hielt das Handy ans Ohr. »Sind Sie fertig?«

»Das nützt, glauben Sie mir.«

»Das werden wir sehen, wenn ich diesen chinesischen Schnellimbiss besucht habe.«

Ein abgewürgter Laut war zu hören, und ich beendete den Anruf. Ich goss mir eine Tasse Kaffee ein und pfiff gut gelaunt vor mich hin. Plötzlich hörte ich vom Sofa her ein widerwilliges Miauen. Ich drehte mich um und blickte in Marie Antoinettes zerknittertes Katzengesicht. Sie wankte vom Sofa und blieb dann stehen, mit Schlagseite wie ein kenternder Kahn. Ich stellte ihr eine Schüssel mit Wasser hin, über die sie sich gierig schlabbernd hermachte, und pfiff absichtlich laut weiter. Sie verzog sich wieder aufs Sofa, wo sie versuchte, ihren Kopf zwischen den Pfoten zu verstecken.

Ich grinste. Keine Frage: Diese Mieze hatte einen Kater.

Noch war es kühl und schattig, doch die ersten Sonnenstrahlen schleppten sich bereits über Zinnen und Dachterrassen, bevor sie sich über vier oder fünf Stockwerke in die Tiefe fallen ließen. Die Dienerstrasse war menschenleer wie nach einer nuklearen Katastrophe oder wie in einem dieser Zombiefilme, in denen irgendein bösartiges Virus die gesamte Population dahingerafft hat. Ich pfiff weiterhin laut vor mich hin, nur um sicher zu sein, dass die gespenstische Stille tatsächlich existierte und ich nicht irgendwann auf dem Weg durchs Treppenhaus hinunter taub geworden war.

Ich ging am etwas zurückversetzten und unscheinbaren Eingang zur *Zukunft* vorbei, einem der momentan angesagtesten Klubs der Stadt. Gleich daneben lag die dazugehörige *Bar 3000*, wo man auch tagsüber einkehren konnte. Nichts deutete auf die Schlangen hin, die sich am Wochenende vor den unerbittlichen Türstehern bildeten, auf die Großmäuler und Kleingeister, die sich auf der Tanzfläche verrenkten, auf Transen und Triebgesteuerte, die sich an der Bar drängten, auf die mit glücklich machenden Pillen vollgestopften Mädchen, die frühmorgens elendiglich zusammengekrümmt und heulend auf dem Gehsteig saßen, und die Jungs, die sich aufgrund derselben Pillen in Filmen im Breitbildformat wiederfanden, großes Heldenkino natürlich, immer.

Ich bog in die Langstrasse ein. Ein einsamer Camion überholte mich ruckelnd, auf der Gegenfahrbahn fuhr mit leisem Staubsaugerrauschen ein Bus vorüber. Ansonsten war Zürichs Rotlichtmeile menschenleer. Erst bei Sonnenuntergang würde sich das Quartier beleben, die Lichter einschalten und sich herausputzen, bis es glitzern und glänzen würde wie eine alternde Varietésängerin. Oder irgendeine meiner Nachbarinnen. Und es würde auch genauso gurren, lachen, werben, locken und verführen, schwitzen und kreischen. So war der Kreis 4, eine laute, charmante, oft ein wenig vulgäre Frau, der man immer wieder gern verfiel und sich dabei nicht einzugestehen wagte, dass man sich ein klein wenig in sie verliebt hatte.

Doch im Moment war das Quartier noch müde, es trug ausgebeulte Trainingshosen und Flipflops, war ungeschminkt, hatte dunkle Ringe unter den Augen und Lockenwickler im Haar und trank lauwarmen Kaffee in einem der zwielichtigen Lokale.

Ich ging die wenigen Treppenstufen hoch und betrat Kemals Kiosk. Als ich eintrat, rief er wie immer: *»Salam alaikum!«*, legte eine Packung Parisienne Blau auf den Tresen und lächelte mich leutselig an. »Schönes Wetter heute!«

Er strahlte. Ich nickte.

»Du bist Kurde, nicht?«

»Inder.«

»Ah!«

Ich nickte. Er strahlte.

»Wie auch immer. Wir sind Brüder, Kurden, Inder, dasselbe Blut. Nicht wie die Schweizer.«

Ich lächelte unverbindlich und hoffte, dass er bald fertig war. Jedes Mal das gleiche Prozedere, der Mann hatte ein Gehirn wie eine zerstampfte Falafel. Plötzlich wurde seine Miene ernst, argwöhnisch blickte er sich um, als könnte uns ein unsichtbarer Feind belauschen.

»Du Moslem?«, flüsterte er halblaut. Darauf war ich vorbereitet. Ich schlenkerte mit dem Kopf, diese typische indische Bewegung, bei der der Hals steif bleibt, während der Schädel seitwärts wackelt, als wäre er nicht richtig festgemacht. In Indien konnte das allerhand heißen, von »Ja« über »Nein« bis »No problem« oder »Wir werden sehen«. Hier meinte ich eindeutig »Leck mich am Arsch«. Kemal war zufrieden mit dieser Antwort, er nickte und lächelte und guckte mich glücklich an. *»Allahu Akbar!«*, jubelte er, und ich schlenkerte noch eine Runde mit dem Kopf. Dann legte ich einen Zehner auf den Tresen und hoffte auf baldiges Rückgeld. Doch Kemal war noch nicht fertig. Er lehnte sich nach vorn, stützte sich mit den Ellbogen auf und strich sich über den Schnurrbart, der schwarz und borstig war wie eine Schuhbürste. Er glotzte mich dabei verzückt an, als sei ich sein lange verschollener Cousin, der nach Jahren wieder aufgetaucht war. Ich lächelte und deutete auf das Geld. Wie in Trance ergriff er die Note und betätigte die altmodische Kasse, ohne mich dabei aus den Augen zu lassen. Endlich hielt ich mein Wechselgeld in der Hand. Blieb nur noch die Verabschiedung. Kemal kam dazu hinter dem Tresen hervor und ergriff mit seiner einen Hand die meine, während er mir mit der anderen die Schulter drückte. Ich lächelte und nickte und schlenkerte, und gerade als ich befürchtete, er werde mich gleich umarmen und abküssen, ließ er mich unvermittelt los. Nur sein glühender Blick folgte mir, als ich auf die Straße hinaustaumelte. Von wegen man sollte möglichst die kleinen Ladenbetreiber unterstützen. Dieser Morgen hatte mich soeben wieder zu einem begeisterten Anhänger von Großverteilern gemacht.

Ich setzte mich auf eine Bank vor der Unterführung, welche die Stadtkreise 4 und 5 trennte. Oben ratterten unablässig Fernverkehrszüge und S-Bahnen durch, unten roch es nach Pisse und Bier, und in den Böschungen zu beiden Seiten des Tunnels lebten die wohl fettesten Ratten der Stadt. Am späteren Vormittag, sobald die Notschlafstelle schloss, würde zudem die Clique der wenig anonymen Alkoholiker eintrudeln, um die Bänke und Treppenstufen vor dem Eingang der Unterführung zu besetzen, sich mit Bier volllaufen zu lassen, sinnlos und lautstark zu streiten und zusammen mit ihren Hunden grundsätzlich einen gehörigen Radau zu veranstalten.

Ich zündete mir eine Zigarette an, lehnte den Kopf nach hinten und starrte in den blassblauen Septemberhimmel. Ich überlegte, wie ich vorgehen sollte, um etwas über Philipp herauszufinden. Es war meine erste Befragung seit Abschluss des Fernkurses, wenn man vom gestrigen Geplänkel mit Babsi absah, und entsprechend nervös war ich. Ich beschloss, cool zu gucken und mir nichts anmerken zu lassen. Ich erhob mich, nahm einen letzten Zug und drückte die Zigarette aus. Dann überquerte ich die Straße, ging an der ehemaligen Apotheke vorbei, in der jetzt eine Galerie untergebracht war, und blieb vor dem blauen Haus stehen, das angeblich demnächst abgerissen werden sollte, um einem weiteren schicken Neubau Platz zu machen.

Dilettantische Graffiti verzierten die gesamte Fassade. Der Schaukasten, der neben dem Eingang der *St. Pauli Bar* angebracht war und in dem vergilbte Fotos von halb nackten Frauen hingen, illustrierte, um was für eine Art Lokal es sich einst gehandelt hatte. Dieses hatten umtriebige Geschäftsleute jetzt, ohne große Veränderungen vorzunehmen – wenn man vom radikalen Rausschmiss der dort ihren Lebensunterhalt ertanzenden Damen absah –, zum hippen Klub umfunktioniert, und an den Wochenenden bildete das trendige Publikum, das gern in verruchter Umgebung ausging, ohne dabei mit dem Verruchten in Kontakt kommen zu wollen, lange Schlangen vor dem Eingang. Daneben befand sich ein brasilianischer Schnellimbiss, der sich auf *Pao de Queijo*, lauwarme Käsebällchen von gummiartiger Konsistenz, spezialisiert hatte.

Für den zweiten Stock gab es nur eine Klingel. Ich

drückte darauf und trat etwas zurück. Nichts regte sich. Ich blickte nach oben. Im ersten Stock waren alle Fensterläden geschlossen. Sie waren verwittert und mussten vor langer Zeit einmal grün gewesen sein. Im zweiten Stock stand ein einzelnes Fenster offen, leise drang Musik heraus. Ich klingelte erneut. Als sich immer noch nichts tat, zog ich entschlossen am Türgriff. Verschlossen. Natürlich, das war nicht unbedingt die Gegend, in der man Haustüren offen stehen ließ. Ratlos starrte ich auf das ausgeblichene Foto einer pummeligen Thailänderin, die sich in einem beschämend grobmaschigen Kleid räkelte. Ihre glänzenden Lippen standen weit offen, als kriege sie zu wenig Luft, glupschäugig ihr Blick, sie erinnerte mich an einen Koi, der sich hoffnungslos in einem Fischernetz verheddert hatte. Ich wollte mich schon abwenden, als plötzlich die Tür aufschwang. Die Frau, die heraustrat, schien etwas zittrig in den Knien zu sein, schwer atmend stützte sie sich an der Wand ab, als hätte sie es mit ihren Pilatesübungen übertrieben. Mit der überdimensionierten Sonnenbrille, die sie aufgesetzt hatte, wirkte sie wie ein riesiges Insekt, dazu trug sie einen fleckigen Trainingsanzug. Ihre Füße steckten in ausgelatschten Ballerinas, und die Schwerkraft war weder zu ihren Mundwinkeln noch zu ihrem Busen besonders nachsichtig gewesen. Ohne mich zu beachten, schlurfte sie an mir vorbei. Blitzschnell hinderte ich die Tür am Zufallen. Der Flur war düster, und ich tastete nach dem Lichtschalter, worauf weiter oben eine altersschwache Glühbirne aufflackerte. Es roch nach gekochten Bohnen und süßlichem Parfüm, eine grobe Kokosmatte bedeckte die Stufen, die Wände waren rissig und rotbraun angemalt. Ich stieg die Treppe hinauf in den zweiten Stock und klingelte erneut. Es blieb still, die Klingel musste defekt sein. Ich klopfte an die

Tür und horchte mit angehaltenem Atem. Nichts. Vorsichtig drückte ich die Türfalle hinunter. Nicht abgeschlossen. Als ich den Gang betrat, schlug mir Kaffeegeruch entgegen.

»Hallo!«, rief ich, doch ich erhielt keine Antwort. Gegenüber der Eingangstür befand sich das Badezimmer. Ein übervoller Aschenbecher stand neben dem Klo, an einem orangefarbenen Ständer hing Wäsche, und die Fensterscheiben waren verschiedenfarbig angemalt, sodass die hereindringenden Sonnenstrahlen den Raum in verwirrend buntes Licht tauchten. Wahrscheinlich hatte irgendwann mal eine Kindergärtnerin in der WG gewohnt. Am Ende des langen Ganges nahm ich eine Bewegung war und zuckte zusammen, erst dann bemerkte ich, dass dort ein mannshoher Spiegel hing. Das nächste Zimmer war ebenfalls leer bis auf ein zerwühltes Bett und ein paar Kleider, die unordentlich am Boden herumlagen. Musik erklang von irgendwoher, ich erkannte die wispernde Stimme einer dieser mädchenhaften Sängerinnen, die sich selbst auf der Gitarre begleiteten, kulleräugig vom CD-Cover glotzten und stets derart unglücklich und verloren klangen, dass man sie am liebsten an sich drücken und immer wieder in ihr langes, frisch gewaschenes Haar flüstern würde, dass es schon okay sei und alles gut werde.

Ein leises Klirren, das vom anderen Ende des Korridors zu kommen schien, ließ mich dem Geräusch folgen, und als ich vorsichtig um die Ecke guckte, saßen da zwei Burschen am Tisch. Ein Mädchen stand am Herd und wartete offensichtlich darauf, dass der Kaffee kochte.

»Morgen«, sagte sie, ohne aufzublicken, einer der Jungs grunzte etwas Unverständliches. Sie waren wohl gerade erst aufgestanden und schienen sich nicht einmal ein bisschen zu wundern, wie ich hereingekommen war. Das Mädchen hatte rote Locken und smaragdgrüne Augen, sie trug einen schwarzen, seidig glänzenden Unterrock, der ihr knapp über die Pobacken reichte.

»Mein Name ist Vijay Kumar und ich würde euch gern ein paar Fragen stellen.«

Das klang eindeutig nach Staubsaugervertreter oder einem Zeugen Jehovas. Ich guckte trotzdem cool, wie ich mir vorgenommen hatte.

»Dann leg mal los.«

Irritiert schaute ich dem Mädchen in die Augen und verlor für einen Moment den Faden.

»Äh … also: Wo ist Philipp?«, stammelte ich.

»Phil ist weg«, brummte der kräftigere der beiden Burschen. Er hatte kurzes, blondes Haar, einen Kissenabdruck auf der linken Wange, war etwas untersetzt und trug nichts als verwaschene Boxershorts.

»Hm«, bestätigte der andere, der dünn und groß gewachsen war. An seinem knochigen Oberkörper schlotterte ein weißes Unterhemd, die Beine steckten in ausgebeulten grauen Trainingshosen. Eine fettige, dunkelbraune Haarmatte bedeckte sein schmales Gesicht zur Hälfte.

Das Mädchen warf mir einen wachsamen Blick zu. »Bist du von der Polizei?«

Ich schüttelte den Kopf. »Privatermittler. Ines hat mich beauftragt, Philipp zu suchen.«

»Pff«, machte der Blonde.

»Ness«, ergänzte der andere.

Das Mädchen lächelte entschuldigend. »Ness ist manchmal etwas überbesorgt.«

»Kompliziert.«

»Anders.«

»Wann habt ihr Philipp zuletzt gesehen?«

»Äh …«, machte der Blonde.

»Hm …«, ergänzte der andere.

»Donnerstag?«

»Ja, eventuell. Freitag?«

»Könnte auch sein.« Der Hagere guckte nachdenklich an die Wand und kratzte sich am Kinn.

»Rauchst du mit?« Der Blonde streckte mir einen Joint in der Größe eines Megafons entgegen.

»Nein, danke.«

Das Mädchen lächelte und stellte eine weitere Tasse auf den Tisch. »Kaffee aber schon?«

Ich nickte und setzte mich auf einen Hocker. Das Mädchen reichte mir Milch und Zucker. Die Milch roch komisch und der weiße Klumpen im Zuckerstreuer regte sich nicht mal ein bisschen, als ich ihn schüttelte, also trank ich den Kaffee schwarz.

»Bist du aus Marokko?«, fragte sie.

»Indien.«

»Ah, schön. Nach Indien wollte ich schon immer mal«, sagte sie, als hätte ich ihr gerade eine wichtige Entscheidung abgenommen.

»Was könnt ihr mir über Philipp erzählen? Ich muss ihn finden und dabei könnte jeder noch so kleine Hinweis hilfreich sein.« Ich versuchte, eindringlich zu klingen, doch das schien niemanden zu beeindrucken.

»Hm, Phil ist …«

»Cool.«

»Genau. Cool.« Der Hagere gab den Joint zurück an den Blonden und starrte wieder an die Wand.

»Voll in Ordnung.«

»Easy.«

»Dealt ihr auch?«

Augenblicklich herrschte Totenstille in der Küche. Das

Mädchen hatte aufgehört, mechanisch in ihrer Tasse zu rühren, und starrte mich mit weit aufgerissenen Augen an.

»Ness!«

»Pff!«

Der Blonde fixierte mich. »Und du bist sicher kein Schmierlappen?«

»Sehe ich so aus?«

Er zuckte unsicher mit den Schultern.

»Danke.«

Jetzt grinste er. »Nur allerfeinste Ware. Nichts, was wir nicht selbst auch nehmen würden. Obwohl …«

Er deutete auf die durchsichtige Plastiktüte, die vor ihm auf dem Tisch lag und mit einer Alpenkräuterteemischung gefüllt zu sein schien. »Ich persönlich bevorzuge das.«

Der Hagere stieß ein meckerndes Lachen aus. »Darauf kannste wetten!«

Sie tauschten einen Handschlag aus und freuten sich offensichtlich. Worüber war mir nicht ganz klar.

»Und vom andern … nur Eins-a-Stoff. Kein Vergleich mit dem Zeug, das du auf der Straße kriegst.«

»Kaum gestreckt«, schaltete sich der Hagere wieder ein. »Nicht so wie bei den Schwarzen oder den Dominikanern.« Er deutete auf die Langstrasse. »Und wir liefern nach Hause.«

Ich hatte es offensichtlich mit zwei ausgekochten Marketingprofis zu tun.

»Und wohin liefert ihr?«

Sie verstummten und senkten die Köpfe.

»Wohin und woher, auf diese Fragen wirst du nie eine Antwort kriegen.« Das Mädchen strich sich eine Locke aus der Stirn und lächelte mich an. Ich fragte mich, zu welchem der beiden Jungs sie gehörte.

»Phil hat von einem Megadeal gesprochen. Wisst ihr was davon?«

Die beiden Jungs tauschten einen beunruhigten Blick aus. »Aber das bleibt unter uns.«

»Großes Detektivehrenwort.«

»Er hat dreihundert Gramm besorgt.«

»Für wen?«

Das Mädchen seufzte und rollte mit den Augen. »Alles war topsecret, wir haben nichts aus ihm herausgekriegt.«

»Er wollte aufhören und sich voll auf sein Studium konzentrieren.«

»Pff.«

»Ness!«

»Und ihr habt keine Ahnung, wo er sein könnte?«

Der Hagere schnaubte genervt. »Wenn wir's doch sagen, Mann! Wir ziehen das Ding hier für uns durch. Da herrscht nicht Krieg wie auf der Straße. Eine seriöse, auf Diskretion bedachte Kundschaft. Drei, vier eingeweihte Leute. Mehr nicht. Ein Anruf und du kriegst den Stoff, alles verschwiegen, keiner weiß etwas. Von der Seite kann ihm kaum etwas zugestoßen sein. Wenn ihm überhaupt etwas geschehen ist und er nicht einfach nur von Ness die Nase voll hatte.«

Der Blonde kicherte, als wäre er nicht ganz bei Sinnen. Mittlerweile waren seine Augen stark gerötet.

»Die Nase voll, der war gut!«

Der Hagere grinste, und sie tauschten erneut einen Handschlag aus.

Ich vermied es, die beiden darauf hinzuweisen, dass zum Beispiel ich von ihrer Dealerei wusste. Und ich gehörte ganz sicher nicht zu den Eingeweihten. Stattdessen erhob ich mich. Hier kam ich nicht weiter. Der Blonde hatte gerade begonnen, einen neuen Joint zu drehen.

»Darf ich mir sein Zimmer ansehen?«

Das Mädchen sprang auf. »Aber sicher, es ist das erste rechts. Komm mit.«

Ich folgte ihr in den Korridor hinaus, dabei fiel mir die Größe der Wohnung auf. Ganze fünf Zimmer zweigten vom Flur ab, zwei davon waren zu einem großzügigen Wohnzimmer umgestaltet worden, indem man die Verbindungstüre ausgehängt hatte. Das Ganze war ziemlich baufällig und verlebt, verfügte aber über viel Charme. Ich dachte an meine schäbige Unterkunft und verspürte einen Hauch von Neid.

»Hier«, sagte das Mädchen und lehnte sich gegen den Türrahmen. Ich betrat das Zimmer und verschaffte mir einen raschen Überblick. Auf dem Boden lag eine Matratze mit ziemlich fleckiger Bettwäsche, ein paar Bücher stapelten sich daneben. Da waren kein Schrank, kein Schreibtisch und auch keine Bilder, wenn man von einem grellgelben *Kill Bill*-Filmplakat absah.

»Muss spannend sein, so als Detektiv zu arbeiten«, bemerkte das Mädchen, und ich überzeugte mich mit einem kurzen Blick, ob sie sich über mich lustig machte. Tat sie nicht. Ich ergriff trotzdem das oberste Buch vom Stapel und blätterte mit betont nachforschender Miene darin herum. *1984* von George Orwell, ein zerknitterter, blassblauer Zettel diente als Buchzeichen. Er war gerade mal bis Seite dreiundzwanzig gekommen.

»Hast du was gefunden?«

»Nein.« Ich schlug das Buch zu.

»Er hat alles mitgenommen. Laptop und Kleider und so. Viel war es sowieso nicht. Das meiste wird bei Ness sein, denke ich. Da war er in letzter Zeit oft. Öfter als hier.«

Bevor ich auf den Flur hinaustrat, wandte ich mich noch einmal um und ließ den Blick durch das karg eingerichtete

Zimmer schweifen. Ich war mir sicher, nichts übersehen zu haben.

Es war kurz nach zehn, als ich in der *Bar 3000* einen Latte macchiato bestellte. Die Bedienung, eine zierliche Frau mit kurzen, schwarzen Haaren und einem Blick, der Bambi im Vergleich zu einer blutrünstigen Bestie machte, wirkte noch etwas verschlafen. Doch das war mir nur recht, so kam sie nicht auf die Idee, mich unterhalten zu wollen, wie das manchmal geschah, wenn man als einziger Gast in einem Lokal saß. Gewisse Barleute hatten immer gleich das Gefühl, man würde sich allein langweilen, und verwickelten einen in harzigen Small Talk oder – schlimmer noch – erzählten einem so lange witzig gemeinte Anekdoten aus ihrem Leben, bis man sich dann tatsächlich langweilte. Bambi zündete sich eine Zigarette an und begann, irgendwelche Schubladen hinter dem Tresen mit Getränken aufzufüllen. Während ich Zucker in meinen Kaffee rieseln ließ und den Milchschaum oben weglöffelte, überlegte ich, wie ich weitere Informationen über Philipp beschaffen konnte. Mir fiel ein, dass ich vergessen hatte, nach seinem Nachnamen zu fragen. Etwas, das ich unbedingt nachholen musste. Es könnte ja sein, dass ich in absehbarer Zeit gezwungen war, seine Familie aufzusuchen, falls ich anders nicht weiterkam. Tatsächlich hatte ich nicht gerade allzu viele Anhaltspunkte, die mir auf meiner Suche behilflich sein konnten. Auch der Besuch in Philipps Kiffer-WG hatte nur wenig gebracht. Der einzige brauchbare Hinweis war derjenige auf diesen ominösen Megadeal, aber diese Information hatte mir auch Ness schon gesteckt. Für mich bedeutete das konkret, dass ich mich in Dealerkreisen umhören musste, etwas, worauf ich nicht gerade unbändige Lust verspürte. Ich wohnte zwar in dem

Stadtkreis Zürichs, in dem wohl landesweit am meisten Drogen umgeschlagen wurden, ich sah täglich Dealer an der Langstrasse und vor allem in all den Seitengässchen rumlungern und kannte einige von ihnen sogar flüchtig. Wir lebten alle in demselben Quartier, kauften in demselben *Coop* ein, fuhren mit derselben Buslinie. Und doch war da eine hauchdünne Grenze, die unsere Welten trennte, und ich stand definitiv auf deren anderer Seite, mit ihrer Realität kam ich eigentlich nie in Berührung. Meine verlockende Aufgabe war nun, einzutauchen in diese andere, mir trotz allem fremde Welt, Kontakt aufzunehmen, unangenehme Fragen zu stellen.

Ich seufzte, sodass Bambi besorgt aufschaute, unterdrückte die aufkommende Euphorie und trank meinen Macchiato aus. Gerade wollte ich mich von meinem Barhocker schwingen, als eine raue Stimme in mein Ohr flüsterte. »Na, Sherlock, mitten in der Nacht schon auf?«

Ich fuhr herum und wie immer, wenn ich Miranda unerwartet antraf, verschlug es mir erst einmal den Atem. Sie sah einfach umwerfend aus. Ihre langen Karamelllocken waren noch ein paar Farbtöne heller geworden, seit wir uns das letzte Mal gesehen hatten, ihre Haut war bernsteinfarben und schimmerte, als wäre sie soeben einem Bad aus flüssigem Honig entstiegen, ihr Kleid war schwarz und viel zu eng, kurz und glamourös für einen gewöhnlichen Dienstagmorgen im Quartier. Mein Blick blieb an ihren Beinen hängen, sie waren endlos und ihre Pumps derart hochhackig, dass sich jede andere sofort den Knöchel gebrochen oder sich eine schmerzhafte Fußzerrung geholt hätte. Ich wäre sofort bereit gewesen, sie zu heiraten, hätte ich sie nicht schon gekannt, als sie noch Gustavo hieß und in den Stricherlokalen an der Zähringerstrasse anschaffte. Wir hatten jahrelang in denselben Klubs rumgehangen, vor allem in der *Dachkantine*, früher aber auch im *Roxy* und manchmal im *Labyrinth*, und waren seither locker befreundet. Mit der Zeit und den geschluckten Hormonen war sie immer femininer worden, ihre Haare länger und lockiger, und nach einem ausgedehnten Urlaub in Sao Paulo hatte sie plötzlich über zwei perfekt geformte, üppige Brüste verfügt. Nur ihre Stimme war immer noch rauchig, obschon sie um sicher eine halbe Oktave in die Höhe geklettert war.

»Es ist halb elf, das kann man kaum mitten in der Nacht nennen.«

»Ich schon«, lachte sie gurrend und ließ sich elegant auf dem Barhocker neben mir nieder und schlug die Beine übereinander. »Sehr beschäftigt, wie ich sehe.«

»Dito.«

Sie grinste. »Dienstagmorgen? Was glaubst du denn? Müller und Meier bleiben nur abends länger bei einer Sitzung. Montags und dienstags meist sowieso nicht, weil da noch das Wochenende nachklingt. Die Erotik des trauten Heims, wenn die Gören in der Sonntagsschule sind. Dann schiebt Mami den Braten in den Ofen und bläst anschließend Papi den Marsch. Danach werden gemeinsam Kartoffeln geschält. Das entspannt und verbindet, rettet die sonntägliche Familienidylle, dämmt die Lust auf frisches, straffes Fleisch und fördert erst noch ein schlechtes Gewissen. Das hält dann mit etwas Glück etwa achtundvierzig Stunden an. Deswegen werden sie erst gegen Mitte der Woche wieder geil.«

»Aber die Auftragslage ist befriedigend?«

»Ich kann nicht klagen. Am Wochenende hatte ich wieder ein paar von diesen Jungs, die es zum ersten Mal wagen. Pickelig und mit feuchten Händen. Keine Ahnung von nichts. Ein Hunderter für drei Minuten. Leicht verdientes

Geld für mich, und sie können sich nachher gegenseitig vorprahlen, was für geile Stecher sie sind. So ist allen geholfen.«

Sie schnippte nach Bambi, worauf diese Miranda einen gereizten Blick zuwarf, nur um sich gleich wieder abzuwenden und weiter die Schubladen aufzufüllen.

»Hey, Kleine, einen Baileys für mich. Und einen weiteren Macchiato für den Curryfresser.«

Bambi fuhr herum, funkelte Miranda verächtlich an, überlegte es sich dann doch anders und holte die Likörflasche vom Regal.

»Wie sieht's bei dir aus? Mördersuche und so?«

Ich fasste kurz zusammen, was sich bisher in meinem neuen Berufsfeld getan hatte. Nach zwei Minuten war ich fertig.

»Megadeal, so, so.« Miranda guckte nachdenklich in ihr Glas, in dem die cremige Flüssigkeit zwei Eiswürfel umspülte. »Hab auch schon gehört davon. Das Gerücht macht schon seit einiger Zeit die Runde.«

»Echt? Was weißt du darüber?«

Miranda seufzte. »Nicht viel. Irgendeine große Sache, läuft noch nicht lange. So alle paar Wochen. Die Übergabe findet außerhalb statt. Immer am Wochenende. Keiner weiß genau wo. Und keiner weiß, wie man an den Deal rankommt. Alles sehr geheim.«

»Wo kriege ich mehr Informationen?«

»Ich werde mich umhören. Wenn keiner was weiß, weiß immer irgendeiner etwas. Aber pass auf, Kleiner.« Sie klang plötzlich ungewohnt ernst. »Die Sache könnte gefährlich sein. Das sind keine kleinen Fische, die bestellen ziemliche Mengen. Da ist viel Geld im Spiel, und viel Geld heißt immer auch viel Ärger, wenn man nicht vorsichtig ist.«

»Ich weiß. Ich frage mich, ob Philipp deswegen verschwunden ist. Ob ihm bei der Übergabe etwas zugestoßen ist.«

Miranda zuckte mit den Schultern. »Kann gut sein, solche Leute verstehen keinen Spaß. Aber um das rauszufinden, musst du erst einmal in Erfahrung bringen, wo der Deal stattfand, nehme ich an.«

Wo sie recht hatte, hatte sie recht.

»Ich höre mich mal um. Man erfährt so einiges, wenn man als Frau einsam in einer Bar sitzt und Baileys trinkt.«

Ich legte eines von Philipps Fotos vor sie hin.

»Ich ruf dich später an«, sagte Miranda, und ich ließ einen Zwanziger und etwas Kleingeld auf dem Tresen zurück. Sie flatterte dankend mit ihren falschen Wimpern, während sie mit glamouröser Eleganz an ihrem Drink nippte und nach dem Foto griff.

In Gedanken versunken folgte ich der Langstrasse, die allmählich zum Leben erwachte. Es war bereits kurz vor Mittag, und die Restaurants und Schnellimbisse hängten ihre Tafeln heraus, auf denen in zum Teil abenteuerlichem Deutsch kryptische Menüs feilgeboten wurden. Eingeklemmt zwischen zwei von diesen Lokalen befand sich ein schicker Kleiderladen, der sich einem jungen, urbanen Publikum anbiederte und gleichzeitig ein Zeugnis des verzweifelten Versuchs war, das Quartier aufzuwerten und zur Shoppingmeile für Yuppies umzukrempeln. Doch eingekauft wurden hier weiterhin nur die gängigen Sonderangebote – Drogen und Sex – und der Laden war immer leer, wenn ich daran vorbeikam. Was die jungen und urbanen Verkäufer nicht davon abhielt, weiterhin enthusiastisch zu gucken, sobald jemand vor dem Schaufenster stehen blieb.

Ich passierte den Lebensmittelladen an der Ecke und die davor angeketteten und herzerweichend winselnden Hunde, und als ich ein paar Schritte weiter am Geschäft meiner Mutter vorbeikam, spähte ich wie immer kurz durch die Schaufensterscheiben. Der Laden florierte, und das war allein ihr zu verdanken.

Mein Vater war damals als Koch für eines der ersten indischen Spezialitätenrestaurants in die Schweiz geholt worden. Schnell lernte er, dass ›scharf‹ indisch keineswegs gleichzusetzen war mit ›scharf‹ schweizerisch und dass der Kantinenrenner *Riz Casimir* mehr mit matschigen Dosenfrüchten zu tun hatte als mit würzigem Curry. Mitte der Achtziger hatte er sich dann selbstständig gemacht und das Geschäftslokal in der Nähe des Helvetiaplatzes gepachtet. Zu der Zeit brach auf Sri Lanka der Bürgerkrieg aus und Tamilen flohen scharenweise in die Schweiz, wo sie als Asylanten in Heimen unterkamen, bevor man entdeckte, wie widerstandslos sie sich in Restaurantküchen herumdirigieren ließen und wie zuverlässig sie Pfannen schrubbten. Heute käme es keinem mehr in den Sinn, der nicht gerade eine pathologische Vorliebe für schwere Springerstiefel und kahl rasierte Schädel hat, etwas gegen Tamilen zu haben, doch damals war die Entrüstung groß. Sie entfachte sich in erster Linie an den ausgebeulten Lederjacken und Goldkettchen, welche die Flüchtlinge zusammen mit zu engen Bluejeans und weißen T-Shirts beinahe uniformmäßig trugen, man war empört über den angeblich verschwenderischen Umgang mit Steuergeldern. Dass George Michael zu der Zeit genauso angezogen auftrat, schien hingegen niemanden zu stören.

Wir blieben von diesen Ressentiments weitgehend verschont, was nicht nur mit unserer Art uns zu kleiden zu tun hatte. Inder waren damals wie heute eine beinahe unsichtbare Ethnie, angepasst und vor allem unauffällig. Wenn der Einheimische auf einen richtigen Inder stieß, dann freute er sich, denn das erinnerte ihn an Bollywood und die buntfröhlichen Filme mit der ewig gleichen Geschichte und den überdrehten Tanzszenen, die manchmal in den Kinos gezeigt wurden, an Curry und das Mangolassi aus der *Migros*, den Yogakurs und die Bezeichnungen für all die Verrenkungen in Sanskrit, den Selbstfindungstrip durch Rajastan. Und sowieso musste das alles gut sein fürs Karma. Oder hieß es Korma? Jedenfalls mochte man Inder grundsätzlich, im Gegensatz zu anderen fremdländischen Bevölkerungsgruppen, die von politischen Kreisen, die ihrerseits berüchtigt waren für den Hang zur unreflektierten Verallgemeinerung, der Dealerei und Zuhälterei bezichtigt wurden und ohnehin dauernd im Konflikt mit dem Gesetz standen. Anderen Zuwanderern wiederum nahm man übel, dass sie das Lohnniveau senkten, Topjobs an sich rissen, immer alles besser wussten und zu laut und zu perfekt Deutsch sprachen. Inder blieben von rassistischen Attacken dieser Art glücklicherweise verschont.

Mein Vater hatte also diesen Laden, der mehr ein Kiosk war. Und meine Mutter, die sich bis dahin einzig um den Haushalt und nach meiner Geburt zusätzlich noch um mein Wohlergehen gekümmert hatte, witterte die Chance ihres Lebens. Als sie die Möglichkeit erkannte, mit einem Schritt aus dem Schatten ihres Mannes zu treten und ein selbstbestimmtes Leben zu führen, verbannte sie resolut ihr Heimweh und die Hoffnung, die sie während der ganzen einsamen Jahre in der Fremde am Leben erhalten hatte, nämlich irgendwann als weit gereiste, wohlhabende und entsprechend angesehene Frau nach Indien und in den Schoß ihrer Familie zurückzukehren. Eine immer wieder bis ins kleinste Detail ausgemalte Situation, die der Lohn für all die vorangegangenen Entbehrungen sein sollte. Diese Hoffnung verblasste im Lauf der Zeit. Und doch wusste ich, dass sie nichts anderes als Indien meinte, wenn sie »Zuhause« sagte, und manchmal ertappte ich sie dabei, wie sie gedankenverloren vor sich hin starrte, und wenn ich sie dann antippte, zuckte sie zusammen und ihr Blick schien von weit her zu kommen.

Innerhalb weniger Jahre hatte sie das Geschäft, das unter ihrer strengen Hand zum indischen Lebensmittelladen mutierte, zu großem Erfolg geführt. Im Verlauf der Neunziger zogen immer mehr Inder in die Stadt und versorgten sich bei ihr mit den damals hierzulande kaum erhältlichen asiatischen Esswaren. Irgendwann kam sie dann auf die Idee, indische Menüs billig über die Gasse zu verkaufen. Eine wahre Goldgrube, wie sich herausstellte. Mit der Zeit verpflegten sich nicht nur Inder bei ihr, sondern auch all diejenigen aus dem Quartier, die Daal, Tandoori, Vindaloo und Biryani nicht für die Mitglieder einer Castingband hielten.

Während meine Mutter also in ihrem Laden aufblühte, blieb mein Vater immer öfter zu Hause, versank im Sessel, die Flasche Amrut stets in Reichweite, und studierte tagealte Ausgaben der *Times of India*, die zweimal pro Woche zusammen mit den Gewürzen, tiefgefrorenen Fischen und Gemüse aus Mumbai importiert wurde.

Meine Mutter war eine etwas füllige, klein gewachsene Frau, die ihre mangelnde Körpergröße mit resolutem Gebaren kompensierte. Immer noch trug sie bunte Saris, zu Hause und auch bei der Arbeit. Den lokalen Textilprodukten stand sie seit jeher kritisch gegenüber, vor allem solchen, die für junge Frauen fabriziert wurden, und geradezu kategorisch ablehnend denjenigen, die meine jeweiligen Freundinnen trugen.

»*Hai rabba!* Viel zu kurz!«, hatte sie jedes Mal entsetzt gezischt, wenn Annina in einem leichten Sommerkleid zu Besuch kam.

»Es sind zweiunddreißig Grad.«

»Und wenn schon. In Indien ...«

»Wir sind aber nicht in Indien, Ma.«

»Ich hätte mich ja nie getraut, so rumzulaufen. Meine Mutter hätte mich verprügelt und weggesperrt.«

Ich seufzte.

»Denkt man nicht ...?«

»Nein, Ma, denkt man nicht.«

»Aber in dieser Gegend?«

»Nein, niemand denkt, dass sie auf der Straße arbeitet. Alle Mädchen laufen so rum.«

»Hai rabba!«, stieß sie dann aus und durchbohrte mich mit ihrem stechenden Inderinnenblick. Natürlich wurden diese Konversationen immer im Flüsterton und in der Küche geführt, während mein Vater unbekümmert mit Annina am Esstisch plauderte und an seinem Whisky nippte. Und dann stolzierte meine Mutter übers ganze Gesicht strahlend mit einer Schüssel dampfenden Hühnercurrys hinaus und spielte die perfekte Gastgeberin.

»Annina, Liebes, du magst doch scharf gewürzte Auberginen?«

Niemand bemerkte dabei die missbilligenden Blicke, die sie auf Anninas nackte Schenkel warf. Niemand außer mir.

Natürlich war ihr schon immer klar gewesen, dass aus Annina und mir nie etwas werden würde. Immerhin müsste sie keine Ehe für mich arrangieren, hatte sie eines Tages geseufzt, der Westen habe eben doch sein Gutes. Aber es klang alles andere als erfreut. Ich brauchte trotz allem eine indische Frau, davon war sie felsenfest überzeugt, ein sanftmütiges, unterwürfiges Wesen, das sich bestens darauf verstand, Currys zu kochen, Chapatis zu backen, Pullover und Socken für den Winter zu stricken, ihren Ehemann mit wohltuenden Fußmassagen zu verwöhnen und seine Kinder auszutragen, am besten dutzendweise. Und wenn ich an den Beschaffungsstress dachte, den mir meine Libido seit Anninas Abgang verursachte und der an manchem späten Samstagabend nur knapp an der Beschaffungskriminalität vorbeischrammte, war ich manchmal nah dran, ihr beizupflichten.

Von den hiesigen Frauen hielt meine Mutter nichts. Viel zu eigenständig und selbstbewusst. Das war kaum etwas, was einen Mann anzieht, so ihre Meinung. Dass sie selbst im Verlauf der langen Jahre in der Schweiz ebenfalls eigenständig und selbstbewusst geworden war, blendete sie aus, genauso wie die Tatsache, dass vor dem Schaufenster ihres Ladens Frauen mit weit kürzeren Röcken vorbeistöckelten, als sie Annina jemals getragen hätte. Manchmal schien es, als nähme meine Mutter die Welt um sich herum durch einen Filter wahr. Allerdings nur dann, wenn es ihr gerade passte.

Sie winkte mir heftig zu, als sie mich entdeckte, und bedeutete mir reinzukommen. Ich tippte auf die imaginäre Uhr an meinem Handgelenk, doch ihre Gesten machten deutlich, dass sie Zeitmangel keineswegs als Ausrede gelten ließ. Seufzend fügte ich mich dem Unausweichlichen.

Meine Mutter stand in der Mitte des Ladens, wo sie ein paar Herdplatten auf einem Tisch hatte installieren lassen. Vorn waren Theke und Kasse, hinter ihr standen große Kühlvitrinen, in denen Fische auf Eis lagerten, daneben vakuumverpackte und gefrorene Hühnerteile und klobige Lammstücke. Die Wände waren voller Regale mit Reissäcken, Linsen, Gewürzen und Ölen, daneben gab es auch einen Zeitungsständer mit indischer Presse und Magazinen und eine Abteilung mit Schönheits- und Pflegeprodukten.

»*Betaji,* komm her!«, rief sie, als ich eintrat. Sie rührte in einem Topf. Im ganzen Laden roch es würzig nach Curry, und sofort wurde mir ganz heimelig zumute, schließlich war ich im Dunst der indischen Küche aufgewachsen.

»Das ist Manju.« Mit vielsagender Miene deutete meine Mutter auf ein klappriges Wesen, das neben ihr stand und gerade Samosas in heißem Fett ausbackte. Es trug eine schwarze Hornbrille und steckte in einer formlosen Strickjacke, darunter waren die Ränder eines blassen, fadenscheinigen Saris zu erkennen. Sie blickte mich ausdruckslos an, hob dann die gefalteten Hände zur Stirn, neigte steif den Kopf und wandte sich stumm wieder ihrer Pfanne zu.

Ich starrte meine Mutter an. »Wie alt ist sie? Achtundsechzig?«

»*Buddhou.* Dummkopf.« Sie warf mir einen vernichtenden Blick zu. »Manju ist die Tochter von Tante Asha. Erinnerst du dich?«

Ich schüttelte den Kopf. Ich war seit Jahren nicht mehr in Indien gewesen und erinnerte mich nur vage an meine Verwandtschaft. Nicht zuletzt deshalb, weil sie so vielköpfig war, dass sie locker das Hallenstadion gefüllt hätte.

»Sie ist deine Cousine vierten Grades aus Varanasi, also die Tochter des Bruders des Schwagers des Ehemannes meiner Schwester. Oder so.«

»Wäre das noch Inzest?«

Sie überging meine Bemerkung mit einem scharfen Schnauben. »Tante Ashas Mann Sanjeev ist letzten Sommer gestorben, deswegen habe ich Manju eingeladen, ein wenig

Zeit bei uns zu verbringen«, flüsterte sie. Sie hob erwartungsvoll die Augenbrauen. Schon immer hatte sie Verwandte aus Indien nachkommen lassen, die ihr dann im Laden zur Hand gingen. Oft hatten diese vorübergehend bei uns gewohnt, bis sie sich eine eigene Bleibe leisten konnten oder zurück nach Indien flogen, weil sie es nicht mehr aushielten, sei es aus lauter Heimweh oder wegen des Chefgehabes meiner Mutter. Doch noch nie hatte sie ein Mädchen in derart unverhohlener Absicht herkommen lassen. Die Sache mit den Enkeln musste für sie in letzter Zeit an Priorität gewonnen haben.

»Vergiss es«, sagte ich kurz angebunden.

»Samosa?«, fragte Manju mit glockenhellem Stimmchen und hielt mir einen der fettglänzenden Krapfen hin. Meine Mutter nickte aufmunternd und widerwillig griff ich zu. Ich biss hinein und verbrannte mir beinahe die Lippen.

»Schmeckt es Ihnen, Mister Vijay?«

Ich bejahte mit vollem Mund.

»Vielen Dank, Mister Vijay.« Manju strahlte erfreut und glotzte mich durch die dicken Gläser ihrer Brille an. Als sich unsere Blicke trafen, errötete sie blitzartig, senkte den Kopf und starrte gebannt in das siedende Öl. Meine Mutter lächelte zuckersüß, ihr Blick wanderte von mir zu Manju und wieder zurück. Es war nicht zum Aushalten.

»Manju kocht ein hervorragendes Rogan Josh«, sagte meine Mutter.

»Oh, vielen Dank, Mrs. Kumar.«

»Vijay liebt Lammcurry über alles.«

»Du brauchst nicht so langsam zu sprechen und jede Silbe einzeln zu betonen. Manju ist ja nicht zurückgeblieben. Oder, Manju?«

Manju kicherte erstmals. »Nein, Mr. Vijay, sicher nicht.

Ich habe soeben die Highschool abgeschlossen. Später würde ich gerne studieren ...«

»Das hat Zeit«, fiel ihr meine Mutter rasch ins Wort. »Jetzt bist du erst mal hier und lernst die Schweiz kennen. Vijay zeigt dir sicher gerne die Sehenswürdigkeiten der Stadt. Vielleicht wäre auch ein Ausflug ...«

»Ma!«

»Vielen Dank, Mrs. Kumar, ich bin sehr gerne hier.«

Manju sprach mit einem starken Akzent und merkwürdiger Intonation, zudem bedankte sie sich ununterbrochen. Ich wusste, dass sie Varanasi rasch abstreifen würde, wenn sie länger blieb. Und bei der Entschlossenheit, die meine Mutter an den Tag legte, würde sie genau das tun, daran bestand kein Zweifel. Sie würde sich anpassen, integrieren, der Akzent würde schwächer werden und schon bald wären auch die Strickjacke, der Sari, die schwarze Hornbrille und die alberne Frisur verschwunden.

»Wie alt ist sie wirklich?«, flüsterte ich meiner Mutter zu.

»Einundzwanzig. Im besten Alter.« Sie deutete mit der Hand eine Wölbung über dem Bauch an und guckte mich vielsagend an.

Ich schluckte leer.

»Eure Horoskope passen perfekt zueinander.«

»Okay, ich muss los«, sagte ich hastig. »Ich bin in ein paar Jahren zurück.«

Ich überprüfte am Bancomat beim Helvetiaplatz meinen Kontostand, was ich eigentlich ursprünglich vorgehabt hatte, bevor ich in die kupplerischen Fänge meiner Mutter geraten war. Er war bedenklich, aber noch nicht besorgniserregend tief. Miranda hatte sich noch nicht gemeldet. Ich hatte auch gar nicht erwartet, dass sie in so kurzer Zeit etwas herausfinden würde. Also beschloss ich, der Kiffer-WG nochmals einen Besuch abzustatten und den Nachnamen Philipps in Erfahrung zu bringen. Vielleicht konnte mir seine Familie weiterhelfen.

Natürlich war die Tür immer noch abgeschlossen, doch diesmal kam mir der Zufall nicht zu Hilfe. Ich ließ den Finger auf der Klingel und zählte bis zehn, doch nichts tat sich. Auch in den anderen Stockwerken regte sich nichts. Wahrscheinlich frönte die blonde Dame von vorhin ihrem dringend benötigten Schönheitsschlaf. Ich war genervt, obwohl ich es mir selbst zuzuschreiben hatte, dass mir nun eine wichtige Information fehlte. Anfängerfehler.

Eine verwahrloste Frau mit strähnigem Haar und einer Bierdose in der Hand wankte an mir vorbei, und ich trat etwas zur Seite. Ihr Gesicht war verheult und sie schimpfte lautstark vor sich hin. Wenn man hier lebte, war man solche Szenen gewohnt. Diese Ecke war die wohl belebteste im ganzen Kreis und gleichzeitig auch die verruchteste. An den Bushaltestellen lungerten die Junkies mit flackernden Blicken herum und lallten Passanten um ein paar Münzen an, meist mit der lächerlich fadenscheinigen Begründung, sie bräuchten das Geld für die Notschlafstelle. Afrikanische Dealer eilten, nach allen Seiten spähend, im Stechschritt vorbei, als suchten sie dringend die nächste Toilette. Manchmal folgte ihnen jemand unauffällig in eine Nebengasse, wo er mit dem Nötigsten versorgt wurde. Das Kokain, das sie zu kleinen, halbgrämmigen Kügelchen verpackt im Mund herumtrugen, schluckten sie im Falle einer Polizeikontrolle einfach hinunter. Was nicht nur die Erklärung für die Wasserflasche war, die sie ständig mit sich herumschleppten, sondern auch für den etwas hamsterbackigen Gesichtsausdruck. Tauchte ein Polizeiwagen auf, zerstoben sie in alle Himmelsrichtungen und die

Kreuzung war urplötzlich menschenleer und wirkte beinahe verschlafen.

Auf der anderen Straßenseite befand sich ein Kleiderladen, der seine Ware im Freien präsentierte. Sie war jedoch derart unansehnlich, dass nicht einmal die Junkies auf die Idee kamen, sie zu klauen. Die Geschäftsführung jedenfalls hatte keine Bedenken, die Klamotten ungesichert und unbewacht draußen hängen zu lassen. Ich ging weiter und bog wenig später in die Kernstrasse ein, die streckenweise mehr Gässchen als Straße war. Hier tummelten sich die Dealer gleich rudelweise, ein stetes Zischen und Schnalzen verfolgte mich, während ich mit geradeaus gerichtetem Blick durch das schwarze Herz der Stadt ging. Balthasar hatte zwar nichts mit Drogen zu tun, doch er hatte ein Talent, das mir vielleicht bei der Suche nach Philipp weiterhelfen konnte: Er hatte einen scharfen Blick, dem kaum etwas im Quartier entging. Am wenigsten junge, gut aussehende Burschen.

Ich stieß die Milchglastür auf, ein helles Glöckchen bimmelte unschuldig, und sofort drang mir der schwere, süßliche Geruch von Leder in die Nase. Es dauerte einen Moment, bis sich meine Augen an das dämmerige Licht im Laden gewöhnt hatten. Rechts von mir befanden sich Regale, auf denen DVDs ausgestellt waren. Natürlich musste ich hingucken, obwohl ich gar nicht wollte. Wie immer zeigten die Hüllen muskulöse Männer jeglicher Hautfarbe, für die das knappe Produktionsbudget offensichtlich nur wenig oder gar keine Kleidung vorgesehen hatte. Mit verblödetem Gesichtsausdruck und ohne große Begeisterung reckten sie der Kamera ihr angeschwollenes Geschlechtsorgan entgegen, dessen absurde Größe die ursprüngliche Funktion stark infrage stellte. Ich trat ein paar Schritte in das Lokal hinein.

Weiter hinten hingen schwarze Lederjacken und Lederhosen an Ständern. Daneben entdeckte ich kniehohe Stiefel, Handschuhe, Mützen und Armeeuniformen. Alles, was es für ein SS-Ehemaligentreffen so brauchte.

Balthasar war nirgends zu entdecken. Ich ging zum Tresen und betrachtete während des Wartens diverse Metallteile, die unter der Glasabdeckung ausgebreitet lagen. Klammern, Schrauben, Röhren und andere bizarr geformte Utensilien, über deren Verwendungszweck ich nur rätseln konnte. Die Auslage erinnerte mich stark an den Inhalt eines Heimwerkerkastens aus dem Hobbymarkt. Ich betrachtete gerade eingehend eine Pipette aus Chromstahl, als plötzlich schwere Schritte zu vernehmen waren. Ich fuhr herum und vor mir stand der Froschmann. Er trug eine Gummimaske, aus der vorn ein Rüssel ragte, einem Staubsauger nicht unähnlich.

»Funktioniert doch einwandfrei.« Der Froschmann zog die Maske aus und Balthasars gerötetes Gesicht kam zum Vorschein. »Manche Kunden haben keine Ahnung, wie man so etwas richtig benutzt.«

Er wischte sich den Schweiß von der Stirn und legte die Maske auf den Tresen.

»Wozu ist die?«

Er zog die Augenbrauen hoch und betrachtete mich belustigt. »Willst du nicht wissen, mein Lieber.«

»Aber …«

»Du willst es nicht wissen, glaub mir. Kaffee?«

Ich grinste und bejahte. Balthasar steckte eine blau glänzende Kapsel in die Espressomaschine und drückte dann den Knopf. Es war schwierig, sein Alter zu schätzen, und zu fragen traute ich mich nicht, ich wusste, wie empfindlich Leute mit einer gewissen Lebenserfahrung darauf reagieren konnten. Doch ich nahm an, dass er auf die fünfzig zuging.

Er hatte sich eine Glatze rasiert und seine Oberlippe zierte ein fadendünnes Bärtchen. Obwohl er Lederhosen und ein Armyhemd trug und unübersehbar Gewichte hob, ging etwas Fürsorgliches, beinahe Mütterliches von ihm aus, er hatte den herben Charme und den urchigen Dialekt einer Innerschweizer Bauersfrau. Ich konnte mir gut vorstellen, wie er sonntags seine Freunde mit selbst gebackenem Pflaumenkuchen und Rumpunsch bewirtete.

»Milch und Zucker?«

»Beides, doppelt.«

Er verzog das Gesicht.

»Ich bin Inder.«

»Und was bringt dich zu mir? Hast du dich endlich entschlossen, die Seite zu wechseln?«

»Nicht in diesem Leben.«

Ich legte Philipps Foto auf den Tresen.

»Stimmt, du bist ja jetzt Privatschnüffler. Hübscher Bengel. Aber was um Himmels willen ist das daneben.«

»Seine Freundin. Sie hat einen etwas eigenen Geschmack. Sie vermisst ihn seit Freitag. Kennst du ihn?«

Balthasar beugte sich über die Aufnahmen. »Ja, den hab ich schon gesehen. Velokurier ist der, oder?«

»Eher Drogen, aber schon mit Velo.«

»Ist ihm etwas zugestoßen?«

»Genau das versuche ich herauszufinden.«

»Mit den ganzen Drogengeschichten kenne ich mich nur wenig aus. Nicht mehr.« Er hob wie zur Entschuldigung die Schultern und guckte mich betrübt an. Doch dann riss er plötzlich ganz kurz die Augen auf.

»Was ist?«

Er zögerte.

»Sag schon.«

»Was ich dir jetzt erzähle, muss unter uns bleiben. Diskretion ist das oberste Gebot in meinem Geschäft. Sonst könnte ich den Laden innerhalb kürzester Zeit dichtmachen.«

»Wem erzählst du das!«

»Der Junge hat ein paarmal bei mir eingekauft.«

Ich starrte ihn erstaunt an.

»Irgendwelchen Schmuck. Ringe, Stecker, Intimschmuck, so was halt. Es kaufen ja Leute jeglicher sexuellen Neigung bei mir ein, nicht nur Schwule. Wahrscheinlich waren die Sachen für die da, die hat ja eine ganze Eisenwarenhandlung im Gesicht.« Er deutete abschätzig auf die Fotos.

»Aber darum geht es eigentlich gar nicht. Ich habe einen Stammkunden. Etwas älter, hetero, verheiratet, gut gekleidet, trägt immer Anzug und Krawatte. Arbeitet wahrscheinlich bei einer Versicherung oder so. Der kauft meist ...« Er hielt inne und grinste dann süffisant. »Aber das spielt an und für sich keine Rolle. Jedenfalls steht der Junge im Laden und will gerade bezahlen, als dieser Typ reinkommt. Er sieht den Burschen und bleibt wie angewurzelt stehen. Wird leichenblass, schnappt nach Luft und stürzt wieder raus.«

»Und Philipp?«

»Hat ihn nicht gesehen. Er hat sich erst umgedreht, als er bemerkte, dass ich mit offenem Mund zur Tür starrte.«

»Wann war das?«

»So vor ungefähr drei Wochen. Ich könnte bei den Belegen nachschauen.«

Ich winkte ab. »Wie sieht der Mann aus? Kannst du ihn beschreiben?«

»Unauffällig. Ein typischer Beamter halt. Steif und schon ganz grau im Gesicht.«

»Das ist alles? Davon gibt's in Zürich Tausende. Überleg genauer, vielleicht fällt dir noch etwas ein.«

»Schütteres, rotblondes Haar. Ein Schnauz, eventuell. Ich bin mir nicht mehr sicher. Eine Brille.«

Balthasar nippte an seinem Kaffee und runzelte angestrengt die Stirn. Plötzlich erhellten sich seine Gesichtszüge. »Und er trug einen altmodischen Siegelring.«

»Einen Ring? Kannst du ihn beschreiben?«

»Aus Gold, ziemlich massiv, das Siegel hellblau. Doch das Merkwürdige war, dass auf dem Siegel ein stilisierter Tierkopf zu sehen war. Beinahe wie ein Wappen.«

»Was für ein Tier?«

»Ein Fuchs, würde ich sagen, oder ein Wolf. Aber ich bin mir nicht ganz sicher. Es war ja nur eine Skizze, die den Kopf andeutete, ein paar Striche, die eingraviert waren. Aber es war nicht so, dass ich den Ring stundenlang betrachten konnte. Der Mann war wegen ganz anderen Dingen da.«

»Aber immerhin ein Anhaltspunkt.« Ich überlegte. »Und wieso ist er wieder rausgegangen?«

»Geflohen trifft es schon eher. Vielleicht hatte er mal was gehabt mit dem Jungen?«

»Man kann nie wissen, aber die Wahrscheinlichkeit ist doch eher klein. Auch wenn du der Meinung bist, dass jeder Hetero nach drei Drinks verführbar sei, glaube ich doch, dass das eher Wunschdenken ist als eine häufig praktizierte Tatsache. Aber eventuell war er ein Kunde von Philipp? Koks ist in allen Volksschichten beliebt.«

Balthasar wiegte den Kopf. »Der kaum. Kann ich mir jedenfalls nicht vorstellen. Wobei man es ja niemandem ansieht. Doch ich denke eher, dass es ihm peinlich war, in einem solchen Laden gesehen zu werden.«

Ich nickte und starrte nachdenklich auf die Gummimaske, während ich meinen Kaffee austrank.

Auf einer Bank in der nahe gelegenen Bäckeranlage rauchte ich eine Zigarette. Es war ruhig und friedlich, im Vergleich zum Wochenende, wo die halbe Stadt die Parkanlage als Naherholungsgebiet nutzte. Lediglich ein paar Kinder spielten Fangen auf der Wiese und kreischten dazu vor Vergnügen. Die dazugehörigen Mütter saßen derweil bei dampfendem Pfefferminztee und dem neusten Klatsch an den Holztischen vor dem Selbstbedienungsrestaurant und ließen ihre Sprösslinge nicht aus den Augen.

Es konnte gut sein, dass es dem Mann mit dem Siegelring peinlich gewesen war, in einem Fetischladen gesehen zu werden; dies allein erklärte die offensichtlich panische Reaktion jedoch nicht. Ich musste rausfinden, in welchem Verhältnis er zu Philipp stand und wieso er dermaßen erschrocken war, als er ihn gesehen hatte. Ich wurde das dumpfe Gefühl nicht los, dass dies wichtig sein und vielleicht sogar etwas mit meinem Fall zu tun haben könnte.

Als ich den Park verließ und auf dem Gehsteig stehen blieb, um mir eine weitere Zigarette anzustecken, zischte ein dunkler Schatten an mir vorbei und eine Tasche schlug mir schwer gegen die Schulter. Erschrocken sprang ich zur Seite, während Zigarette und Feuerzeug in hohem Bogen durch die Luft wirbelten.

»Verdammt! Pass doch auf, du Idiot!«, schrie ich dem Velofahrer hinterher. Dieser wandte blitzartig den Kopf und riss den Mund auf, um etwas Unflätiges zu erwidern, doch dann hielt er inne und grinste stattdessen nur frech. »Hombre!«

»José!«

Er stieg ab und kam mit ausgebreiteten Armen auf mich zu. »Hast du Zeit?«, erkundigte er sich, nachdem wir uns umarmt hatten.

Ich nickte. Wie immer war er unrasiert, trug eines dieser

an Geschirrtücher erinnernden Kurzarmhemden und eine verkehrt herum aufgesetzte Baseballkappe, mit der er irgendwie ein wenig zurückgeblieben wirkte. Was er keineswegs war. José und ich hatten zusammen das Gymnasium besucht und uns schon dort bestens verstanden, was nicht unerheblich mit unseren Kneipenbesuchen vor der nachmittäglichen Doppelstunde Mathematik zusammengehangen hatte. Die daraus resultierende Trinkfestigkeit und Inkompetenz, was Zahlen anging, hatte unsere Schicksalsgemeinschaft besiegelt. Im Verlauf der Jahre war eine enge Freundschaft daraus entstanden, die jedoch immer noch stark von übermäßigem Alkoholgenuss geprägt war. Gewisse Dinge änderten sich nie. Deswegen fanden wir uns etwa drei Minuten später in einem schicken Lokal mit einer riesigen Fensterfront wieder, in dem der Mittagsservice allmählich abflaute.

»Was denkst du?«

»Schümli Pflümli?«

»Ein hervorragender Detektiv, meine Hochachtung!«

»Blödmann.«

Ein wenig Alkohol konnte dem angebrochenen Nachmittag kaum schaden. José winkte der Bedienung, die ganz auf Zürcher In-Lokal getrimmt war. Das heißt, ihr Körper, dem sie jede Sinnlichkeit weggehungert hatte, steckte in verwahrlost aussehenden, aber mutmaßlich sündhaft teuren Klamotten, eine perfekt zerzauste Frisur, die bis zur letzten abstehenden Haarsträhne durchgestylt war, zierte ihr Haupt, und ihre ganze Attitüde ließ erahnen, dass sie eigentlich Schriftstellerin oder Schauspielerin war und den Job hier nur aus purer Freude machte. Letztere jedoch konnte man hinter der angeödeten Miene nur erahnen. José bestellte, ohne sich von der geballten Ladung Understatement beeindrucken zu lassen, und wandte sich dann wieder mir zu.

»Schau dir das mal an!« Er kramte eine Gratiszeitung aus seiner Tasche und tippte aufgeregt auf die Schlagzeile. *Letten-Leiche wurde zerfleischt!*, war da zu lesen. Der Junge, den man in der Limmat gefunden hatte, hatte es also bereits zum zweiten Mal auf die Titelseite geschafft. Anscheinend geschah sonst nicht gerade viel in der Welt.

»Die neusten Untersuchungen haben ergeben, dass er von Hunden angefallen wurde. Das arme Schwein ist elendiglich verblutet. Eine grässliche Vorstellung.«

»Wem gehörten denn die Köter?«

»Genau da beginnen die Fragen. Wer war er? Wo und weshalb haben ihn die Hunde erwischt? Und wer hat ihn danach in die Limmat befördert?«

Ich drehte die Zeitung zu mir hin und überflog den Artikel. »Da steht dein Name drunter.«

»Der Chefredaktor hat mich auf den Fall angesetzt.«

»Ein weiterer Bluthund.«

»Hombre, mit dem Bericht über die neue Frisur einer Bundesrätin holst du keine Leser. Da kann sie noch so viele Strähnchen blondieren.«

»Stimmt schon, aber das da scheint nicht gerade eine besonders appetitliche Angelegenheit zu werden. Irgendwann wird sich herausstellen, wer der Besitzer der Viecher ist. Du wirst in den miefigen Vorort fahren und zu hören bekommen, dass die armen Tiere jahrelang und halb verhungert in einem winzigen Zwinger gefangen gehalten wurden, und dann wirst du die über den Gartenzaun glotzenden Nachbarn interviewen, die entweder nichts gesehen oder so etwas schon immer befürchtet haben. Nur unternommen hat von denen keiner was. Und dann meldet sich die Freundin des Halters und heult rum, wie leid ihr das alles tue und dass sie ihn schon lange verlassen wollte, und der Halter selbst ist auch so eine verwahrloste Existenz, mehrmals vorbestraft und nicht sozialkompatibel. Du wirst gegen deine Verachtung ankämpfen müssen und einen Bericht schreiben, der die beiden als rücksichtslose Monster erscheinen lässt, und sie werden dadurch mehr Aufmerksamkeit bekommen, als sie sich jemals vorgestellt haben. Man wird sie im Fernsehen bringen und ihnen ganze Seiten in den Zeitungen widmen, nur um sie am Ende, wenn die Geschichte ausgelutscht ist und sich die Aufregung gelegt hat, fallen zu lassen. Und dann beginnt das ganze Elend von Neuem. Nur guckt dann keiner mehr hin.«

»Was willst du damit sagen?«

»Keine Ahnung.« Ich bemerkte erst jetzt, dass ich mich in Rage geredet hatte.

José lächelte spöttisch. »Im Übrigen ist das mein Job. Deine Arbeit, mein Lieber, unterscheidet sich dabei nicht merklich von meiner. Das wirst du noch früh genug bemerken. Und dann komm ich mit der Moral, darauf kannst du Gift nehmen.«

Ich wollte gerade erwidern, dass die Suche nach einer nicht verschwundenen Perserkatze kaum vergleichbar sei mit dem Aufspüren verantwortungsloser Hundehalter und ihrer bisswütigen Tölen, doch im letzten Moment realisierte ich, dass es wohl klüger war, den Mund zu halten. Man muss sich nicht unnötig lächerlich machen, wenn man es vermeiden kann.

Die Bedienung kam endlich mit unseren Getränken. Sie stellte die Gläser mit spitzen Fingern hin, als widere sie alles und insbesondere wir beide an. José schnitt eine Grimasse und roch an der dampfenden, trübbraunen Flüssigkeit, auf der eine fette Sahnehaube zerschmolz.

»Immerhin war sie nicht geizig mit dem Schnaps. Auf uns!«

Wir stießen an und tranken.

»Hinter was bist du gerade her?«

Ich lieferte einen detaillierten Überblick. José lachte kurz bei der Katzengeschichte, die ich jetzt doch erwähnte; als ich hingegen von dem Megadeal und Philipps Verschwinden erzählte, hörte er mir aufmerksam zu.

»Von diesen unglaublichen Drogenlieferungen habe ich auch schon gehört. Doch bis anhin habe ich das immer für einen Mythos gehalten, weil niemand etwas Genaues wusste. Immer war es der Freund eines Freundes, der jemanden kannte, der angeblich damit zu tun gehabt hatte. Und die Spur verlief immer im Sande, wenn ich sie etwas weiter verfolgte. Aber wenn du mehr erfährst …«

Ich grinste. »Dann würde ich sicher nicht als Erstes dich anrufen. Vielleicht später, wenn alles vorbei wäre und ich Philipp gefunden hätte. Vorher würdest du mir mit einem Zeitungsbericht nur die Ermittlungen versauen. Doch ich denke, die Meldung wäre auch ein paar Tage später noch eine kleine Sensation.«

»Oder sogar eine große. Je nachdem, wer alles darin verwickelt ist.«

»Ich kann förmlich sehen, wie die sensationslüsternen Räder in deinem Boulevardjournalistengehirn ineinandergreifen: *Ex-Miss und ihre kolumbianische Leidenschaft! TV-Moderator stopft Karriereloch mit Drogen! Ehemaliges Skiass kurvt wieder im Schnee!* Das wären Meldungen, die die Auflage explodieren lassen würden.«

José verzog mit gespielter Beleidigung den Mund. »Vielleicht bei den billigen Klatschblättern, die dankbar sind für die faden Skandälchen der ganzen Schweizer Drittligaprominenz. Ich hätte lieber etwas mit weniger Ex, dafür mit mehr Klasse.«

»Viel billiger als Gratiszeitung geht's wohl kaum.«

»Man wird doch noch Ambitionen haben dürfen.«

Ich grinste. »Wenn ich etwas rausfinde, wirst du es als Erster und Einziger erfahren. Versprochen.«

»Na, dann hoffe ich, dass du was taugst.« José leerte das Glas in einem Zug und sah mich dann fragend an. Ich nickte schicksalsergeben, und er winkte der Bedienung so lange, bis sie nicht mehr vorgeben konnte, sie sähe ihn nicht. Mit verächtlich hochgezogenen Augenbrauen stöckelte sie zur Kaffeemaschine.

Es war kurz nach fünf, als ich in die Dienerstrasse einbog. Ich hatte das Gefühl, nur leicht zu wanken, doch an den besorgten Blicken der Passanten bemerkte ich, dass dem wohl nicht so war. Aber gemessen an der Tatsache, dass ich sechs Schümli Pflümli auf beinahe nüchternen Magen intus hatte, benahm ich mich noch ziemlich angepasst. Das war die jahrelange Übung. Eine gute Ausbildung zahlte sich immer aus, gerade wenn es ums Trinken ging. Als ich mich am Treppengeländer hochhangelte, klingelte mein Telefon.

»W…wie…«, lallte ich.

»Vijay, ich weiß. Hör mal zu.«

Mirandas Stimme drang rau an mein Ohr. Das Telefon zwischen Unterkiefer und Schulter geklemmt, versuchte ich, das Schlüsselloch zu treffen.

»Ich bin ganz Ohr, meine Süße.«

Nach mehrmaligem Versuch klappte es und ich schloss die Wohnungstür auf. Marie Antoinette kam mit hoch erhobenem Schwanz auf mich zu stolziert und strich mir um die Beine.

»Ich habe ein, zwei Dinge in Erfahrung gebracht. Triff mich in einer halben Stunde in der *Zukunft.*«

»Du klingst wie ein Zeitritter.«

»Ritterin, wenn schon.«

»Eine Art transformierte Jeanne d'Arc in dem Fall.«

»Trans ist schon mal gut.« Miranda lachte trocken. »Du bist angetrunken. Psychisch belastende Zeugenbefragung, nehme ich an.«

Ich grunzte.

»Bis nachher, Sherlock.«

»Warte! In den Filmen ist es doch immer so, dass die Person mit den wichtigen Informationen dann eben nicht am Treffpunkt auftaucht, weil sie irgendwo vom Bösewicht aufgeschlitzt rumliegt.«

»Du weißt doch, wie scharf mich Bösewichte machen.«

»So genau wollte ich das nicht wissen. Kannst du es mir nicht auch am Telefon sagen? Jetzt gleich?«

»Nein.«

»Wieso nicht?«

»Mein Guthaben ist ...« Abrupt brach die Verbindung ab.

Also musste ich wohl oder übel eine halbe Stunde warten. Marie Antoinette miaute kläglich und sah mit einem herzerweichenden Blick zu mir hoch. Sie hinkte kaum noch, und auch der Kater schien sich verzogen zu haben. Ich kraulte sie, obwohl ich wusste, dass ihre derart zur Schau gestellte Zuneigung einzig dem Zweck diente, möglichst bald einen gefüllten Fressnapf vor sich zu haben. Ich öffnete den Kühlschrank und entnahm ihm die restliche Hühnerleber für die Katze und ein paar Eiswürfel für mich. Erwartungsvoll reckte Marie Antoinette den Hals und stürzte sich dann jegliche royale Würde vergessend auf die Innereien. Ich warf die Eiswürfel in ein Glas, erst dann fiel mir ein, dass der Rest des Amruts immer noch auf dem Truhenboden schwappte. Ich fluchte und hob den Deckel meines Schreins hoch. Es roch abscheulich. In dem Moment klingelte erneut mein Handy. Heftiges Keuchen drang an mein Ohr. Erfreut setzte ich mich und wartete auf weitere Anzüglichkeiten. Dann zog jemand geräuschvoll den Rotz hoch.

»Ach, Babsi, Sie sind's! Sie dürfen sich freuen. Ich habe eine heiße Spur!«

Babsi schniefte eine Runde.

»Morgen früh haben Sie Ihre Mieze wieder.«

Ich warf Marie Antoinette einen prüfenden Blick zu. Doch deren volle Aufmerksamkeit galt jetzt den Leberstücken. Ich konnte es wohl verantworten, sie am nächsten Tag zurückzubringen. Wahrscheinlich würde mich beim Erhalt des Honorars nochmals kurz mein schlechtes Gewissen quälen, doch ich war nicht in der finanziellen Lage, mich von Sentimentalitäten aufhalten zu lassen.

»Marie Antoinette und ich sind morgen um neun bei Ihnen.«

Babsi schluchzte wiehernd auf, und ich beendete das Gespräch, das keins gewesen war. Lange saß ich da und starrte vor mich hin. Meine Gedanken drehten sich ständig um diese Letten-Leiche. Und was ich vorhin im Gespräch mit José ausgeblendet hatte, drängte sich jetzt mit aller Macht in den Vordergrund: Ich hoffte inständig, dass der Tote nicht Philipp war.

Besorgt sah ich der Sonne zu, die glühend orange hinter den Hochhäusern der Wohnsiedlung Lochergut versank. Die ersten Schatten der Abenddämmerung glitten durch die Dienerstrasse und krochen die Fassaden hoch. Noch immer spürte ich den Schnaps im Kaffee. Ich fühlte mich nicht besonders. Genauer gesagt: Ich war ziemlich hinüber. Da fiel mein Blick auf den kleinen Plastikbeutel mit dem weißen Pulver, den Ness als Anzahlung auf den Tisch geworfen hatte. Spontan beschloss ich, diesem verschwommenen Abend etwas schärfere Konturen zu verleihen.

Nachdem ich das Bad geschrubbt und die Küche auf Hochglanz poliert hatte, stürmte ich aus meinem Appartement und fand mich etwas zu früh in der Bar der *Zukunft* ein. Bambi war von einer langhaarigen Blondine abgelöst worden, die teilnahmslos am Tresen lehnte und rauchte. Sie blickte desinteressiert auf, als ich eintrat, und brachte mir dann stumm den bestellten Drink. Ich hatte beschlossen, für den Rest des Abends auf Wodka Tonic umzusteigen. Während ich auf Miranda wartete, ließ ich den Blick durch das beinahe leere Lokal schweifen. Mir gefiel das Interieur, es war nüchtern, stilvoll und schwarz. Bequem aussehende Ledersofas und niedrige Salontischchen, vor der Bar vereinzelte Hocker. Auf zweien davon saßen Gäste. Eine etwas ältere Frau in einem ausgebeulten, auberginefarbenen Kostüm drehte mir den Rücken zu und redete halblaut auf einen jungenhaften Mann mit fettigem Haar und abstehenden Ohren ein. Hin und wieder stieß dieser ein meckerndes Lachen aus und blickte sich dabei Beifall heischend um, als befände er sich in einem Saal voller Publikum. Weder ich noch die Bedienung waren beeindruckt. Aus den Illustrierten wusste ich, dass er Schlagersänger war und wie Babsi ein langjähriges Mitglied der sogenannten Schweizer Cervelatprominenz. Die wahrscheinlich nicht gerade zahlreichen Kinder, die zu seinem letzten größeren Hit gezeugt worden waren, bereiteten sich mittlerweile wohl auf die Mittelschule vor.

Ich wandte mich ab. Warmes Licht beleuchtete den Korridor, der zu den Toiletten führte. Irgendwo weiter hinten fiel eine Tür ins Schloss, das Klappern hoher Absätze erklang, und dann stand plötzlich eine junge Whitney Houston im

Durchgang und wischte sich diskret die Nase ab. Ich blinzelte, dann fielen mir ihre männlichen Hände auf.

»Es ist noch nicht mal dunkel.«

»Dafür Schneefall bis in die Niederungen.«

»Aber sprich langsam, damit ich dir folgen kann.«

Miranda grinste.

»Also, was hast du rausgefunden?«

»Direkt zur Sache, ohne Vorspiel. Die hab ich am liebsten.«

Ich seufzte. »Was wünscht Madame zu trinken?«

»Mademoiselle! Mademoiselle trinkt Prosecco.«

»Keinen Baileys?«

»Das war Frühstück.«

Ich bestellte den Sprudel, dann wandte ich mich wieder Miranda zu. »Also?«

»Du kennst doch Winkler?«

Ich nickte. Winkler war bekannt im Quartier. Einst Polizist, hatte er sich rasch den Ruf erworben, als Gegenleistung für großzügiges Augenzudrücken und Wegschauen der einen oder anderen Wertschätzung nicht abgeneigt zu sein. Diese wiederum hatte er verkauft, was nicht nur die Aufmerksamkeit der Partyszene geweckt hatte, die sich mit erstklassigem Stoff bei ihm eindeckte, sondern auch diejenige seines Arbeitgebers. Man zog ihn aus dem Verkehr, doch kurz danach tauchte er wieder auf. Ohne Polizeimarke, dafür mit einem wie geschmiert funktionierenden Beziehungsnetz, was in diesen Kreisen einiges mehr wert war.

»Seine Wohnung ist Umschlagplatz für beste Ware.«

»Ich weiß. Und du scheinst es auch zu wissen.« Ich deutete auf ihre Nase.

Miranda zischte unmutig.

»Dein Junge ...«

»Philipp.«

»Genau! Philipp ist mehrmals dort aufgetaucht. Gekauft hat er aber nie was. Letzte Woche hat er einen fürchterlichen Streit vom Zaun gebrochen und seither ist er nicht mehr aufgekreuzt.«

»Wann war der Streit?«

»Letzten Donnerstag.«

»Und am Freitag ist er verschwunden. Worum ging es?«

»Das hat meine Quelle nicht begriffen.«

»Nicht gerade eine Leuchte, deine Quelle, was?«

Miranda schnalzte mit der Zunge.

Ich überlegte. »Philipp dealte selbst auch. Vielleicht sind sich die beiden ins Gehege gekommen.«

»Oje, wenn sich dein Philipp wegen Drogen mit Winkler angelegt hat, dann kannst du schon mal einen fetten Kranz bestellen. Viel Spaß versteht der nicht, wenn's ums Geschäft geht. Der Markt ist zwar groß, die Konkurrenz aber auch.«

Sie leerte ihr Glas und starrte mich abwartend an. Ich erwiderte ihren Blick ratlos, bis sie theatralisch die Luft ausstieß. »Vielen Dank, liebe Miranda, dass du all diese wichtigen Informationen besorgt hast. Darf ich dir, ach du schönstes, wunderbarstes aller weiblichen und ähnlichen Wesen, noch einen Drink bestellen? Würde das in Brasilien heißen. Aber ihr Inder, ihr seid so …«

»Nochmals dasselbe«, rief ich der Bedienung hastig zu. »Wer ist deine Quelle?«

»So etwas fragt man eine anständige Frau nicht!«

»Darf ich raten?«

»Lieber nicht.«

»Drei Minuten für einen Lappen.«

»Aber er ist süß.«

»Und er ist öfter bei Winkler.«

»Nur Gras.«

»Gras?«

»Winkler verkauft in der Zwischenzeit alles. Und ständig sitzen ein paar Shipis bei ihm auf dem Sofa rum, als wäre seine Wohnung ein Durchgangsheim.«

»Shipis?«

Miranda seufzte. »Du bist manchmal schlimmer als ein Agglo. Du hast echt keine Ahnung.«

Beleidigt nahm ich einen Schluck von meinem Wodka Tonic. Letzteres war mir immerhin ein Begriff: Der gemeine Agglo hauste in einem gesichtslosen Vorort. Unter der Woche äußerte er sich abfällig über die ach so hochnäsigen Zürcher, was ihn jedoch nicht daran hinderte, sich am Wochenende mit seinesgleichen zusammenzurotten, um wie die Heuschrecken in die Stadt einzufallen, Chaos und Zerstörung anzurichten und Straßen und Klubs zu verstopfen. Was zur Folge hatte, dass man als Stadtbewohner, der etwas auf sich hielt, nur donnerstags und sonntags ausging.

»Ich muss zu Winkler. Ich muss erfahren, was Philipp da gewollt hat und weswegen sie sich gestritten haben.«

»Aber sei vorsichtig. Das ist kein Sonntagsspaziergang. Es reicht, wenn einer verschwunden ist.« Miranda legte mir einen Zettel hin, auf dem eine Telefonnummer stand. »Von mir hast du die nicht. Und meld dich unbedingt zuerst an.«

Wie Philipps Mitbewohner erwähnt hatten. Alles spielte sich übers Handy ab. »Hohlstrasse?«

»Gleich beim Helvetiaplatz. Aber du gehst da jetzt nicht hin.«

Wo sie recht hatte, hatte sie recht. Ich war in der Zwischenzeit so betrunken, dass mich Winkler kaum in seine Wohnung gelassen hätte. Wahrscheinlich hätte ich sie nicht einmal gefunden.

Ich bestellte einige weitere Runden und lehnte Mirandas Einladungen dankend ab, während sie in immer kürzeren Abständen aufs Klo ging und immer schneller und wirrer redete. Die Bar füllte sich allmählich und die Welt um mich herum verschwamm zu unscharfen Bildern. Dann klingelte plötzlich Mirandas Handy, sie flüsterte etwas von »Business«, küsste mich hastig und musste ganz eilig weg. Ich blieb sitzen und stierte ins Glas. Irgendwann hob ich den Kopf, sah mich um, fand alle anwesenden Frauen zickig und unnahbar und stierte wieder ins Glas. Nach einer Weile lehnte ich mich, einem spontanen Einfall folgend, zu dem Schlagersänger hinüber, der mittlerweile allein an der Bar hing und die ganze Zeit auffällig umherglotzte, wahrscheinlich in der Hoffnung, doch noch von irgendwem erkannt zu werden. Lallend forderte ich ihn auf, endlich mal was Richtiges zu singen, etwas Erfolgversprechendes, das seiner versandenden Karriere Auftrieb geben würde. Als nur gut gemeinten Hinweis erwähnte ich die fantastischen Songs meiner Lieblingsband *Guns N' Roses.* An seine Antwort kann ich mich nicht mehr erinnern, aber ich befürchte, sie fiel ziemlich kurz und kaum jugendfrei aus.

Mittwoch

Es war zehn Uhr morgens und ich kurvte bereits zum dritten Mal durchs Quartier, bis sich endlich doch noch ein freier Parkplatz fand. Ich quetschte meinen Käfer in die Lücke und blieb einen Moment lang sitzen. Noch immer war mir etwas flau im Magen. Babsi hatte vor Glück und Erleichterung geheult, als ich ihr Marie Antoinette übergeben hatte, und das schlechte Gewissen hatte mich gemeinsam mit dem ausgewachsenen Kater, den ich vom Trinkgelage am Vorabend hatte, gewürgt, bis sie mich hereingebeten und den Eierlikör hervorgeholt hatte. Dann musste ich mir alte Aufnahmen aus ihrer Glanzzeit anhören, natürlich auch ihren großen Hit von damals, dessen Refrain vor allem aus »Tralalala«, »Hola-Hola-Hoppsassa« und einer ganzen Menge sonstigem Tiefsinn bestand. Ein Klassiker. Sie bereite sich auf eine Fernsehsendung am Sonntag vor, sagte sie und strahlte übers ganze Gesicht. Ich nickte brav im Takt und fand, dass die Entlohnung mehr als gerechtfertigt war. Nach dem vierten Likör erhob ich mich und ließ sie allein in ihrem Ethno-Erinnerungsmuseum zurück.

Ich stieg aus dem Wagen und wählte die Nummer, die mir Miranda gegeben hatte. Sieben Minuten später klingelte ich bei Winkler an der Tür.

Im Treppenhaus roch es nach angebratenen Zwiebeln und zu lange herumstehenden Müllsäcken. Die Tür im dritten Stock war nur angelehnt.

Ich klopfte und trat ein. Ein Spannteppich undefinierbarer Farbe bedeckte den Boden der Wohnung, es roch nach

Rauch und Gras. Winkler kam mir entgegen, musterte mich kurz und nickte dann.

»Komm rein«, murmelte er am Zigarettenstummel vorbei, der in seinem Mundwinkel klebte. Er war schmal und drahtig und trug eine runde Brille mit schwarzem Rand, die seinen kahl geschorenen Kopf wie ein simpel bemaltes Osterei aussehen ließ. Ich folgte ihm ins Wohnzimmer, das wirkte, als hätte er es komplett nach der Vorlage in einem IKEA-Katalog bestellt und aufgebaut. Da war nichts Persönliches zu sehen, keine Bilder, keine Bücher, keine Nippsachen. Nur ein Gestell, auf dem ein Fernseher thronte, dazu ein paar Sessel und ein Sofa, die um einen niedrigen Salontisch herumdrapiert waren. Darauf standen Softdrinkflaschen und mehrere überquellende Aschenbecher. Auf den Sitzgelegenheiten fläzten sich sechs junge Männer, die eindeutig nicht helvetischer Herkunft waren. Das waren jetzt wahrscheinlich diese Shipis, von denen Miranda erzählt hatte, nahm ich an. Albaner in dem Fall.

»Hallo«, sagte ich.

Sie starrten mich ausdruckslos an, was wohl zum eingeübten Gangsterverhalten gehörte, das sie sich bei den bösen Rappern auf *YouTube* abgeguckt hatten. Nur hatten sie nicht bedacht, dass Aussersihl nicht annähernd Brooklyn war und dass gezupfte Augenbrauen, kunstvoll rasierte Bärtchen, eng anliegende T-Shirts mit glitzernden Aufdrucken und Hosen, durch die sich der gesamte Genitalbereich abzeichnete, eher an eine New Yorker Schwulendisco aus den Achtzigerjahren erinnerten als an *50 Cent.* Ich starrte ausdruckslos zurück und ließ mir nichts anmerken.

»Willst was trinken?« Winkler deutete auf die Getränke. Ich schenkte mir eine *Coke Zero* ein und machte es mir auf der Armlehne des Sofas bequem. Einer der Village People lehnte sich vor und drehte einen Joint, ohne mich dabei aus den Augen zu lassen.

Winkler räusperte sich.

»Was brauchst du?«

Ich zögerte.

»Mann, was du brauchst, fragt er!« Der Junge, der den Joint drehte, war etwas über zwanzig und hatte bedenklich schlechte Zähne. Die vorn blondierten Haare hatte er wohl mit Melkfett zurückgeschmiert, damit man die eiternden Pickel auf seiner Stirn besser bewundern konnte. Ich beschloss, aufs Plaudern zu verzichten, und legte Philipps Foto auf den Tisch. »Ich suche den da. Kennt ihr ihn?«

Sofort herrschte angespannte Stille im Raum. Der Junge mit dem schlechten Gebiss funkelte mich gefährlich an. »Bist von Schmier oder was, Mann?«

Er sprang auf und kam auf mich zu. Instinktiv wich ich zurück, doch ich war nicht flink genug. Als ich das metallische Klicken vernahm, spürte ich die eiskalte Klinge bereits an meinem Hals.

»Wir mögen nicht keine Schmier hier.«

Der Rest der Village People nickte synchron und guckte böse, soweit ich das aus meiner Position mitverfolgen konnte.

»Ich bin nicht Schmier«, keuchte ich.

Es spielte keine Rolle. Der Junge hatte gerade keine Lust, sein Konzept zu ändern. »Schmier ist Scheiße, Mann. Da kennen wir keine Gnade. No mörssi, weisch.«

Sein Schweißgeruch und das billige Parfüm, mit dem er ihn zu übertünchen versuchte, verschlugen mir den Atem.

»Mach dich nicht lächerlich, du kleiner Wichser.« Der Druck der Klinge nahm zu, ehe ich den Satz beendet hatte.

»Sagst du noch mal Wichser zu mir …«

»Weswegen suchst du ihn?« Winkler hatte sich nicht gerührt. Ein feines Lächeln überzog seinen Eierkopf.

»Seine Freundin vermisst ihn. Er war angeblich zuletzt hier.«

»Wir kennen ihn nicht, Mann!«

»Du hast dir das Foto gar nicht angesehen, Blödmann.«

»Sagst du noch mal Blödmann zu mir ...«

»Hört auf!«

Winkler guckte mich gelangweilt an. »Lass ihn los, Ramiz!«

Der Junge gab mich unwillig frei. Ich stand auf und fuhr mir mit der Hand über den Hals. »Arschloch!«

»Sagst du noch mal Arschloch zu mir ...«

Ramiz machte einen drohenden Schritt auf mich zu.

»Woher hast du die Telefonnummer?«, fragte Winkler ruhig.

Ich schwieg.

»Raus hier!« Jetzt lächelte er nicht mehr.

»Aber ich will doch nur ...«

»Hast du nicht gehört, Mann. Verpiss dich!« Ramiz ließ erneut die Klinge hervorschnellen. Ich beeilte mich rauszukommen.

Draußen lehnte ich mich an die Hauswand und schnappte nach Luft. Meine Beine zitterten und das Hemd war klitschnass geschwitzt. »Verdammt!«

Ich ballte die Hände zu Fäusten. Ich hatte rein gar nichts erfahren. Nicht einmal, ob Philipp jemals dort gewesen war, geschweige denn, weswegen sie sich gestritten hatten. Benommen wankte ich die Hohlstrasse entlang und schaffte es bis zur *Sonne,* einem Lokal, das ich sonst mied wie die Pest. Doch heute waren meine Bedürfnisse drängender. Nach zwei rasch hinuntergestürzten Jägermeistern war mir merklich besser.

In meinem Büro angekommen, setzte ich mich an den Schreibtisch, bereute, dass ich keinen neuen Amrut geholt hatte, und surfte ziellos im Internet. In der Zwischenzeit wies meine Homepage ein paar Besucher mehr auf. Ich informierte mich über die Tagesaktualitäten, überprüfte den Posteingang meines E-Mail-Kontos und löschte die Anzeige für verbilligtes Viagra im Zwölferpack auf der Stelle. Schließlich landete ich auf der Seite des virtuellen Stadtführers *ronorp,* wo sich einsame Herzen wiederzufinden versuchten, die sich vor Tagen in der Straßenbahn gesehen hatten und zu verklemmt gewesen waren, sich bemerkbar zu machen, oder zu sehr damit beschäftigt, ihre genaue Position auf dem Streckennetz der VBZ ins Handy zu schreien. Weiter gab es Hinweise auf Ausstellungen und Konzerte, und im Forum tobte die ewige Diskussion, wie viele Deutsche dieses Land ertrage und wann denn das Boot endlich voll sei. Die Geschichte wiederholte sich immer wieder, doch ich konnte mir vorstellen, dass andere ausländische Bevölkerungsgruppen erleichtert waren über die ganze Aufregung, gerieten sie doch dadurch selbst einen Moment lang aus der Schusslinie.

Ich legte eine CD ein, nicht Bob Dylan, wie das andere Detektive unablässig und geradezu mit religiösem Eifer taten, wenn man gewissen Romanen Glauben schenken konnte, sondern *Guns N' Roses.* Nichts gegen Bob Dylan, aber der gehörte für mich in den Fundus des Gestrigen, etwas, das meine Generation nicht mehr miterlebt hatte, genauso wenig wie die Achtundsechziger, die Achtziger, Globuskrawalle und Kampf fürs AJZ oder Demonstrationen gegen AKWs. Ich kannte das Augenrollen und herablassende Schnauben zur Genüge, wenn man an einem lauen Sommerabend vor dem *Xenix* saß und zufälligerweise in eine dieser Nostalgiediskussionen zwischen engagiert guckenden Herren und Damen mit unordentlichen Frisuren hineingeriet und nach mehreren Bierchen bekennen musste, dass man damals noch nicht mal im Kindergartenalter gewesen war. Aber so war es. Ich war schlichtweg zu jung für diese Art von gemeinsamer und entsprechend romantisch verklärter Vergangenheit. Meine Generation war zwischen Tschernobyl, Mauerfall, Techno, Golf-, Balkan- und Colakrieg aufgewachsen, da gab es wenig Verbindendes, außer der Tatsache, dass man zufällig schon gelebt und eventuell an denselben Partys dieselben Drogen konsumiert hatte. Wenn man sich denn daran erinnern würde. Punk war längst tot, und die neuen Helden waren frech vermarktete Mädchenbands und Boygroups, die mehr Mascara auf den Wimpern als Haare auf der Brust hatten. Es hatte kaum etwas gegeben, wofür oder wogegen man mit vollster Überzeugung hätte kämpfen oder sich einsetzen können. Diese Art von Erfahrung ging uns völlig ab, und wir konnten nicht mal viel dafür. Oder um die herrschenden Umstände mit DJ Bobos Worten zusammenzufassen, seines Zeichens auch ein Poppoet, der den Zeitgeist der Neunziger immer wieder mit scharfsinnigen Parolen einfing: *There Is A Party!*

Aber mit *Guns N' Roses* verband mich die Zeit, als ich bewusst begann, Musik zu hören. Und schließlich gab's von denen auch einen fantastischen Bob-Dylan-Coversong. Wenigstens kulturell war ich nicht hoffnungslos verloren.

Ich rief Ness an und informierte sie über den bisherigen Verlauf der Suche. Sie klang bedrückt, als sie erwähnte, dass Philipp sich immer noch nicht gemeldet hätte. Außerdem habe sie nichts Außergewöhnliches in ihrer Wohnung gefunden. Von Winkler hatte sie noch nie etwas gehört, doch sie willigte ein, mich am Nachmittag zu treffen. Ich hatte das Gefühl, dass sie mir noch lange nicht alles erzählt hatte, was sie wusste. Ich drehte die Musik auf, lehnte mich ans Fenstersims, rauchte eine Zigarette und summte *Civil War* mit, als ich plötzlich das Gefühl hatte, beobachtet zu werden. Ich wandte mich um und da stand einer von Winklers Jungs auf der anderen Straßenseite. Ich erinnerte mich, dass er vorhin auf einem der Sessel gesessen und dabei beinahe schüchtern gewirkt hatte, und es war ihm offensichtlich nicht ganz wohl gewesen bei der ganzen Messerdemonstration, die sein Kollege abgezogen hatte. Aber ich konnte mich auch irren, leider war ich nicht in der Position gewesen, alle Anwesenden im Auge zu behalten. Der Junge war klein und hager, er trug ein weißes T-Shirt mit rosa Muster und silbern glitzerndem Firlefanz. Die Hände in den Hosentaschen schaute er mit zusammengekniffenen Augen zu mir hoch.

»Ist was?«

Er regte sich nicht, stattdessen kaute er nervös auf seiner Unterlippe herum.

»Willst du hochkommen?«

Keine Antwort. Er tänzelte unruhig herum wie ein Rennpferd vor dem Start.

»Dann komm ich halt runter.« Ich rannte die Treppe hinunter und riss die Haustür auf. Der Junge war wie vom Erdboden verschluckt. Dafür bog von der Kaserne her ein BMW in Dunkelgrünmetallic in die Dienerstrasse ein. Direkt vor mir bremste er ab, die Scheibe wurde heruntergelassen und ich blickte in Ramiz' schmieriges Grinsen. Lässig ließ er den Arm aus dem Fenster baumeln, dabei schnellte wie zufällig die Klinge seines Springmessers hervor. Ich schluckte leer. Er lächelte süffisant, fuhr mit den Fingern durch seine fettglänzende Tolle und ließ dann den Motor aufheulen, bevor er aufs Gas drückte und auf die Langstrasse zuschoss. Ich atmete auf, wischte mir den Schweiß von der Stirn und ging mit zittrigen Knien auf den Hauseingang zu.

Oben angekommen blickte ich wieder aus dem Fenster. *Guns N' Roses* forderten in der Zwischenzeit *Get In The Ring,* und ich hätte jetzt dringend einen Drink gebraucht. Ich fragte mich, wie die beiden Jungs so rasch meine Adresse rausgefunden hatten. Offensichtlich war ich bereits bekannter im Quartier, als mir lieb war. Ich zündete eine Zigarette an, und als ich aufblickte, stand der kleine Albaner wieder auf dem Gehsteig. Er trat von einem Fuß auf den andern und wirkte so, als hätte er nicht die Nerven, es da draußen noch länger auszuhalten. Ramiz hatte ihn mit seinem Auftritt vorhin wohl verscheucht. Ich machte ihm ein Zeichen, er solle auf mich warten, und rannte zum zweiten Mal die Treppe hinunter.

Er lief schnell. Wie gehetzt blickte er sich immer wieder um, dann blieb er plötzlich stehen, wartete ungeduldig, bis ich aufgeholt hatte, und zog mich dann in einen Durchgang. Dahinter war ein kleiner Innenhof, der hauptsächlich als Parkplatz benutzt wurde. Abfallcontainer reihten sich den Hauswänden entlang und diskrete Schilder wiesen darauf hin, dass hier nicht nur gewohnt, sondern auch gearbeitet wurde. Und zwar durchgehend. Der kleine Albaner schien verängstigt. Sein Kehlkopf zuckte heftig auf und ab, dann schluckte er leer und guckte mich an wie ein erschrockenes Häschen.

»Wie heißt du denn?«, fragte ich mit meiner vertrauenerweckendsten Stimme. Er schien ratlos.

»Dein Name?«

Jetzt schien er zu verstehen, er lächelte flüchtig. »Murat.«

Ich lächelte zurück, und dann standen wir wieder schweigend da. Er ließ mich nicht aus den Augen, als hätte er Angst, ich könnte davonlaufen. Seine Lippen bewegten sich unablässig, ohne dass ein Laut zu hören gewesen wäre.

»Verschwinden«, flüsterte er dann plötzlich.

»Wir müssen verschwinden?«

»Sie.«

»Ich?«

»Nein, sie.«

»Wer ist sie?«

»Junge.«

Er sprach offensichtlich nur wenig Deutsch, und das mit einem derart starken Akzent, dass ich Mühe hatte, ihn zu verstehen.

»Die Jungs von vorhin? Bei Winkler?«

Er nickte eifrig. »Kommen von Albania. Winkler gibt Arbeit. Sie verschwinden.«

»Wohin verschwinden sie?«

Er zuckte mit den Schultern, und ich griff mir in Gedanken an die Stirn. Die Frage war nicht wirklich scharfsinnig gewesen.

»Weg. Kommen nie mehr.«

»Aber vermisst sie denn keiner?«

»Illegal. Schweiz. Illegal.«

»Sie sind illegal in der Schweiz?«

Er nickte mit weit aufgerissenen Augen. »Junge verschwinden. Familie nicht wissen, was tun. Polizei nicht gut. Polizei schicken zurück nach Albania.«

»Was für eine Arbeit gibt ihnen Winkler?«

Er sah mich konsterniert an, bis ich begriff.

»Sonst gar kein Geld.«

»Nur Gras?«

Murat nickte. »Ja klar, Mann. Kokain Schwarze, Heroin Balkanmafia.«

»Weshalb bist du nicht dort dabei?«

»Falsche Familie. Wir alle falsche Familie. Bist du richtige Dorf oder falsche Dorf.«

Ich konnte mir ungefähr zusammenreimen, was er sagen wollte. Der Heroinhandel in der Stadt wurde ziemlich straff geführt, die Mitglieder der Organisationen kannten sich alle und stammten, wenn nicht aus der gleichen Familie, so doch aus derselben Region in ihrem Heimatland. Das hieß, man kam entweder aus dem richtigen Dorf und hatte entsprechende Karrieremöglichkeiten im Familienbetrieb oder eben nicht. Die Jungs bei Winkler waren offensichtlich alle Eben-Nichts.

»Kennst du Philipp?« Ich zeigte ihm erneut das Foto.

Er beugte sich nur kurz darüber. »Er bei Winkler. Viel Streit.«

»Weswegen hatten sie Streit?«

Er legte den Kopf schief und überlegte. Erst jetzt, in der plötzlichen Stille, fiel mir das konstante Motorengeräusch auf, das vom Durchgang her zu vernehmen war. Murat zuckte zusammen, hieß mich warten und schlich behände der Mauer entlang zur Durchfahrt, um auf die Straße hinauszuspähen.

Als er sich zu mir umwandte, war alles Blut aus seinem Gesicht gewichen. »Schnell!« Eilig kam er zurück.

Das Motorengeräusch schwoll bedrohlich an und Murat zog mich in einen Hauseingang, der dank der durchgehend besuchbaren Damen offen stand. Er legte den Finger an die Lippen, als hätte ich vorgehabt, lautstark zu plappern. Ich erkannte eine dunkelgrüne Kühlerhaube, die sich aufreizend langsam in den Innenhof schob. Dann wurde eine Autotür zugeschlagen und Schritte näherten sich.

»Murat!« Ramiz' Gangsterstimme klang heiser. Wir sahen uns an und rannten los. Eine paar Treppenstufen hinauf, rein in die erstbeste Wohnung, durch den Flur dem Licht entgegen. Irgendjemand schrie empört hinter uns, ein Plastikperlenvorhang rasselte, unbeirrt rissen wir die nächstliegende Tür auf und stürzten in ein Zimmer, das glücklicherweise zur Straße führte. Der Raum war nur mit zwei Barhockern möbliert, die nahe am Fenster standen, auf einem davon hatte soeben noch eine dunkelhäutige, wenig herbstlich bekleidete Dame gesessen. In Sekundenbruchteilen stand sie aufrecht wie eine Guerillakämpferin bei der Rekrutierung und kreischte aufgebracht. Mit Schrecken erkannte ich Farbe und Länge ihrer Fingernägel, die knapp an meiner Nase vorbeischossen. Ein Sprung aus dem rasch aufgerissenen Fenster rettete mich in letzter Sekunde vor der Furie. Gott sei Dank arbeiteten die Damen im Parterre. Gerade half ich Murat, der unsanft auf dem Gehsteig gelandet war, auf die Beine, als aus dem Hinterhof das wütende Aufheulen eines Motors zu hören war. Ich zerrte Murat in den nächsten Hauseingang. Panisch drückten wir alle Klingeln, und in dem Moment, als der BMW rückwärts aus dem Durchgang schoss, ertönte der Summer. Bremsen quietschten und das flappende Geräusch von Pneus auf Asphalt war zu vernehmen. Wir duckten uns hinter den Treppenaufgang und rührten uns nicht mehr. Ramiz raste vorüber, dann dauerte es etwa drei Minuten, bis der dunkelgrüne BMW erneut vorbeiglitt, diesmal langsamer, lauernder. Erst nachdem eine gefühlte Viertelstunde verstrichen und der Wagen nicht wieder aufgetaucht war, schlich ich zur Tür und spähte hinaus. Die Straße war leer.

»Komm zu mir und wir reden dort weiter«, bot ich Murat an.

Verängstigt schüttelte er den Kopf.

»Es ist wichtig! Ich muss wissen, worüber Winkler mit Philipp gestritten hat!«

»Ich schlecht Deutsch.«

Ich zuckte mit den Schultern. »Bis jetzt habe ich alles verstanden.«

»Hier nicht gut. Ramiz. Er kommt wieder. Bald. Kommst du meine Haus. Meine Schwester, sie sehr gut Deutsch.«

»Wann?«

Er warf einen Blick auf seine Armbanduhr, eine viel zu klobige Rolex. Oder zumindest eine überzeugende Kopie davon. »Sie Schule bis drei. Kommst du vier Uhr.«

Er nannte mir eine Adresse an der Lagerstrasse und gab an, dass ich ganz oben klingeln müsse. Ich versprach, da zu sein. Aber erst wollte ich mir im Laden meiner Mutter eine Flasche Amrut besorgen. Einen Drink hatte ich jetzt wirklich nötig.

»*Hai rabba, Beta,* wie siehst du aus!«

Meine Mutter schlug die Hände über dem Kopf zusammen und verzog kummervoll das Gesicht. »Was ist passiert?«

»Ich habe gearbeitet.«

Sie hielt mich am Ellbogen fest und blickte mir prüfend ins Gesicht. »Du bist blass und komplett verschwitzt. Und da ist etwas an deinem Hals.«

Flüchtig berührte ich die Stelle, an der Ramiz das Messer

angesetzt hatte. Offensichtlich hatte er dabei die Haut ein wenig geritzt. Ich beschloss, ihm in nächster Zeit aus dem Weg zu gehen. Die Frage war allerdings eher, ob er mir aus dem Weg gehen würde.

»Setz dich. Schau dir das an, Manju.«

Manju, die dabei war, Pfannen mit einer zitronengelben Bürste zu schrubben, drehte sich um, musterte mich desinteressiert und zuckte dann mit den Schultern.

»Ich habe ihm immer gesagt, er soll sich eine richtige Arbeit suchen. Dieses Detektivzeugs hat doch keine Zukunft. Was soll man nur den Verwandten sagen? Dass der eigene Sohn sein Geld damit verdient, andern Leuten hinterherzuschnüffeln?«

Sie ließ mich los und rang wieder die Hände. »Ist das nicht erniedrigend? Beschämend? Man muss doch auch daran denken, wie es dann sein wird, wenn eine Ehefrau da ist.« Ihre besorgte Miene verschwand unvermittelt, stattdessen lächelte sie versonnen. »Und Kinder. Viele Kinder. Was sagst du dazu, Manju?«

Manju wandte sich erneut um und musterte mich abwägend.

»Ma!«

»Iss etwas, *Beta,* das wird dir gut tun. Es ist noch genug übrig vom Mittagsgeschäft.« Sie trippelte hinter den Tresen und füllte einen Teller mit Linsen, Reis, Spinat mit Paneer und legte am Ende einen knusprig gebratenen Pouletschenkel dazu, der ganz rot war von der Tandoorimarinade. Es duftete himmlisch, und sofort lief mir das Wasser im Mund zusammen.

»Sieh ihn dir an, Manju. Er isst wie ein Tier.«

Manju kicherte. »Normalerweise tun das Männer erst nach der Hochzeit.«

»Vijay scheint eine strenge Hand zu brauchen. Ich hätte ihn wirklich nicht so verwöhnen sollen.«

»Der Ärmste war ein Einzelkind. Da ist man als Mutter nachsichtiger. Sie haben sich keine Schuld zuzuschreiben, dass er so geworden ist, Mrs. Kumar.«

Ich wandte mich nach den beiden Frauen um. »Habt ihr euch jetzt schon verbündet, oder was?«

Meine Mutter schnitt eine Grimasse und Manju kicherte noch lauter. Sie schien bereits einen beachtlichen Teil ihrer Schüchternheit abgelegt zu haben. Wenn es so weiterging, würde sie den unförmigen Cardigan wohl demnächst in die Ecke schmeißen und sich eine Frisur zulegen, welche der Bezeichnung auch gerecht wurde.

»Ich brauche noch eine Flasche Amrut.«

»Vijay!«

Ich hielt dem Blick meiner Mutter stand. Schließlich ging sie seufzend zum Regal. Auch indische Männer hatten so ihre Mittel, um ans Ziel zu kommen.

»Ganz der Vater.« Sie stellte mir die Flasche hin. »Aber du begibst dich nicht in Gefahr?«

»Nie«, log ich mit vollem Mund.

»Du isst zu schnell.«

»Ich muss los.« Ich warf einen Blick auf die Uhr und reichte ihr den leer gegessenen Teller, küsste sie auf die Wange und nickte Manju zu. Es schien mir, als hätte sie kurz hinter ihren dicken Brillengläsern gezwinkert, doch als ich nochmals hinsah, blickte sie ausdruckslos auf eine schmutzige Bratpfanne im Abwaschbecken und machte sich mit verbissenem Eifer daran, die Ärmel ihrer Strickjacke aufzukrempeln.

Ich durchquerte die Bäckeranlage und betrat das Café *Für dich.* Wiener Kaffeehausatmosphäre kombiniert mit Berliner Szeneflair lullte mich ein, und für einen Moment vergaß ich, dass ich in Zürich war. So lange, bis mir die junge Frau am Tresen auffiel, die mir vage aus den Klatschseiten bekannt vorkam. Mit weit herum vernehmbarer Stimme beklagte sie sich, dass der Kamillentee nicht heiß genug sei und sie sowieso viel zu lange auf die Bedienung hätte warten müssen. Dabei warf sie ihr langes Haar dramatisch über die Schulter. Es handelte sich dabei eindeutig um ein Exemplar der in der Schweiz geradezu abgöttisch verehrten Gattung der Ex-Missen, vielleicht auch um eine Vize-Ex-Miss oder eine Beinahe-in-die-Endauswahl-gekommene-Ex-Miss, ich war mir nicht sicher. Es waren diese ehemalige Schönheitsköniginnen, die nach ihrem Amtsjahr – oder ihrem Vize-Amtsjahr – als Halbprominente weiterverwertet wurden und bereitwillig zu Filmpremieren, Sportanlässen, Hundeschauen, Kaninchenzüchtertreffen und Gartenmöbelausstellungen, Restauranteröffnungen und Kläranlageneinweihungen sowie jedem beliebigen anderen Anlass anstöckelten, solange genügend Kameras und Prosecco vor Ort waren. Gerade warf sie die Haare erneut über die Schultern und klackerte aufgebracht von dannen, als befände sie sich auf einem imaginären Catwalk, während der Kellner entnervt mit den Augen rollte. Jedem Land die Stars und Sternschnüppchen, die es verdient.

Ich setzte mich ans andere Ende des Lokals auf ein niedriges Podest, auf dem zwei Tischchen vor unverputzter Mauer standen. Sehr urban, dachte ich wohlwollend und bestellte einen Macchiato. Ich ließ gerade das zweite Zuckerpäckchen in den Milchschaum rieseln, als sich jemand neben mir auf die lederbezogene Bank fallen ließ. Beinahe hätte ich das Häufchen Elend im schwarzen Kapuzenpullover nicht erkannt.

»Ness?«

Sie guckte mich mit großen, besorgten Augen an. Noch immer hatte sie mehr als genug Blech im Gesicht, doch die Haare waren offensichtlich frisch gefärbt und schimmerten in einem warmen Rot. Zur Kapuzenjacke trug sie eine ausgebeulte weinrote Hose und braune Lederstiefel, und zu meiner grenzenlosen Begeisterung hatte sie ihren Köter zu Hause gelassen. Sie war blass, auch wenn sonst nicht mehr viel an die Schwarze Witwe erinnerte, die erst vor zwei Tagen in mein Büro gestürmt war.

»Du bist so …«

»Verändert?«

Ich nickte. Darauf erwiderte sie nichts, knabberte an einem Fingernagel herum und starrte gedankenverloren in den Raum.

»Hast du etwas rausgefunden?«, fragte sie endlich.

Ich wiederholte, was ich ihr schon am Telefon gesagt hatte, und fügte die jüngsten Ereignisse an.

»Was wollte dieser Ramiz euch antun?«

»Keine Ahnung, er hatte ein Springmesser und machte nicht den Eindruck, als wollte er lange verhandeln.«

»Voll krass.«

»Meine Worte.«

»Und Philipp hatte Krach mit diesem …?«

»Winkler. Ja, angeblich. Weswegen weiß ich aber auch nicht.«

»Von dem hab ich noch nie etwas gehört. Merkwürdig, dass Philipp mit ihm zu tun hatte. Normalerweise hat er sich nicht mit anderen Dealern eingelassen. Er hat sein Ding durchgezogen, das war's. Ich frage mich, was er dort wollte.«

»Vielleicht hat er ihm Kokain verkauft?«

»Könnte sein. Aber so wie ich es verstanden habe, dealt der ja selber. Der hat garantiert eigene Quellen.«

»Ein Lieferengpass vielleicht?«

»In Zürich?« Ness guckte wenig überzeugt. »Eigentlich war Philipp sehr auf Diskretion bedacht. Wenn jetzt das halbe Quartier weiß, dass er dort war, dann war es kaum wegen einem Deal. Es muss was anderes gewesen sein.«

»Das halbe Quartier ist übertrieben. Aber die Albaner, die bei diesem Winkler rumhängen, kennen ihn offensichtlich. Und der kleine Murat erinnert sich sogar an den Streit.«

»Worum ging es?«

»Wird er mir nachher erzählen, wenn seine Schwester zu Hause ist. Die kann angeblich gut Deutsch und wird übersetzen.«

Ness wiegte nachdenklich den Kopf. »Philipp war schon komisch, anders als sonst. So aufgeregt und happy. Er hat die ganze Zeit gegrinst und wollte nicht sagen, was los ist. Die Heimlichtuerei ging mir ganz schön auf den Sack. Und dann war er plötzlich weg.«

»Und er hat keine Anspielung gemacht, wohin er wollte?«

»Nichts, rein gar nichts hat er gesagt. Nur, dass er nochmals richtig Kohle absahnen wolle und danach Schluss sei.«

»Wozu brauchte er denn das Geld?«

Ness zögerte unmerklich. »Wir wollten neu anfangen. All das hinter uns lassen, raus aus dem Scheiß und ein normales Leben führen.«

Ich gähnte demonstrativ.

Sie funkelte mich wütend an. »Spar dir dein überhebliches Getue! Wenn du einmal da warst, wo ich war, dann ist es überhaupt nicht mehr abwegig, sich ein normales Leben zu wünschen, glaub mir. Man muss ja nicht gleich spießig werden deswegen. Aber zurück an die Uni wollten wir, studieren, ausgehen und Party machen, in die Ferien fahren, eine normale Beziehung führen, so sein wie alle andern in unserem Alter halt.«

»Von welchem Scheiß redest du?«

Sie zögerte und warf mir einen prüfenden Blick zu, dann krempelte sie entschlossen den Ärmel der Jacke hoch und streckte ihren Arm aus. Ich hatte nicht viel Zeit, mir die Einstiche in ihrer Armbeuge anzusehen, so schnell, wie sie die Male bloßgelegt hatte, so schnell bedeckte sie sie auch wieder.

»Er wollte, dass ich einen Entzug mache.«

»Er?«

»Ich auch. Natürlich. Einen Entzug machen und dann neu anfangen, wegziehen aus dem Kreis, weg von den Leuten, die uns runterziehen, weg von den negativen Energien und weit weg von den Drogen, das war unser Traum. Und mit dem Geld wäre es möglich gewesen.«

Ich wusste nicht, was ich sagen sollte, und versuchte, nicht allzu betroffen dreinzugucken. Schließlich war das nicht eine Spendengala im Schweizer Fernsehen, und sie hätte das sicher überhaupt nicht cool gefunden. Ness zündete sich eine Zigarette an und stieß mit einem tiefen Seufzer den Rauch aus.

»Ich vermisse ihn entsetzlich. Ich hätte nie gedacht, dass einem ein Mensch dermaßen fehlen kann.«

»Ich werde ihn finden.«

»Versprichst du es?«

Ich nickte.

»Versprich es. Nicht so, wie Männer Dinge versprechen. Sondern richtig.«

Ich hob drei Finger in die Höhe.

Sie wandte sich enttäuscht ab. »Du machst dich lustig über mich.«

»Das hatte ich nicht vor.«

»Dann versprich es.«

»Ich werde ihn finden. Ich verspreche es dir.«

Sie musterte mich lange. Dann lächelte sie plötzlich. »Du bist gar nicht so übel. Für einen Inder, meine ich.«

Ein weiterer sonniger Septembertag, weiße Wolken klebten wie hingetupft am tiefblauen Himmel, zwei Kinder spielten Fangen auf dem Platz vor der *Longstreetbar*, das Quartier hielt verlängerte Siesta. Ich pfiff das Intro zu *Patience* von den *Roses* vor mich hin und grinste schadenfroh den Autofahrern zu, die mit laufenden Motoren auf der Langstrasse Schlange standen. Eine Brasilianerin in rosa Leggins und nabelfreiem Hemdchen schleppte Mineralwasser und eine Packung Windeln nach Hause, in den Lokalen rundherum gönnte man sich je nach Veranlagung Feierabenddrinks oder Frühschoppen, und selbst die sonst so umtriebigen Dealer schienen eine Pause einzulegen. Sie standen im Schatten an Stehtischen, tranken Bier und beobachteten träge blinzelnd die Umgebung. Ich machte einen kleinen Umweg und ging zu Hause vorbei, wo ich den Amrut im Briefkasten deponierte. Es war kurz vor vier, als ich die *St. Pauli Bar* erreichte. Ich klingelte, doch wie immer tat sich nichts. Seufzend überprüfte ich, ob die Eingangstür verschlossen war, spähte dann nach oben und pfiff durch die Finger, doch die Kiffer-WG schien ausgeflogen zu sein. Oder vielleicht waren die Jungs auch nur zu stoned, um sich vom Tisch zu erheben und mich reinzulassen. Ich würde später wiederkommen müssen.

Die Lagerstrasse führte den Gleisen entlang Richtung Sihlpost und Bahnhof, eine schattige, beinahe düstere Adresse, kein Sonnenlicht drang hierhin, und es wurde merklich kühler. Mehrheitlich ältere Gebäude säumten den Gehsteig, doch mitten hinein hatte man einen dieser dunkelgrauen Klötze mit riesigen Fensterfronten gestellt, wie sie in Zürich in letzter Zeit beinahe epidemisch aus dem Boden schossen. Angesichts des grassierenden Wohnungsmangels boten sie unglaublich viel Wohnfläche für in der Regel unglaublich figurbewusste Leute. Wobei die Fenster hier wenig Freude machen mussten, man hatte entweder Ausblick auf die abbruchreifen Baracken neben den Gleisen oder auf die nächste Hauswand.

Murat lebte in einem heruntergekommenen Mehrfamilienhaus mit schmutzig gelber Fassade und winzigen Balkonen, die kaum Platz für einen Müllsack boten. Ich drückte auf die oberste Klingel rechts. Auch hier geschah nichts. Ich klingelte erneut und wartete. Hinter mir floss konstant der Verkehr vorbei, der Gehsteig war menschenleer.

Unauffällig lehnte ich mich gegen die Haustür, bis die Falle mit einem unwilligen Klicken aus dem Schloss glitt. Das war der Vorteil, wenn die Verwaltungen ihre Liegenschaften verwahrlosen ließen. Ich tastete mich durch den schummrigen Flur und stieg die Treppe hinauf in den obersten Stock. Pflanzen mit ledrigen Blättern, die weder Sonnenlicht noch Wasser zu benötigen schienen, zierten die Fenstersimse im Treppenhaus, Risse zogen sich wie eingravierte Blitze durch den Verputz. Ich las im Vorbeigehen ein paar Namen auf den Schildern, doch da war keiner darunter, den ich mir auf Anhieb hätte merken können. Es herrschte eine merkwürdige Ruhe, als wäre das ganze Gebäude unbewohnt. Einzig das Rauschen der draußen vorbeifahrenden Autos drang gedämpft herein. Als ich zuoberst ankam, war ich außer Atem.

Die Wohnungstür stand spaltbreit offen. Ich klopfte und

versuchte gleichzeitig, mein Keuchen zu unterdrücken. Es klang vulgär laut in der angespannten Stille. Da sich nichts regte, spähte ich vorsichtig in die düstere Diele hinein. Es roch säuerlich nach Mittagessen, und mir wurde mulmig.

»Hallo!«, rief ich, doch ich brachte nur ein heiseres Krächzen zustande.

Auch im Wohnzimmer war niemand. Fahles Licht drang durch die geschlossenen Gardinen, ein schäbiges Sofa, das mit einer durchsichtigen Plastikfolie bedeckt war, stand an der Wand. Gegenüber hing ein überdimensionaler Flachbildschirm, der zweifelsohne mit einer der Parabolantennen verbunden war, die, wie mir zuvor aufgefallen war, wie weiße Pilze vor den Fenstern wucherten. Hinter dem Sofa hing eine rote Flagge, auf der ein schwarzer zweiköpfiger Adler zu sehen war, den Boden bedeckte ein ausgefranster Orientteppich. Ich wollte gerade die Tür zum angrenzenden Zimmer öffnen, als ich ein leises Geräusch hörte. Ich fuhr herum. In dem Moment raste draußen ein Krankenwagen vorbei, das Aufheulen der Sirene entfernte sich rasch, und es herrschte wieder Stille. Der billige Laminatboden ächzte unter meinen Schritten, als ich langsam auf die Tür mit eingelegter Milchglasscheibe zuging, durch die am Ende des Ganges etwas Licht hereinwaberte. Auch sie war nur angelehnt. Mit der Schuhspitze stieß ich sie auf und zuckte entsetzt zusammen. Bevor ich ganz erfasst hatte, was sich mir darbot, wich sekundenschnell alles Blut aus meinen Armen und Beinen, mein Magen zog sich zusammen. Rasch riss ich die Tür wieder zu, lehnte mich an den Rahmen und schnappte keuchend nach Luft. Helle Lichtpunkte tanzten hinter meinen geschlossenen Lidern. Dann atmete ich tief ein und öffnete die Tür erneut.

Murat lag auf dem Rücken, den Mund weit aufgerissen,

die Arme abgewinkelt neben seinem zusammengekrümmten Körper. Das weiße T-Shirt mit dem silbernen Firlefanz war dunkelrot verfärbt, um ihn herum bildete das Blut eine klebrig glänzende Lache. Ramiz musste ihm das Messer mehrmals in den Bauch gestoßen haben, was die zerfetzten Stellen im Stoff bewiesen. Und dass es Ramiz gewesen war, daran zweifelte ich keine Sekunde. Ich beugte mich über Murat und legte ihm zwei Finger an den Hals. Er war noch warm, doch für ihn kam jede Hilfe zu spät. Ich erhob mich und versuchte fieberhaft, einen klaren Gedanken zu fassen. Es gelang mir nicht. Ich wusste, dass ich auf gar keinen Fall hier erwischt werden durfte, die Befragungen durch die Polizei hätten meine Suche vehement behindert, wenn nicht gar vereitelt. Ich wusste auch, dass jeden Moment die Schwester auftauchen konnte, und ich wusste, dass Ramiz eine ernst zu nehmende Gefahr für mich bedeutete, möglicherweise befand er sich sogar noch in der Nähe. Ich wusste also so einiges, nur konnte ich mit dem ganzen Wissen überhaupt nichts anfangen. Mein Gehirn war wie betäubt. Ich riss ein Geschirrtuch vom Haken. Immerhin war ich geistesgegenwärtig genug, meine Fingerabdrücke am Türrahmen und an der Klinke abzuwischen. Dann torkelte ich hinaus in den Gang. Glücklicherweise befand sich das Badezimmer gleich nebenan. Ich legte das Tuch über den Türgriff, bevor ich ihn hinunterdrückte, schaltete das Licht ein und kühlte dann Gesicht und Nacken mit kaltem Wasser. Als ich mich aufrichtete, stellte ich mit Schrecken fest, dass ich blasser war als eine Upperclasstussi aus Mumbais Schickeria. Nur dass ich dazu keine Bleichcreme gebraucht hatte.

Ich starrte mich an und dann den Duschvorhang. Er hing wieder bewegungslos da, doch gerade eben hatte er das nicht getan. Ganz langsam wandte ich mich um und hätte gern tief

Atem geholt. Doch dazu war keine Zeit. Ich riss den Vorhang zur Seite, und sie zuckte zusammen, drehte panisch wimmernd am Wasserhahn, dann traf mich der eiskalte Strahl mitten ins Gesicht. Ich schlug ihr den Duschkopf aus der Hand und hielt sie fest, während der Schlauch um uns herumtanzte wie eine Schlange auf Ecstasy und uns dabei klitschnass spritzte. Endlich schaffte ich es, das Wasser abzudrehen, ohne dabei die junge Frau loszulassen. Sie schrie wie ein gequältes Tier und wand sich unter meinem Griff, doch ich ließ nicht locker.

»Ich war es nicht!«, flüsterte ich eindringlich. »Glaub mir, ich war es nicht.«

Sie bäumte sich nochmals auf, und ich packte sie fester, doch ihre Kraft ließ rasch nach, sie wehrte sich immer weniger, schließlich erschlaffte sie und sank schwer atmend gegen die verkachelte Wand. Ihre blassgrauen Augen waren weit aufgerissen und glitzerten im Neonlicht des Badezimmers beinahe silbern. Sie hatte schwarzes Haar und volle Lippen, ihr Gesicht war rundlich, was nicht zuletzt den breiten Wangenknochen zu verdanken war, der Körper kräftig, ein wenig klobig.

»Ich war es nicht«, sagte ich erneut und gab ihre Handgelenke frei. Ihre Arme sanken kraftlos hinunter und sie kauerte sich in die Badewanne, nass und zitternd wie ein Vogel, der knapp einen Gewittersturm überlebt hat. Ihr Blick war beängstigend leer.

»Du bist Murats Schwester?«

Sie reagierte nicht. Ich strich ihr das Haar aus dem Gesicht, hielt ihre Hand und blieb neben ihr auf dem Badewannenrand sitzen, bis sie sich allmählich aus ihrer Erstarrung löste. Sie blickte mich an, als befände sich ihr Geist irgendwo außerhalb.

»Wer bist du?«, fragte sie mit tonloser Stimme.

»Vijay Kumar, ich bin ein Freund von Murat. Er wollte mir etwas Wichtiges mitteilen, deswegen bin ich hergekommen.«

»Murat ist tot.«

»Ich weiß. Es tut mir schrecklich leid.«

»Murat ist tot.«

Sie sagte es mit einer Eindringlichkeit, als müsste sie sich selbst überzeugen. Ich streichelte ihre Hand mit meinem Daumen. Sie war eiskalt.

»Wie heißt du?«

»Zamira.«

»Weißt du, wer das getan hat, Zamira?«

Sie schüttelte abwesend den Kopf.

»Du musst die Polizei rufen.«

Erschrocken zuckte sie zusammen und schüttelte den Kopf heftiger.

»Dein Bruder ist tot.«

»Aber er war illegal hier.«

»Das spielt jetzt auch keine Rolle mehr.« Ich bereute augenblicklich, was ich gesagt hatte.

»Du willst doch auch, dass sein Mörder gefasst wird«, fügte ich in beschwichtigendem Tonfall hinzu.

Zamira nickte. »Wer tut so etwas?«, flüsterte sie.

Es brach mir das Herz. Es hatte keinen Sinn, ihr jetzt die ganze Geschichte mit Ramiz zu erzählen, sie war bereits verstört genug. »Du rufst jetzt am besten die Polizei.«

Sie nickte und erhob sich. Ihre Bluse war völlig durchnässt, ebenso der Rock und die Strümpfe. Ich reichte ihr ein Handtuch und verließ das Badezimmer. Ich war bereits in der Diele, als es mich wie ein Hammerschlag traf. Unverzüglich machte ich kehrt und klopfte an die Badezimmertür.

Zamira streckte den Kopf heraus und ich erschrak, als ich in die Hoffnungslosigkeit in ihrem Gesicht blickte.

»Und du hast mich hier nie gesehen.«

»Wieso?«

»Frag nicht. Erzähl einfach niemandem, dass ich hier war.«

»Ich will aber wissen weshalb.«

Ich seufzte. Halb bewusstlos war sie mir lieber gewesen. »Weil ich Detektiv bin und einen Fall lösen muss. Es geht um einen verschwundenen Jungen, und Murat wollte mir dabei helfen, ihn zu finden. Die Zeit drängt, die Polizei würde mich nur aufhalten.«

»Detektiv?« Sie hob zweifelnd eine Augenbraue. Irgendwie schien diese Berufsbezeichnung in Kombination mit meiner Person die Leute nicht sehr zu überzeugen.

»Genau.«

Sie knetete ihre Unterlippe und überlegte. »Okay, dann sage ich nichts.«

»Danke.«

»Dafür musst du Murats Mörder finden.«

»Die Polizei …«

»Fuck Polizei. Du.«

»Aber …«

»Versprichst du es?«

Nicht schon wieder. Ich nickte flüchtig.

»Mann, wenn du dein Versprechen nicht hältst, bringe ich dich eigenhändig um.«

Ich nickte viel überzeugender.

Ich verließ die Wohnung, ohne nochmals in die Küche geschaut zu haben, und trotzdem verfolgte mich das Bild des auf dem Boden liegenden Murats. Das Blut war beinahe schwarz gewesen, die Wunden hatten wie glänzende Lippen auf seinem Bauch auseinandergeklafft. Ramiz hatte ihn abgestochen wie ein Tier. Gnadenlos und unbarmherzig. Wie kaltblütig musste jemand sein, der so etwas fertigbrachte? Einen Kollegen, einen Freund abzuschlachten, der eben noch mit einem auf dem Sofa gesessen und gekifft hatte. Und was sollte damit verhindert werden? Was für Informationen waren das, die unter keinen Umständen weitergegeben werden durften? Worüber hatte sich Philipp mit Winkler gestritten? Was hatte er überhaupt dort gewollt? Und wo war er jetzt? Ich hatte das Gefühl, dass ich in etwas hineingeraten war, das größer und gefährlicher war, als ich angenommen hatte. Etwas, das auch mein Leben bedrohen konnte. Darauf hatte man uns im Fernkurs nicht vorbereitet. War es am Ende meine Schuld, dass Murat nicht mehr lebte? Diese Möglichkeit traf mich wie ein Fausthieb. Ich schaffte es immerhin bis ganz nach unten und dann noch über die Straße, bevor ich hinter einer der Baracken neben den Gleisen zusammenbrach und mich übergeben musste wie noch nie zuvor.

Benommen wankte ich nach Hause, nahm die Flasche Amrut aus dem Briefkasten und ließ mich in den Sessel hinter meinem Schreibtisch fallen. Ich schenkte mir ein großes Glas ein und versuchte, die peinigenden Bilder mit Whisky wegzuschwemmen, doch es gelang mir nicht, sie gingen nicht weg. Nicht Murat, wie er in seinem Blut lag, nicht Zamira, wie sie leichenblass und hoffnungslos ins Leere starrte, und auch die quälende Frage blieb, ob ich mitschuldig war an seinem Tod. Ich leerte das Glas, erhob mich und schaute aus dem Fenster. Ich hatte das unbestimmte Gefühl, dass ich soeben irgendeine Art von Unschuld verloren hatte, der Job war plötzlich viel ernster geworden, als ich ihn jemals zu nehmen bereit gewesen war. Ich schüttete ein weiteres Glas Whisky in mich hinein und immer weitere, bis das Zimmer bedenklich in Schräglage geriet. Draußen erhob sich ein unruhiger Wind, Papierfetzen wirbelten über die Straße und es roch nach Staub. Von Westen her zogen dunkle Wolken auf und ballten sich drohend über Höngg. Bald würde es zu regnen beginnen.

Donnerstag

Der VW knurrte vor sich hin, während ich im Schritttempo über den Löwenplatz fuhr und der Regen monoton gegen die Windschutzscheibe prasselte. Im Radio zupfte wieder eine dieser kulleräugigen Asthmatikerinnen melancholisch auf der Gitarre rum und flüsterte dazu kurzatmig unerfreuliche Lebenserfahrungen, was ausnahmsweise hervorragend zur Stimmung draußen und in mir drin passte. Vor dem Eingang des *Globus* wuselten Menschenmassen durcheinander, als wäre das noble Kaufhaus ein Bienenstock, in dem gerade Wespenalarm geschlagen wurde. Ich dachte an den Telefonanruf, den ich frühmorgens beinahe noch schlafend und definitiv noch nicht nüchtern entgegengenommen hatte und der mir einen weiteren Auftrag bescherte. Das Geschäft lief besser, als ich es mir wünschte. Viel lieber hätte ich meinen Rausch ausgeschlafen und dann weiter nach Philipp gesucht. Der Junge schwebte wahrscheinlich in großer Gefahr, ich spürte, dass ich mich beeilen musste. Andererseits brauchte ich das Geld, das mir der neue Auftrag einbringen würde. Eine simple Angelegenheit, wie es schien. Eine sehr distinguiert klingende Dame vom Zürichberg wollte, dass ich ihren Mann beschattete, da sie vermutete, er habe eine Affäre. Klassisches Privatermittlerzeugs. Das würde ich nebenbei erledigen.

Ich trommelte einen Marsch aufs Lenkrad und bereute, nicht den öffentlichen Verkehr gewählt zu haben. Mit dem Auto kam man einmal mehr nicht vorwärts in dieser Stadt. Misslaunig beobachtete ich die Passanten und fragte mich, wieso sich auch diejenigen mit den aufgespannten Schirmen unter den Vordächern und den Hauswänden entlangdrückten und so in Kauf nahmen, jemandem, der ohne unterwegs war, die Augen auszustechen. Es gab Dinge, die konnte mir keiner erklären. Die Zupfliese wurde zugunsten eines Straßenzustandsberichts ausgeblendet, danach folgte die ermunternde Nachricht, dass es in den nächsten Tagen so weiterregnen würde. Etwas, das Tina Turner, die angeblich ihre Milch und Brötchen ebenfalls im *Globus* kaufte, sogleich mit einem kratzbürstigen *I Can't Stand The Rain* kommentierte. Meine Laune verbesserte sich merklich.

Im Schneckentempo kroch ich hinter einem burgunderroten Alfa Romeo am Bahnhof vorbei, doch nachdem ich die Brücke mit dem *Coop*-Provisorium hinter mir gelassen hatte, ging es zügiger voran. Ich konnte es kaum erwarten, aufs Gaspedal zu drücken. Innert kürzester Zeit war ich am Römerhof. Als ich die von pompösen Bauten gesäumte Straße den Zürichberg hochfuhr, fiel mir auf, wie selten ich mich aus meinem Quartier hinausbewegte und wie wenig mir eigentlich der Rest der Stadt vertraut war. Staunend blickte ich die herausgeputzten Fassaden hoch, als aus einem der Sträßchen, die zwischen den Jugendstilhäusern verliefen, unversehens ein schwarzer Offroader herausschoss. Ich trat abrupt auf die Bremse, worauf mein Käfer quietschend über die nasse Straße schleuderte, bis er mitten auf der Fahrbahn zum Stehen kam. Gerade noch rechtzeitig, denn um ein Haar hätte mich der Geländewagen über den Haufen gekarrt. Ich erhaschte nur einen flüchtigen Blick auf die Fahrerin, als sie an mir vorbeibrauste. Wie auf einem Hochsitz thronte sie in dem dschungeltauglichen Kasten und sah dabei kaum über das Lenkrad hinaus. Sie hatte mich wohl einfach übersehen. An ihrem Ohr klebte ein Handy und unter ihrer Nase ein Schlauchboot, das wohl einmal ihre Lippen gewesen waren. Ihr Gesicht war standesgemäß faltenfrei. Wahrscheinlich hätte man mit der Menge Botox, die in ihrer Stirn steckte, ein Nilpferd in den Winterschlaf versetzen können.

Ich parkierte einmal mehr auf dem Gehsteig, stieg eine Treppe hoch und durchquerte ein Vorgärtchen, das mit seinen Stiefmütterchen, Gartenzwergen und Fuchsien in Terracottatöpfen erstaunlich kleinbürgerlich wirkte. Als befände es sich in einem Vorort vor einem dieser zwei Fuß breiten Reihenhäuschen mit kreischend bunter Fassade und nicht vor einem prachtvollen Bau im klassizistischen Stil in der Gegend Zürichs, wo das durchschnittliche Vermögen und das durchschnittliche Alter das Wort ›Durchschnitt‹ von weit oben herab Lügen straften. Ich drückte auf die Klingel. Bereits nach wenigen Sekunden schwang die Tür auf und mir stand eine äußerst gepflegte Dame gegenüber, die unmöglich das Hausmädchen sein konnte.

»Frau Stadelmann?«

»Von Salis. Von Salis-Stadelmann.«

»Vijay Kumar, wir haben telefoniert.«

Sie nickte knapp und trat wortlos zur Seite, um mich hereinzulassen. Ich entschuldigte mich für die Verspätung, doch das schien sie nicht zu interessieren. Zielstrebig ging sie vor mir her, ein paar Stufen einer weißen Marmortreppe hinauf, durch ein geschmackvoll eingerichtetes Entree, in dem es nach Zimt und Rosenblättern roch, und dann durch eine der unzähligen Türen, die von der Diele abgingen. Ohne sich auch nur einmal nach mir umzudrehen oder ein wenig belanglos zu plaudern, führte sie mich in eine Art Salon und bot mir da mit einer bestimmenden Handbewegung und einem steifen Lächeln einen teuer aussehenden Sessel an. Sie selbst setzte sich auf das Sofa gegenüber und blätterte in irgendwelchen Unterlagen. Ich kam mir vor wie bei einem Bewerbungsgespräch. Unauffällig beobachtete ich sie. Frau von Salis-Stadelmann war etwa fünfundvierzig, hatte ein mediterranes Aussehen durch einen gebräunten Teint, der erfreulicherweise nicht ins Orangefarbene der eifrigen Solariumgänger abrutschte. Weder war sie geliftet noch faltenfrei gespritzt, die Muskulatur ihrer Stirn und um die Augen funktionierte einwandfrei. Das dunkle Haar hatte sie straff zu einem Zopf gebunden, was ihr trotz der strengen Haltung etwas mädchenhaft Anmutiges verlieh. Sie trug, was wohlhabende Frauen in ihrem Alter und mit einer schlanken Statur halt so trugen, jedenfalls diejenigen mit Geschmack: weiche, gut sitzende Stoffe in erdigen Farben, dazu wenig, aber stilsicheren Schmuck.

Abwartend ließ ich meinen Blick über die Bilder an der Wand schweifen. Ich erkannte einen Picasso und einen Cézanne und zweifelte keinen Augenblick daran, dass sie echt waren. Quer zum Sofa stand eine Mahagonitruhe, von der aus mich ein ausgestopftes Wiesel mit starrem Blick und aufgerissenem Maul fixierte. Was für ein Stilbruch, dachte ich entsetzt. Unauffällig beugte ich mich vor, um die gerahmten Familienfotos neben dem Wiesel zu betrachten, als lautlos ein eingeschüchtert aussehendes Mädchen hereintrat, um Tee in zierlichen Porzellantässchen zu servieren. Es deutete unsicher auf ein Kännchen Milch und eine viergeteilte Glasschale, in der sich verschiedene Zuckersorten befanden, flüsterte »Zitrone?«, nickte erleichtert, als ich verneinte, und stellte zuletzt einen Teller mit pastellfarbenem Konfekt, das unverkennbar aus Zürichs bekanntester Confiserie stammte, auf den niedrigen Salontisch aus Rauchglas, der zusammen mit der kühlen Atmosphäre zwischen mir und Frau von Salis-Stadelmann stand. Diese winkte die Bedienstete mit einer beiläufigen Handbewegung aus dem Zimmer, und ein wenig überrascht stellte ich fest, dass das Mädchen keinen Knicks machte, bevor es ebenso geräuschlos, wie es hereingekommen war, die Tür hinter sich schloss. Frau von Salis-Stadelmann stieß einen unterdrückten Seufzer aus, der wohl nicht für meine Ohren gedacht war, hob den Kopf und musterte mich zum ersten Mal beinahe interessiert.

»Sind Sie diskret?«

»Davon lebe ich.«

Sie nickte und schwieg dann wieder, als bereute sie das eben Gesagte bereits.

»Wie sind Sie auf mich gekommen?«, versuchte ich, das Gespräch wieder aufzunehmen.

»Frau Georget hat mir von Ihnen vorgeschwärmt. Sie seien der beste Katzenfinder, dessen Dienste sie je in Anspruch genommen hätte.« Ein süffisantes Lächeln wagte sich kurz bis zu ihren Mundwinkeln vor, wurde aber sogleich wieder verbannt.

»Babsi ... äh ... Frau Georget hat mich empfohlen?« Ich war überrascht.

»Wir treffen uns manchmal bei Wohltätigkeitsveranstaltungen. So auch gestern Abend.«

»Der Auftrag war nicht allzu schwierig«, gab ich den Bescheidenen.

»Das kann ich mir denken. Die Katze soll ja eine regelrechte Ausreißerin sein.« Wieder dieser Anflug von einem Lächeln. Die Ironie war jedoch unüberhörbar. Frau von Salis-Stadelmann hob ihre Tasse, blies mit spitzen Lippen hinein und nahm dann einen kleinen Schluck.

»Und da ich so gut im Katzenfinden bin, dachten Sie, ich sei qualifiziert genug, auch Ihren Mann zu beschatten.«

Klirrend stellte sie das Tässchen auf den Tisch und warf

mir einen kühlen Blick zu. »Ich will wissen, wo er sich herumtreibt.«

»Er treibt sich herum?«

Mit ihrer Handkante zerschnitt sie die Luft in dünne Scheiben. »Nicht so, wie Sie sich das wahrscheinlich vorstellen. Aber er verreist seit einiger Zeit immer wieder mal für ein Wochenende. Angeblich aus geschäftlichen Gründen.« Frau von Salis-Stadelmann hielt inne.

»Und?«

»Er benimmt sich neuerdings merkwürdig«, fügte sie mit fester Stimme an. »Äußerst merkwürdig sogar.«

»Und das tat er zuvor nicht?«

»Glauben Sie mir, an meinem Mann war bis anhin nichts merkwürdig.«

Ich blickte sie erstaunt an. »Sie vermuten, dass eine Frau dahintersteckt.«

»Wäre doch ein interessanter Aspekt, nicht?«

»Ein interessanter Aspekt?«, echote ich und suchte in ihrer Mimik vergebens nach einem Anzeichen von Ironie. Doch alles, was ich entdeckte, war die jahrelange Enttäuschung, die sich in ihre Mundwinkel graviert hatte.

Sie zuckte mit den Schultern. »Nennen Sie es, wie Sie wollen.«

»Was sagt Ihr Mann dazu?«

Sie starrte mich verständnislos an. »Mein Mann?«

»Haben Sie ihn danach gefragt?«

Sie scheuchte die Frage mit einer Handbewegung weg wie eine lästige Fliege. Jetzt erst fiel mir auf, wie oft sie ihre Hände benutzte, wenn sie sprach.

»Finden Sie raus, was er treibt. Dafür bezahle ich Sie.«

Ich nickte und bemühte mich, professionell zu wirken. »Wo finde ich Ihren Mann?«

»Er ist Vizedirektor der Bank *Canis.*«

Irritiert stellte ich fest, wie sie »Vize« betonte. Sie spuckte das Wort regelrecht aus, als widere es sie unsäglich an.

»Beobachten Sie ihn. Mit wem und wohin er zum Lunch geht, was er nach der Arbeit macht, an den Abenden, an denen er angeblich Sitzungen hat, wo er diese Wochenenden verbringt und mit wem. Einfach alles.«

»Soll ich auch seine Telefonate abhören?« Mir schauderte bei dem Gedanken. Der Aufwand wäre riesig gewesen, der Ertrag wahrscheinlich gering.

Gott sei Dank schüttelte Frau von Salis-Stadelmann den Kopf. »Verzichten Sie vorläufig auf die James-Bond-Spielereien. Ich will nur wissen, wen er trifft und wo. Erstatten Sie mir baldmöglichst Bericht.«

»Gibt es etwas, das ich über Ihren Mann wissen müsste? Etwas Besonderes? Eigenheiten?«

Sie lachte kurz und höhnisch. »Sie kennen meinen Mann nicht.«

Fragend sah ich sie an.

Ihre Hände flatterten durch die Luft wie betrunkene Nachtfalter. »Da gibt es nichts. Rein gar nichts.«

Ich hörte dem Regen zu, der auf das Dach meines Käfers trommelte, während ich eingehend die Fotografie des Vizedirektors studierte, die mir Frau von Salis-Stadelmann, mit Betonung auf ›von Salis‹, überlassen hatte. Sie schien ihn für einen kompletten Langweiler zu halten und trotzdem wollte sie wissen, mit wem er die Wochenenden verbrachte. Ich wurde das Gefühl nicht los, dass sie sich zum ersten Mal in einer sehr langen Zeit überhaupt für ihn interessierte. Wenn der Mann tatsächlich eine Affäre hatte, war das sein Glück. Seine Frau würde ihn plötzlich mit ganz anderen Augen sehen. Das Problem war nur, dass der Mann auf dem Foto so gar nicht danach aussah, als würde er Affären haben. Ich beschloss, erst einmal diese Bank *Canis* aufzusuchen, die sich im Quartier Enge befand. Ich hatte noch nie von diesem Finanzinstitut gehört, aber schließlich gehörte ich auch nicht zur Einkommensklasse, die von Privatbanken heftig umworben wurde.

Ich fuhr übers Bellevue und dann am See entlang, der mauergrau vor sich hin dümpelte. An den Ufern waberten Nebelfetzen und die Bergspitzen steckten in dichten Wolkenknäueln. Menschen mit griesgrämigen Gesichtern standen an den Tramhaltestellen, alles war düster, dumpf und prinzipiell unerfreulich. Es war ein Tag, an dem man sich einer ausgewachsenen Herbstdepression hätte hingeben können, wenn man denn die Zeit dazu gehabt hätte.

Ich parkierte etwas entfernt von der Bank. Ein hellblauer Käfer wäre in einer Gegend voller Finanzinstitute und Anwaltskanzleien, die hier in einträglicher Symbiose mit Psychotherapie- und Arztpraxen wucherten, garantiert aufgefallen. Und auffallen war das Letzte, was ich wollte.

Ich schloss den Reißverschluss meiner Jacke, klappte den Kragen hoch und ging so gegen den Regen gewappnet auf das auffällige Eckhaus zu, das sich durch seine mit Fresken kunstvoll verzierte Fassade deutlich von den umliegenden Gebäuden abhob. Mit einem etwas mulmigen Gefühl musterte ich die steinernen Hundeköpfe, die zähnefletschend und drohend aus der Hausmauer ragten, als wollten sie sich gleich auf mich stürzen. Das Messingschild neben der Eingangstür mit dem symbolisch dargestellten Hund als Emblem wies darauf hin, dass die Bank *Canis* im ersten Stock residierte. Ich trat etwas zurück und guckte zu den Erkerfenstern hoch, doch alles, was ich erkennen konnte, waren hohe Räume mit kunstvollen Stuckaturen an der Decke. Eine Frau mittleren Alters, die eine Hochsteckfrisur trug, schritt eilig mit einem Stapel Akten auf dem Arm am Fenster vorbei. Ich überzeugte mich, dass es keinen Hinterausgang oder gar eine unterirdische Garage gab, und stellte mich dann unter ein Vordach auf der gegenüberliegenden Straßenseite, wo ich abzuwarten gedachte. Es war kurz nach zehn und ich wurde langsam nüchtern. Das hieß, in meinem Kopf begann es, unangenehm zu pochen, und ich bekam Lust auf einen Drink. Doch das konnte ich mir nicht erlauben, derartige Überwachungen konnten sich hinziehen, und ich musste äußerste Wachsamkeit walten lassen, damit ich den Moment nicht verpasste, in dem Herr Stadelmann das Gebäude verließ. Ich lief ein wenig hin und her, ohne den Eingang aus den Augen zu lassen. Noch würde ein zufälliger Beobachter meinen, ich würde auf eine Verabredung warten, doch ich wusste, dass ich nicht allzu lange so weitermachen konnte. Schon hatte ich das Gefühl, als bewegten sich hier und da Vorhänge in den oberen Stockwerken, wo sich meist Privatwohnungen befanden, aber das konnten auch meine angespannten Nerven sein, die mir einen Streich spielten. Ich entnahm dem Zeitungskasten bei der Tramhaltestation ein Gratisblatt und blätterte es flüchtig durch, hinten beginnend, wie ich das oft tat, während ich zum Bankgebäude zurückschlenderte. Die Letten-Leiche wurde nur ganz kurz auf Seite vierzehn erwähnt. Offensichtlich hatte man ihre Identität immer noch nicht herausgefunden, die Polizei bat weiterhin um Hinweise. Ich dachte an Philipp und hoffte inständig, dass er noch lebte. Ich schlug ein paar Seiten mit Klatsch und Tratsch um und überflog eine Fotoreihe, die ein paar Jugendliche, darunter *Crazy Sandy aus Bülach* und *Ghettobrothas Hanspi und Kusi* beim *Fun haben* auf der angeblich *coolsten* Party des Jahres zeigte. Sie guckten alle so verkrampft, als litten sie an Durchfall. Zu meiner Zeit jedenfalls hatte Spaßhaben noch anders ausgesehen. Irgendwie mehr nach Spaß.

Auf Seite zwei dann der Schock. *Mord an jungem Albaner,* stand da in großen Lettern. Ich sog scharf die Luft ein, überflog den Artikel und ärgerte mich über den reißerischen Boulevardstil. Der Bericht war, was mich wenig erstaunte, von José. Vielleicht hätte ihm jemand mal den Sinn und Zweck von Verben erklären müssen. In Gedanken setzte ich sie an den erforderlichen Stellen ein. Die Polizei ging von einer Abrechnung im Drogenmilieu aus. Der junge Albaner habe sich illegal in der Schweiz aufgehalten und sei bei seiner Familie, die legal im Land war, untergekommen. Seine Schwester, die den jungen Mann tot zu Hause aufgefunden habe, stehe unter Schock. Zurzeit sei sie nicht vernehmungsfähig und werde psychiatrisch behandelt. Die Eltern seien zusammengebrochen, es gehe ihnen in der Zwischenzeit aber den Umständen entsprechend passabel. Hinweise zur Täterschaft hätten sie jedoch keine geben können. Kein Wort darüber, dass jemandem ein etwa dreißigjähriger, indisch aussehender Mann aufgefallen war, der sich zur vermutlichen Tatzeit gewaltsam Zugang zum besagten Wohnhaus verschafft hatte. Gut so.

Ich ließ die Zeitung sinken. Wieder sah ich Murat am Boden liegen, mit weit aufgerissenem Mund, das lächerliche T-Shirt über dem Bauch zerfetzt und blutgetränkt. Irgendetwas in mir zog sich zusammen. Ramiz sollte Murat einschüchtern, zweifelsohne, aber ich fragte mich, ob er ihn auch getötet hatte. Plötzlich war ich nicht mehr so überzeugt davon. Ramiz war ein Hitzkopf und Draufgänger, doch der Mord war mit kaltblütiger Präzision ausgeführt worden. Ich dachte an Winklers stetig lächelnden Buddhakopf. Wie er mich mit kühler Miene aufforderte, seine Wohnung unverzüglich zu verlassen. Das würde schon eher passen, obwohl ich auch dafür nicht den Hauch eines Beweises hatte. Ich wusste, dass ich möglichst bald nochmals dorthin musste, um mit Winkler zu reden, mir blieb nicht viel anderes übrig. Philipps Spur endete bei ihm, und nur wenn ich sie von dort weiterverfolgte, konnte ich herausfinden, was mit ihm geschehen war. Schließlich hatte ich es Ness versprochen. Doch ich musste mich sehr in Acht nehmen. Vor Ramiz und seinem aufbrausenden und brutalen Temperament. Vor der Polizei, die bestimmt schon daran war, Murats Umfeld zu untersuchen, und eher früher als später auf die Treffen der Village People in Winklers Wohnung kommen würde. Und damit im ungünstigsten Fall auch auf Philipp oder mich. Und dann Winkler selbst, ihn durfte ich keinesfalls unterschätzen. Ich war mir sicher, dass er irgendetwas mit Murats Tod zu tun hatte, ihn direkt oder zumindest indirekt auf dem Gewissen hatte. Und wenn das so war, würde er wohl auch vor einem weiteren Verbrechen nicht zurückschrecken. Ich musste wirklich auf der Hut sein, wenn ich nicht als Hauptthema einer sensationslüsternen Titelstory enden wollte.

Aus dem Augenwinkel beobachtete ich, wie die Eingangstür des Bankgebäudes aufschwang. Die Frau mit der Hochsteckfrisur trat heraus, ihr folgten drei weitere Damen, alle etwa in demselben Alter und eingekleidet von derselben Boutique. Oder vielleicht war es auch der Souvenirshop des zoologischen Gartens, wo sie einkauften. Jedenfalls war alles getigert, gestreift und gefleckt, was sie trugen. Als hätten sie gerade das Dschungelbuch in der Büroversion aufgeführt. Sie gingen schnell und mit verschränkten Armen. Diejenige, die zuvorderst lief, wandte sich um und sagte etwas, das ich wegen der Distanz nicht verstehen konnte, worauf die anderen mit überdrehtem Betriebsausflugsgewieher antworteten. Sie überquerten die Straße und verschwanden in der Filiale einer amerikanischen Kaffeekette, die sie nach rund zehn Minuten kichernd und schwatzend wieder verließen, um in die Bank zurückzukehren, jede bewaffnet mit einem Pappbecher und einer fettfleckigen Papiertüte.

Allmählich begann mir die Kälte unerbittlich unter die Kleider zu kriechen. Alles war feucht und klamm, und ich trat von einem Fuß auf den anderen. Trams fuhren in kurzen Intervallen an mir vorbei, ich sah die leeren Gesichter der Fahrgäste hinter beschlagenen Scheiben, ein Kind winkte mir zu und lachte, ich winkte zurück und fühlte mich für einen kurzen Moment nicht mehr so allein. Ich stellte mir ein warmes Bad vor, eine finnische Sauna, schließlich glühende Wüstenhitze, doch all diese Tricks nützten herzlich wenig gegen die Eiseskälte. Um zehn vor elf hielt ich es nicht mehr aus, meine Beine waren gefühllos, die Hände taub und die Nase tropfte, als hätte ich eine schwere Erkältung. Widerwillig betrat ich die Filiale der amerikanischen Kaffeekette und erstand einen horrend teuren Pappbecher mit einer nach Haselnuss oder sonst was Grauenhaftem schmeckenden Plörre, die aber immerhin siedend heiß war und mich vor dem Erfrieren rettete. Rasch begab ich mich wieder auf meinen Beobachtungsposten. Während ich schlürfte, trat ein älterer Mann aus einem der Hauseingänge, blickte lange und unverwandt zu mir herüber und ging dann kopfschüttelnd Richtung Bahnhof Enge davon, nicht ohne sich wiederholt nach mir umzuwenden. Offensichtlich hatten mir meine Nerven doch keinen Streich gespielt und die Vorhänge in den oberen Wohnungen sich tatsächlich bewegt. Ich entfernte mich etwas, wechselte die Straßenseite und kam dann wieder zurück, als gäbe es für mich nichts Schöneres, als im strömenden Regen zu lustwandeln. Gerade hatte ich das Bankgebäude wieder erreicht, als die Tür aufgerissen wurde und nur wenige Meter vor mir ein rüstiger Mann mit halblangem grauem Haar heraustrat. Über seinen Schultern hing ein edel aussehender Mantel, bei dem ich auf Kamelhaar tippte, darunter war ein steingrauer Anzug zu erkennen. Der Mann spannte einen Regenschirm auf und wandte sich ungeduldig um, während seine Kieferknochen unablässig malmten. Ich tat, als warte ich darauf, die Straße zu überqueren. Glücklicherweise herrschte gerade etwas Verkehr, sodass meine Camouflage halbwegs glaubwürdig wirkte. Aus dem Augenwinkel sah ich, dass ein weiterer Mann das Gebäude verließ. Ich erkannte ihn sofort. Das schüttere, rotblonde Haar, die Brille mit dem unsicher schweifenden Blick dahinter, der dünne Schnurrbart, diese herunterhängenden Mundwinkel: Herr Stadelmann. Leicht vorgebeugt, geradezu unterwürfig trippelte er auf den Mann im Kamelhaarmantel zu, der sein Vorgesetzter zu sein schien. Der Direktor der Bank *Canis* in dem Fall. Dieser schien weder viel Zeit zu haben noch besonders gut gelaunt zu sein, jedenfalls warf er Stadelmann einen herablassenden Blick zu, der nur knapp an Verachtung vorbeischrammte, und marschierte dann beherzt, und ohne sich nochmals umzuwenden, los. Stadelmann dackelte ihm hinterher, den Blick starr auf den Gehsteig gerichtet, als müsste er etwas nachrechnen. Ich beeilte mich, endlich die Straße zu überqueren, und verfolgte die beiden auf der gegenüberliegenden Seite. Für einen kurzen Moment verlor ich sie aus den Augen, als die Straße einen leichten Linksbogen machte. Ich rannte ein paar Meter und entdeckte sie wieder vor mir, die aufrechte, herrische Gestalt des Direktors unter dem Regenschirm und Stadelmanns gebeugte daneben. Sie steuerten geradewegs auf das Restaurant *Strozzi's* zu, das mit Stehtischen und frisch zubereiteten Panini lockte und in das man dank der durchgehenden Fensterfront problemlos Einblick hatte. Ich hätte nie gedacht, dass ich mich jemals über so etwas freuen würde.

Ich stellte mich an die Tramhaltestelle, zündete eine Zigarette an und beobachtete die beiden, wie sie sich an einen der Tische am Fenster stellten. Eine junge Frau mit weißer Bluse und schwarzem Rock nahm die Bestellung auf, die sie umständlich auf einen kleinen Block kritzelte. Kaum war sie weg, beugte sich der Direktor zu Stadelmann vor, augenscheinlich, um ihn etwas zu fragen, worauf dieser niedergeschlagen den Kopf schüttelte. Der Direktor verharrte reglos, presste die Lippen zusammen, dann richtete er sich ruckartig auf und schien um Beherrschung zu ringen. Stadelmann versuchte offensichtlich, die Situation zu retten, indem er irgendetwas erklärte, jedenfalls redete er länger, wobei sich seine herunterhängenden Arme hoben und senkten wie bei einem Pinguin, der versucht zu fliegen. Der Direktor hörte wie versteinert zu, und als Stadelmann geendet hatte, starrte er lange und nachdenklich auf die Tischplatte. Stadelmann schrumpfte noch mehr zusammen, und plötzlich ahnte ich, wieso seine Frau in einem derart verächtlichen Ton von ihm gesprochen hatte. Es war offensichtlich, dass er nie Direktor der Bank werden würde, dazu fehlten ihm Schneid und Ehrgeiz. Wahrscheinlich war er auch nur Vize geworden, weil er im Verlauf der Jahre einfach nachgerückt war. Dass seine Frau mehr von ihm erwartete, war hingegen eindeutig. Ihre beinahe aristokratische Haltung, die beherrschten Gefühle, die Betonung ihres Mädchennamens. Ihre Ambitionen gingen weit über seine Möglichkeiten hinaus. Er schien auch überhaupt nicht zu den Dschungelbuch-Mitarbeiterinnen zu passen, die ich vorhin gesehen hatte. Ich konnte mir gut vorstellen, dass sie sich hinter seinem Rücken über ihn lustig machten. Ich betrachtete ihn eingehend. Seine Finger klebten nervös zuckend am Tisch, während der Direktor mit schlecht unterdrückter Wut einen Espresso hinunterstürzte. Der Druck, der seit Jahren auf Stadelmann lastete, war diesem deutlich anzusehen.

Die Bedienung brachte die belegten Brötchen, doch der Direktor scheuchte sie mit einer harschen Handbewegung zurück, worauf sie unverzüglich mit zwei Tüten wiederkam. Rasch verließ er das Lokal, Stadelmann bezahlte und stolperte ihm unbeholfen hinterher. Wütend zischte der Direktor Stadelmann ein paar Worte zu, die ich nicht verstehen konnte, und ging dann mit raschen Schritten auf den Bahnhof Enge zu. Nach einigen Metern wandte er sich nochmals um und rief im Befehlston: »Kümmern Sie sich um die Angelegenheit! Und zwar sofort!«

Wie benommen blieb Stadelmann vor dem Restaurant stehen. Dann setzte er sich zögerlich in Bewegung, es war mehr ein Schlurfen, die Last auf seinen Schultern schien ihn förmlich zu Boden zu drücken. An der Kreuzung nestelte er ein Handy aus seiner Manteltasche und tätigte einen Anruf. Rasch holte ich auf und versuchte, das Gespräch zu belauschen, doch der Regen und der Verkehrslärm verhinderten, dass ich viel verstand.

»Ja, heute noch. Es eilt. Es geht um den *Geheimbund der Diana*«, war das Einzige, was ich heraushören konnte, dann beendete er das Gespräch auch schon.

Ich stutzte. *Geheimbund der Diana?* Das klang nach Verschwörung, nach uralten Männerverbindungen, nach heimlichen Treffen in feuchten Kellern, während draußen der Sturm tobte. Es klang nach billiger Mystik, altväterisch und umständlich. Und was bedeutete Diana? Ich konnte mir nicht vorstellen, dass Stadelmann und seine Bundesgenossen der berühmten ehemaligen Kindergärtnerin huldigten, deren Flucht aus dem Bannkreis des englischen Königshofs und vor den Paparazzi so brutal von einem Pariser Betonpfeiler gestoppt worden war. Grübelnd blieb ich stehen, während Stadelmann in der Bank verschwand.

Um was auch immer es hier ging, es schien mir ziemlich sicher, dass er keine Affäre hatte. Ich war mir jedoch nicht ganz so sicher, ob das auch seine Frau freuen würde.

Während Wasser in die Badewanne rauschte, suchte ich im Internet nach Hinweisen zum *Geheimbund der Diana.* Der Verein hatte keine Homepage, dafür wurde mir klar, dass mit Diana kaum die blasse Ex-Prinzengattin gemeint war, sondern viel eher eine römische Göttin, zuständig für die Fruchtbarkeit, die sich im Verlauf der Zeit von der Beschützerin der Frauen und Mädchen und bevorzugt angebrüllten Helferin bei Niederkünften zur Göttin des Todes und der Hexen wandelte, bevor sie sich als Jagdheilige etablierte. Eine bewegte Karriere. Ich beschloss, später darüber nachzudenken, was ich mit den neu gewonnenen Informationen anfangen sollte. Zuerst das Bad. Und Amrut.

Das Wasser war so heiß, dass ich befürchtete, mich gleich in Dampf aufzulösen. Doch nach einigen Augenblicken hatten sich meine durchgefrorenen Glieder an die Temperatur gewöhnt, und entspannt lehnte ich mich im nach Lavendel duftenden Schaum zurück. Aus der Stereoanlage rechtfertigte sich Amy Winehouse, sie hätte ja gleich gesagt, dass sie Stunk machen würde. Ich trank einen Schluck Amrut. Ein Glas hatte ich mir gegönnt, zum Aufwärmen, als Trost für den verregneten Morgen, als Mittagessenersatz, als Mutmacher für den anstehenden Besuch bei Winkler. Es gab immer einen Grund für Amrut, und wenn nicht, war ich Weltmeister darin, einen zu erfinden. Ich hatte mich gerade so richtig schön in der Wärme eingeigelt, als das Telefon klingelte. In weiser Voraussicht hatte ich es in Griffnähe, sprich auf dem Toilettendeckel, platziert. Das Display verriet mir, dass es meine Mutter war, die am anderen Ende ungeduldig darauf wartete, dass ich abnahm. Ich ließ es klingeln und versank tiefer im Wasser, bis der Schaum meine Nase kitzelte. Dafür ragten jetzt die Knie in die Luft und fühlten sich sogleich unangenehm kühl an. Die Badewanne musste aus einer Zeit stammen, als die Leute nicht größer als eins sechzig wurden. Kaum hatte das Telefon aufgehört zu klingeln, begann es von Neuem. Seufzend richtete ich mich auf. Vielleicht hatte Manju gerade ihren Eisprung, und meine Mutter wollte keine Sekunde länger mit den Enkelkindern warten. Zugetraut hätte ich es ihr. Lustlos nahm ich ab.

»Hombre!«

»Am Apparat.«

José lachte. »Du klingst so bedrückt.«

»Ich liege in der Badewanne.«

»Schon?«

»Gibt es dafür festgelegte Zeiten?«

»Noch nicht, aber wenn unsere Polizeivorsteherin so weitermacht wie bisher, dann sicher bald.«

Ich grinste. Die Polizeichefin der Stadt war bekannt für ihre rigorosen und spaßfeindlichen Vorschriften, die nicht immer für vorbehaltlose Begeisterung in der Bevölkerung sorgten.

»Sie haben die Letten-Leiche identifiziert.«

Ruckartig richtete ich mich auf. »Wer ist es?«

»Ein junger Albaner.«

Also nicht Philipp. Gott sei Dank.

»Illegal hier. Deswegen hat ihn auch keiner vermisst. Das heißt: Vermisst wurde er schon. Von seiner Familie. Aber die ist logischerweise nicht zur Polizei gegangen.«

»Und wissen die, was geschehen ist?«

»Nein. Der Junge war ein paar Tage verschwunden, das habe er aber öfter gemacht. Hat ein wenig gedealt und so. Sie wären nicht wirklich besorgt gewesen.«

Mir kam das sehr bekannt vor. »Das reicht kaum für die Titelseite.«

»Hast du etwas für mich?«

Ich dachte an Murat. »Ich war am Tatort. Bevor die Polizei da war.«

»An welchem?«

»Lagerstrasse, oberster Stock.«

José stieß einen leisen Pfiff aus. »Und?«

»Ich kann dir nichts sagen, noch nicht. Das hängt alles mit meinem Fall zusammen.«

»Mann, komm schon! Mir zuliebe.«

»Ich kann nicht. Sonst geht mein Fall hops und ich womöglich auch. Die ganze Angelegenheit ist längst nicht mehr so kuschelig, wie ich gehofft hatte.«

»Na gut, pass auf dich auf. So schnell finde ich keinen anderen, der ähnlich viele Schümli Pflümlis verträgt wie du.«

»Ich bin gerührt.«

»Weißt du, wer's getan hat?« Josés Stimme klang plötzlich wieder ernst.

»Ich habe eine starke Vermutung.« Und keine Beweise, fügte ich in Gedanken an, doch José brauchte nicht alles zu wissen. Im Treppenhaus waren Schritte zu vernehmen.

»Das ist alles ziemlich vage und hilft mir nicht ansatzweise weiter.«

Die Schritte hielten vor meiner Wohnungstür an, dann hörte ich ein dumpfes Geräusch. Als ob etwas Schweres hingeworfen worden wäre. Ein mit Pizzateig gefüllter Plastiksack zum Beispiel. Was relativ unwahrscheinlich war. Ich sprang auf, schnappte mir ein Handtuch und wickelte es mir behelfsmäßig um die Hüfte.

»Was ist denn bei dir los?«

»Ich rufe dich zurück, wenn ich mehr Informationen habe«, flüsterte ich.

José knurrte unwillig.

Auf Zehenspitzen hastete ich durch das Wohnzimmer/Büro und blieb hinter der Eingangstür stehen, wo ich mit angehaltenem Atem auf eventuelle Geräusche von der anderen Seite lauschte. Jetzt war alles still. Langsam drehte ich den Schlüssel, öffnete die Tür spaltbreit und spähte hinaus. Der Korridor war leer. Auch das Treppenhaus schien verlassen. Nichts war zu hören. Dann blickte ich zu Boden und hätte beinahe laut aufgeschrien. Zittrig tastete ich nach dem Lichtschalter. Das Bild, das sich mir bot, war grässlich. Der Vorleger war durchtränkt von schwarzem Blut. Er hatte die Ratte einfach auf den Türvorleger geschmissen, der Bauch war aufgeschlitzt, glänzend quollen Gedärme aus seinem Innern. Ihr Mund stand offen und ließ spitze Zähne erkennen, starr und leblos stierte mich ihr eines Auge an. Ich verstand die Botschaft auch ohne beigelegte Grußkarte.

Ich rannte zum Fenster und riss es auf. Ohne große Überraschung entdeckte ich den BMW in Dunkelgrünmetallic, der gerade mal bis zum Ende der Dienerstrasse gekommen war und jetzt mit ungeduldig dröhnendem Motor darauf wartete, dass endlich einer der Fahrer in der endlos auf der Langstrasse vorbeirauschenden Blechlawine Erbarmen zeigte und ihn einbiegen ließ. Ramiz mochte ein brutaler, kleiner Macho sein, aber mit einem brillanten Geist schien er nicht gerade gesegnet. Milde ausgedrückt.

Während ich die Ratte entsorgte, was eine unaussprechlich eklige und umständliche Angelegenheit war, geschah etwas mit mir, was ich wahrscheinlich seit meiner Kindheit nicht mehr erlebt hatte: Ich wurde wütend. Und zwar nicht ein bisschen wütend, wie man es wird, wenn man im Supermarkt eine Ewigkeit angestanden ist und die Kasse genau dann mit einem gleichgültigen Schulterzucken der dicklichen Angestellten geschlossen wird, wenn man dran wäre. Sondern richtig wütend, mit explodierendem Blutdruck, Aussetzen des rationalen Denkvermögens und angeschwollener Halsschlagader. Was auch der Grund war, weshalb ich kurz darauf in Balthasars Laden stand. Zuvor hatte ich meinen Zorn in den Fußabtreter geschrubbt, der aber selbst nach meiner Gewaltbehandlung noch hässliche Blutflecken aufwies, dann versucht, mich mit einem weiteren Glas Amrut zu besänftigen, und als selbst das zu keinem Erfolg geführt hatte, beschlossen, den Racheplan, der schon die ganze Zeit in meinem aufgebrachten Kopf herumgeschwirrt war, umzusetzen.

»Du willst es nicht wissen«, antwortete ich, als Balthasar mir das Gewünschte in eine neutrale Plastiktüte packte und dabei fragte, was ich damit vorhätte.

Ich brauchte nicht lange zu suchen. Der grüne BMW war direkt vor Winklers Wohnhaus parkiert. Wahrscheinlich rauchte Ramiz mit seinen Kumpels gerade einen riesigen Triumphjoint, als ich mit einiger Mühe die Beifahrertür knackte. Glücklicherweise fuhr er ein älteres Modell, das noch über keine Alarmanlage verfügte. Danach war ich mit einem Mal sehr gut gelaunt und gönnte mir am nahe gelegenen Wurststand eine Bratwurst mit einem knusprigen Bürli und viel scharfem Senf, dazu zur Beruhigung ein Bier. Dem ich zur Überbrückung der Wartezeit ein zweites folgen ließ. Denn verpassen wollte ich das Spektakel auf keinen Fall. Von den Stehtischen aus war der BMW gut zu sehen, wobei mich die dunkelblaue seitlich heruntergezogene Plastiktrennwand nicht nur vor dem immer noch strömenden Regen schützte, sondern auch vor dem raschen Entdecktwerden. Allerdings durfte ich mich nach der Show nicht mehr allzu lange hier aufhalten, die Situation konnte für mich sehr schnell brenzlig werden.

Ich wischte mir gerade den Schaum des dritten Biers von der Oberlippe, als Ramiz endlich aus dem Hauseingang trat. Ihm folgten die Village People, wegen des Regens in schwarz glänzenden Steppjacken, die aussahen, als wären sie aus Müllsäcken zusammengenäht. Er war also nicht allein. Mein Plan funktionierte soweit ganz prima. Sie schützten ihre Sirupfrisuren mit den Händen, während sie die wenigen Schritte zum Wagen rannten. Ramiz warf sich hinter das Steuer, öffnete die anderen Türen, und alle sechs quetschten sich eilig in den BMW. Der Motor heulte auf, dann schoss das Auto aus der Parklücke. Es beschleunigte, hielt aber nach ein paar Metern abrupt und mit kreischenden Bremsen an. Nichts rührte sich. Ich hielt den Atem an. Ich hatte die Klappe nur leicht zugedrückt, sodass sie bei der ersten Bewegung des Wagens aufspringen musste. Ramiz' Beifahrer musste jetzt den gesamten Inhalt des Handschuhfachs auf seinen Knien haben. Und richtig: Die rechtsseitige Tür wurde aufgerissen und der Junge stürzte aus dem BMW, er johlte und sprang wie von Sinnen auf der Straße herum, und dann stiegen die anderen aus, schrien herum, schlugen sich auf die Schultern und deuteten immer wieder auf Ramiz, der den Wagen noch nicht verlassen hatte. Einer begann, effeminiert herumzutänzeln, und die andern grölten derweil lautstark, sie klatschten rhythmisch in die Hände und feuerten ihn an. Dann endlich sprang Ramiz heraus, er stützte sich auf dem Autodach ab und rief etwas auf Albanisch, es klang beteuernd, doch die anderen schien das nicht zu beeindrucken. Spottend wandten sie sich ab und entfernten sich unter höhnischem Gelächter. Mein Plan war aufgegangen. Auch wenn meine Aktion ziemlich niederträchtig und kindisch gewesen war, sie schien mir doch eine angemessene Vergeltung für die tote Ratte zu sein. Ich spähte vorsichtig nach Ramiz. Er war allein zurückgeblieben. Mit der geballten Faust hieb er auf das Dach des Wagens ein und schüttelte den Kopf, als könne er selbst nicht fassen, was ihm gerade widerfahren war. Einen Moment lang tat er mir beinahe leid. Doch dann dachte ich daran, dass er gerade stolzer Besitzer geworden war von zwei Porno-DVDs mit tschechischen Jungs, die es – wie der Umschlag versprach – garantiert ohne Gummi trieben, einigen Magazinen, in denen dicke, haarige Männer splitternackt miteinander rangen, und schließlich auch von einem Dildo, der eher an einen Hydranten erinnerte als an ein männliches Geschlechtsteil, alles Ausschussware aus Balthasars Beständen. Ein dankbareres Gemüt hätte seine Freude nicht derart zurückgehalten.

Ramiz hob plötzlich den Kopf. Sofort trat ich etwas zurück. Er ging einmal um den Wagen herum, untersuchte das Schloss auf der rechten Seite, und als er sich aufrichtete, funkelten seine Augen gefährlich. Jetzt hatte er begriffen. Langsam kam er zurück und sah sich nach allen Seiten um. Sein Gesicht war wutverzerrt, die Fäuste geballt. Sein ganzer

Körper war angespannt und zitterte. Er stand jetzt mitten auf der Straße, und wäre der dunkelblaue Regenschutz nicht gewesen, wir wären uns direkt gegenübergestanden. Was wahrscheinlich nicht zu meinen Gunsten gewesen wäre. Ich hielt die Luft an, drückte mich an die Hauswand und verharrte regungslos, bis ich das Aufheulen des Motors vernahm und der Wagen kurz darauf am Imbissstand vorbeibrauste. Dann erst getraute ich mich, wieder normal zu atmen.

»Noch eins?«, fragte der Wurstverkäufer und deutete auf mein Bierglas, während er mich misstrauisch musterte. Ich nickte und brachte beinahe ein Lächeln zustande.

Ich sinnierte gerade über die Leere, die sich nach einem Triumph wie diesem in einem breitmachte, als plötzlich Winkler im Hauseingang erschien. Er sah sich kurz um und ging dann mit forschen Schritten auf die Kanonengasse zu. Das passte mir gar nicht in den Kram, eigentlich hatte ich ihn gleich aufsuchen wollen. Ich beeilte mich zu zahlen, trank mein Bier auf ex und nahm in angemessenem Abstand die Verfolgung auf. Allerdings bot die Straße nicht gerade eine üppige Deckung. Wenn er sich zufälligerweise umgedreht hätte, wäre ich ziemlich unverborgen dagestanden. Also hielt ich mich an Hauswände, geparkte Autos und Straßenlaternen und hoffte, dass er vorwärts guckte, was er glücklicherweise auch tat. Er war zielstrebig unterwegs, ließ das Zeughaus links liegen, ging an der Polizeikaserne vorbei, überquerte die Sihl und bog dann bei der Gessnerallee rechts ab. Ich bemühte mich, genügend Distanz einzuhalten, ohne ihn dabei aus den Augen zu verlieren. Das City-Hallenbad beachtete er nicht, was mich nicht weiter verwunderte, er war nicht der Typ, der den Nachmittag im Planschbecken oder beim Synchronschwimmen verbrachte. Stattdessen steuerte er auf die Börse zu und hielt sich dann links Richtung See, und erst als er an der Kreuzung anhielt, bemerkte ich fassungslos, wohin er uns geführt hatte.

Ich starrte auf die Furcht einflößenden Hundeköpfe, die so echt wirkten, als könnten sie jeden Moment aus der Wand springen, und versuchte, den Überblick zu behalten. Winkler war gegenüber der Bank *Canis* stehen geblieben und zog jetzt sein Handy aus der Jackentasche. Ich schloss meinen offen stehenden Mund, drückte mich gegen die Hausfassade und schlich etwas näher an ihn heran, ohne jedoch ein Wort zu verstehen, was er sagte. Winkler beendete das Gespräch, zündete sich eine Zigarette an und starrte auf die gegenüberliegende Straßenseite, wo sich in dem Moment die Tür zur Bank öffnete. Stadelmann blickte sich suchend um, bis er Winkler entdeckte, dann machte er ihm ein unauffälliges Handzeichen und eilte Richtung Bahnhof Enge davon. Winkler folgte ihm und ich natürlich ebenso. Hätte man schmissige Musik dazu gespielt und hätten nicht alle so ernst dreingeguckt, wäre es sicher eine tolle Polonaise geworden.

Ich versuchte, meinen Abstand beizubehalten, während mein Gehirn auf Hochtouren arbeitete. Der Fall, oder besser gesagt meine beiden Fälle hatten eine ungeahnte Wendung genommen: Sie hingen offensichtlich zusammen. Wie und in welchem Ausmaß, darüber konnte ich momentan nur spekulieren, eindeutig war jedoch, dass sich Stadelmann und Winkler kannten, und dies wohl kaum vom Golfspielen. Andererseits konnte ich mir kaum vorstellen, dass Stadelmann etwas mit Drogen zu tun hatte, genauso wenig wie Winkler mit Anlagefonds.

Stadelmann betrat jetzt den Bahnhof und ging an der McDonald's-Filiale vorbei auf die Gleise zu. Winkler folgte ihm unverzüglich. Als ich den Bahnsteig erreichte, waren die beiden bereits in ein Gespräch verwickelt. Ich duckte mich hinter einem mit Postsäcken beladenen Gepäckwagen. Aufgeregt redete Stadelmann auf den Expolizisten ein, worauf dieser ungehalten reagierte. Nur zu gern hätte ich gewusst, worüber die beiden sprachen, doch da sie mitten auf dem Perron standen, war es unmöglich, näher an sie heranzuschleichen, ohne unweigerlich entdeckt zu werden, oder etwas von ihrer Unterhaltung mitzubekommen. Die Lautsprecheransagen und die vorbeidonnernden Züge übertönten alles. Äußerst clever ausgesucht, dachte ich verärgert, das hätte ich Stadelmann nicht zugetraut.

Winkler kratzte sich am Kinn und schien zu überlegen, dann sagt er etwas zu Stadelmann, worauf dieser den Kopf wiegte und schließlich ergeben mit den Schultern zuckte. Sekundenlang zitterte seine ausgestreckte Hand in der Luft, dann ergriff Winkler sie endlich und drückte sie widerwillig. Ich schnappte nach Luft. Er war nur kurz zu sehen gewesen, doch er war so auffällig, dass ich ihn sofort erkannt hatte: den massiven, goldenen Ring mit hellblauem Siegel an Stadelmanns rechter Hand. Und das Siegel zeigte nicht einen stilisierten Wolf oder einen Fuchs, wie Balthasar gemeint hatte, sondern einen Hund. Das Emblem der Bank *Canis.* Ich war mir absolut sicher, auch wenn ich es nur flüchtig und aus der Ferne gesehen hatte. Während ich Stadelmann fassungslos musterte, durchzuckte mich die Erkenntnis wie ein Blitz: Auch die Beschreibung, die mir Balthasar von seinem Kunden gegeben hatte, passte exakt zu Stadelmann. Das bedeutete, dass dieser sich im Fetischladen mit Sexspielzeug eindeckte. Viel wichtiger aber war, dass er offenbar Philipp kannte, woher auch immer. Schließlich war er nach Balthasars Angaben aus dem Laden gerannt, als er Philipp darin entdeckt hatte. Die beiden Fälle näherten sich immer mehr an, und noch immer hatte ich keinen Schimmer, wo die entscheidende Verbindung lag, an welcher Stelle die ganze Geschichte zusammenhing und was es mit diesem ominösen *Geheimbund der Diana* auf sich hatte.

Doch ich würde es herausfinden, jetzt war ich umso fester dazu entschlossen. Dieser neu entdeckte Ehrgeiz fühlte sich gut an. Und ungewohnt. Vorsichtig richtete ich mich auf, um mich rückwärts aus dem Staub zu machen. Doch irgendetwas hinderte mich daran. Irritiert tat ich einen Schritt in die eine Richtung, dann in die andere, ohne freizukommen. Erst dann begriff ich, dass sich meine Jacke im Gitter des Gepäckwagens verfangen hatte. Genau in diesem Moment hob Stadelmann den Kopf, blickte zu mir herüber und kniff die Augen zusammen. Ich duckte mich und hielt den Atem an. Erst nach einer kleinen Ewigkeit wagte ich es, über den Wagen zu lugen. Stadelmann hatte sich wieder Winkler zugewandt. Eilig packte ich den Saum meiner Jacke, drückte mit aller Kraft gegen den Wagen und riss mich los. Ein girrendes Geräusch ließ mich zusammenzucken. Ich fuhr herum und bemerkte entsetzt, dass sich der Wagen verselbstständigt hatte und nun direkt auf Winkler und Stadelmann zurollte. Ich wollte schreien, doch gerade noch rechtzeitig kam mir in den Sinn, dass dies nicht nobelpreisverdächtig gewesen wäre, also hielt ich die Klappe und verfolgte wie gelähmt die Fahrt des Wagens, der jetzt immer schneller zu werden schien. Endlich blickte Winkler auf und bemerkte die Gefahr, wie in Zeitlupe trat er zur Seite und zerrte Stadelmann zu sich hin. Gerade noch rechtzeitig, denn schon schoss der Gepäckwagen haarscharf an ihnen vorbei und krachte mit ohrenbetäubendem Lärm in die Bahnhofsmauer. Winkler riss den Kopf hoch und blickte in meine

Richtung. Augenblicklich zog ich mich hinter den Mauervorsprung zurück. Eiskalt lief es mir den Rücken hinunter und mein Magen verwandelte sich innert Sekundenbruchteilen in einen Betonbrocken. Dann begann ich zu rennen. Ich hatte keine Ahnung, ob er mich entdeckt und vielleicht sogar erkannt hatte, doch mein Bedürfnis, das herauszufinden, war relativ gering. Schon hörte ich hinter mir schnelle Schritte. Ich wusste, dass ich keine Chance hatte, wenn ich auf den Bahnhofsvorplatz floh, also steuerte ich den erstbesten Laden an, ein Blumengeschäft. Beim Hineinstürmen lächelte ich der Verkäuferin beschwichtigend zu und hechtete hinter einen Wall üppiger Blumenarrangements. Empört folgte mir ihr Blick, sie holte tief Luft, doch ich legte den Finger an die Lippen und deutete nach draußen. Sie schüttelte den Kopf und wandte sich wieder ihren Blumen zu, dabei murmelte sie verächtlich etwas vor sich hin, das verdächtig nach »Männer!« klang.

Jetzt konnte ich Winkler auch sehen, mit angespanntem Gesicht spähte er nach allen Seiten, dann kam er direkt auf den Blumenladen zu. Er hatte mich also auf dem Bahnsteig entdeckt. Hatte er mich auch erkannt? Dann säße ich ziemlich tief in der Scheiße. Mittlerweile wusste ja die halbe Stadt, wo ich wohnte. Die Glocke über der Ladentür klingelte und schwere Schritte waren zu hören. Ich getraute mich nicht einmal mehr zu denken und duckte mich, so tief es ging, hinter die Blumenbouquets. Eine herabhängende Lilienblüte, die abscheulich süß roch, kitzelte meine Nase. Winkler durchschritt einmal den Laden, dann blieb er knapp einen Meter von mir entfernt stehen, ohne die Verkäuferin zu beachten, die ihn mit Unschuldsmiene fragte, was er denn wünsche. Er schnaubte unwirsch, dann stampfte er wieder hinaus. Erst jetzt getraute ich mich wieder zu atmen. Keuchend nickte ich der Verkäuferin, einer kleinen, rundlichen Südländerin mit auftoupiertem Haar, zu und bedankte mich, worauf sie mit den Augen rollte und begann, einen Blumenstrauß zusammenzustellen. Ich blieb, wo ich war, und rührte mich nicht. Winkler war immer noch in der Nähe. Gerade stürmte er mit wütender Miene aus dem McDonald's-Restaurant und ging entschlossen auf den Fotoautomaten gegenüber zu. Ich hatte einen Kloß im Hals, als ich plötzlich die Klinge in seiner Hand aufblitzen sah. Er hatte das Messer mit einer beiläufigen Schlenkerbewegung aus dem Ärmel geschüttelt. Ich musste unweigerlich an Murat denken. Winkler näherte sich mit großen Schritten dem Automaten, dann schoss sein Arm hervor. Es war eine Angelegenheit, die keine zwei Sekunden dauerte. Die Verkäuferin schrie entsetzt auf. Der Vorhang war völlig zerfetzt.

Ich blieb noch einen Moment lang im Schutz der Blumen, dann erhob ich mich mit steifen Knien.

»Macht dann zweiundsechzig Franken.« Die Verkäuferin lächelte zuckersüß und streckte mir den Blumenstrauß entgegen, ein Ungetüm in schrillen Farben. Jetzt war es an mir, irritiert zu gucken. Doch sie lächelte unbeeindruckt weiter, sodass mir nichts anderes übrig blieb, als den Strauß zu kaufen. Sechs Kebabs und zwei Colas dachte ich. Oder fünfzehn Bier. Zähneknirschend zählte ich ihr das Geld in die Hand. Die Frau beförderte mich in einen unfreiwilligen Ramadan.

»Ein bisschen mehr Rot wäre schön gewesen.« Meine Mutter hielt den Blumenstrauß mit ausgestrecktem Arm vor sich hin und betrachtete ihn kritisch, während ich seufzend in eine Lammfleischrolle biss. »Du hättest ihn besser Manju geschenkt.«

»Wo ist sie überhaupt?« Der Laden war leer bis auf eine Kundin in mittlerem Alter, die gerade eingehend eine Packung Hennapulver begutachtete. Jetzt hob sie suchend den Kopf, und als sie uns entdeckte, hob sie die gefalteten Hände zur Stirn, verbeugte sich leicht und sagte:

»Namaste.« Mit Sankt Galler Akzent.

Ich rollte mit den Augen, während meine Mutter ein Lächeln aufsetzte und dienstleistungsorientiert auf die Frau zuging. Ich wandte mich ab, trank einen Schluck *Nimbu Pani,* stark gesüßte Limettenlimonade, und studierte abwesend die verschiedenen Gewürzmischungen, die auf dem Regal neben mir aufgereiht waren. Nochmals ließ ich die Geschehnisse des Tages vor meinem inneren Auge passieren. Es war eine ziemlich triste Revue, kein Cancan, keine Rüschenkleider, dafür viel Regen und die quälende Frage, ob ich mit den beiden Fällen klarkam oder ob mir die Sache nicht langsam über den Kopf wuchs. Ungefährlich war sie schon lange nicht mehr, denn wie es schien, waren meine Gegner um einiges humorloser und undiplomatischer, als ich angenommen hatte. Ich fragte mich, was sie zu verbergen hatten und wie die ganze Sache zusammenhing. Ich beschloss, am nächsten Morgen als Erstes Frau Stadelmann einen kurzen Besuch abzustatten, um sie über die neusten Entwicklungen auf dem Laufenden zu halten.

Die Tür ging auf und eine junge Frau mit schulterlangem, schwarz glänzendem Haar trat ein. Sie war ausnehmend hübsch, trug ein sommerlich geblümtes Kleid, das in der Preisklasse irgendwo zwischen *H&M* und *Miss Sixty* anzusiedeln war, und lächelte mich an, als würden wir uns kennen. Dazu blinzelte sie in einem fort.

»Hey!«

»Hallo!«

»Haben Sie was im Auge?«

»Neue Kontaktlinsen.«

Jetzt endlich erkannte ich sie. Es hatte nicht Monate gedauert, nicht Wochen, Manju hatte Varanasi innert weniger Tage abgestreift, zumindest äußerlich. Ein weiteres Opfer der Globalisierung, dachte ich, wenn auch ein ausnehmend attraktives. Das Ganze hatte auch seine guten Seiten. Begeistert malte ich ihr aus, wie ich ihr bald an einem lauschigen Abend meinen Kreis zeigen würde: *Si o No, Longstreet, Xenix, Centralbar, Daniel H.* und dann *Bar 3000* und *Zukunft.* Doch Manju lächelte nur irritiert über meinen plötzlichen Enthusiasmus und meinte: »Mal schauen. Vielleicht.« Zudem müsse sie jetzt den Chapatiteig vorbereiten.

»Vielleicht?«, äffte ich sie fassungslos nach, als ich nach der krachenden Bruchlandung meine Sprache wiedergefunden hatte. Sie zuckte nur mit den Schultern und lächelte vage, dann wandte sie sich ab und ließ mich wie einen begossenen Pudel stehen. Aus den Augenwinkeln registrierte ich das ein wenig zu offensichtliche Blinzeln meiner Mutter in Manjus Richtung. Erst da begriff ich: Verknappung als Promotion. Einer dieser raffinierten Kniffe aus der Frauentrickkiste. Nicht mit mir. Beleidigt schnappte ich mir eine Flasche Amrut vom Regal und verließ wortlos den Laden. Ich würde mich später um Manjus Aufmerksamkeitsbedürfnis kümmern. Im Moment hatte ich genug anderes zu tun.

Freitag

»Was haben Sie herausgefunden?«

Frau von Salis-Stadelmann, die heute ein filigranes Goldgeschmeide über einem tannengrünen Kaschmirpullover trug und einen Rock aus hellem Wildleder, bedeutete dem Mädchen mit einer ungeduldigen Handbewegung, den Raum zu verlassen.

»So einiges.«

»Wie heißt sie?«

Ich schüttelte den Kopf. »Ihr Mann hat keine Affäre, das kann ich bereits jetzt mit ziemlicher Sicherheit sagen.«

Enttäuscht verzog sie die Lippen und führte die dampfende Porzellantasse an dieselben.

»Aber er hat Kontakt zu einem stadtbekannten Drogendealer.«

Das Tässchen sank wieder Richtung Tisch, ihr Mund öffnete und schloss sich, und einen Moment lang flackerte etwas wie Interesse oder Neugier in ihrem Blick auf. Doch dann erlosch die Regung auch schon wieder und die Tasse kehrte zum Mund zurück. »Das ist unmöglich.«

»Ich habe die beiden gesehen. Sie haben verhandelt, worüber, werde ich noch herausfinden.«

»Mein Mann und Drogen. Das wäre wie …« Ihre linke Hand schraubte sich auf der Suche nach einem passenden Vergleich wie ein Falke in die Höhe und stieß dann ebenso rasant wieder herunter.

»Wie Paris Hilton und ein Hochschulabschluss?«, kam ich ihr zu Hilfe.

Sie deutete ein müdes Lächeln an.

»Aber trotzdem ist dem so. Er kauft ja auch Sexspielzeug.«

Sie zuckte zusammen. »Woher wissen Sie das?«

»Mein Job. Wollten Sie mir dazu etwas sagen?«

Ihre Lippen wurden schmal. »Kaum.«

Während des nun folgenden kühlen Schweigens ließ ich meinen Blick erneut über die Einrichtung wandern. Über den Picasso, den Cézanne, bis ich zur Mahagonitruhe gelangte und dem unsäglichen ausgestopften Wiesel. Frau von Salis-Stadelmann hatte meine Besichtigungstour aufmerksam verfolgt. Jetzt verzog sie abschätzig die Mundwinkel. »Mein Mann ging früher gern zur Jagd. Eine Art Hobby, wie er sagt, das er mit seinem Vorgesetzten, Doktor Seeholzer, ausübte. Das scheußliche Wiesel ist ein Geschenk von ihm. In letzter Zeit ist ihnen der Sport aber scheinbar verleidet.«

»Sagt Ihnen der *Geheimbund der Diana* etwas?«

Sie winkte verächtlich ab. »So hieß der Jagdklub, dem Seeholzer und mein Mann angehörten. Schulbubenzeugs, kindisch und lächerlich, wie Männer halt manchmal sind. Als ändere ein mystischer Name etwas an der Tatsache, dass sie dort oben unschuldige Tiere abknallen. Sie haben sich sogar Ringe machen lassen, die ihre Zugehörigkeit zum Geheimbund demonstrieren sollte.«

»Lassen Sie mich raten: Massivgold mit hellblauem Siegel, darauf ein stilisierter Hundekopf?«

»Das Emblem der Bank *Canis.*«

»Wer war alles Mitglied in diesem Geheimbund?«

Sie zuckte mit den Schultern. »Nur die besten Kunden, Geschäftsfreunde aus aller Welt, was weiß ich.«

»Einen Augenblick.« Ich beugte mich vor und begutachtete eine gerahmte Fotografie, die auf der Truhe stand. Sie hatte mich die längste Zeit schon irritiert, erst jetzt erkannte ich weshalb. Beim letzten Mal hatte ich das offensichtlich übersehen. Aufgeregt sprang ich auf. Diesmal war es an mir, mit den Händen herumzufuchteln. »Wer ist das da auf dem Foto?«

Sie sah mich pikiert an. »Ich, als ich unwesentlich jünger war.«

»Nein, ich meinte den daneben.«

»Mein Mann, den kennen Sie jetzt ja.«

»Und?«

»Mein Sohn.«

»Ihr Sohn?«

»Natürlich.«

»Wo ist Ihr Sohn jetzt?«

Sie blickte mich lange an. Dann nahm sie einen Schluck aus ihrer Tasse. »Wir haben seit Längerem keinen Kontakt mehr.«

»Weswegen?«

»Fragen Sie meinen Sohn.«

»Das würde ich gerne. Nur kann ich das nicht, weil Ihr Sohn vermisst wird. Und zwar von seiner Freundin!«

»Philipp hat eine Freundin?«

»Nichts, das zu Ihren Möbeln passen würde.«

Jetzt endlich hatte ich die Antwort, weshalb Stadelmann aus dem Fetischladen geflohen war. Er hatte seinen Sohn darin entdeckt.

»Seit wann wird er vermisst?«

»Seit letzten Freitag.«

»Und Sie haben noch keine Spur von ihm?« Sie schien jetzt ernsthaft besorgt.

»Doch. Und diese Spur führt direkt zu Ihrem Mann.«

Sie sog scharf die Luft ein. »Ich kann mir nicht vorstellen, dass die beiden miteinander zu tun haben.«

»Wieso nicht?«

»Weil Philipp meinen Mann verachtet.«

»Verachtet?«

»So hat er das wortwörtlich beim letzten großen Streit gesagt. Bevor er abgehauen ist. Verachten würde er ihn, für seine Unentschlossenheit, dafür, dass er nie Eigeninitiative zeige, dass er einen Job mache, den er nicht ausstehen könne, einzig der Karriere zuliebe. Zudem würde er sich allen anpassen, seinem Chef, seinem Umfeld, selbst mir. Er würde sich andauernd selbst belügen und seine eigenen Bedürfnisse nicht ernst nehmen. Er könnte so nicht leben. Nicht in einem goldenen Käfig. Er hörte gar nicht mehr auf. Auch das Haus passte ihm plötzlich nicht mehr, unser Lebensstil. Bonzenhaft, nannte er uns, er suche das Einfache, Unverstellte, das Ehrliche, nichts weniger als die Wahrheit. Er wolle nicht so enden wie wir.«

»Spätpubertärer Anfall?«

»Kann man so sehen, geschmerzt hat es mich trotzdem. Sehr sogar.« Ihre Lippen zitterten. Mit der Hand wischte sie entschlossen über ihr Gesicht, dann standen die Lippen wieder still. Die Frau hatte eine bewundernswerte Selbstbeherrschung. Oder eine beängstigende.

»Das Letzte, was wir von ihm hörten, war, dass er irgendwo im Kreis 4 wohnt.«

Ich nickte und dachte bei mir, dass der Junge eine merkwürdige Vorstellung von Einfachheit und Wahrheit hatte. Ich jedenfalls wäre bei diesen Begriffen nicht gleich auf Kokainhandel und eine Teilzeitpunkerin gekommen.

»Hatte Philipp jemals etwas mit Drogen zu tun?«

Sie schüttelte vehement den Kopf, doch das leichte Zögern davor war mir nicht entgangen. Irgendwie konnte ich sie mir plötzlich ganz gut als Mutter vorstellen. Eine strenge zweifelsohne, aber eine, die alles für ihren Sohn tun würde. Selbst lügen.

»Finden Sie ihn.« Ihre Augen glänzten plötzlich feucht, ihr Blick wurde weich. »Bitte.«

Ich versprach es, dabei fiel mir auf, dass ich in den letzten Tagen schon so einiges versprochen hatte. Ich würde mich ziemlich anstrengen müssen, damit ich auch alles halten konnte.

»Noch etwas.« Ich hatte plötzlich das Bedürfnis, das Haus eingehender zu besichtigen, jetzt, da ich schon mal hier war. Vielleicht fand sich ein Hinweis, wo Stadelmann seine Wochenenden verbrachte und mit wem, was er mit Winkler zu tun hatte und welche Rolle sein Sohn dabei spielte. »Ich würde mich hier gern ein wenig umsehen.«

Frau von Salis-Stadelmann zögerte, dann malte sie mit ihrer Hand einen Bogen in die Luft, womit sie mir wohl ihr Einverständnis gab. Irgendwie erinnerte sie mich an eine Königin, die soeben einen Untertan begnadigt hatte.

»Ich möchte, dass Sie mitkommen.«

Diesmal zögerte sie nicht und erhob sich unverzüglich. »Ich denke, wir fangen am besten im Keller an.«

»Und das ist das Schlafzimmer.«

Wir blieben stehen, beide schwer atmend. Die Villa war noch weitläufiger, als sie von außen ahnen ließ. Gefunden hatte ich dabei jedoch nichts, was mir hätte weiterhelfen können. Weder im Keller mit Billardraum noch im hauseigenen Schwimmbad, nicht in der Sauna oder den vier Gästezimmern, den drei Badezimmern oder dem Wintergarten.

Frau von Salis-Stadelmann lächelte. »Vielleicht sollte ich das jeden Tag zwei Mal machen. Ich könnte glatt auf meinen Personal Trainer verzichten.«

Ich grinste pflichtbewusst über ihren kleinen Scherz und äugte dabei unverhohlen in den Raum hinein.

»Hier werden Sie nichts finden, das Sie etwas angeht.« Energisch zog sie die Tür vor meiner Nase zu und zwinkerte verschmitzt. »Aber ich zeige Ihnen jetzt noch das Arbeitszimmer meines Mannes.«

Ich folgte ihr eine steile Treppe hinauf, die direkt ins Dachgeschoss führte.

»Vor ein paar Jahren haben wir den Dachboden ausgebaut. Wir dachten, dass Philipp es vielleicht vorziehen würde, da oben zu wohnen. Doch er wollte lieber sein altes Zimmer behalten. Also hat sich mein Mann hier oben ein Arbeitszimmer eingerichtet. Wobei er eigentlich kaum von zu Hause aus arbeitet.« Sie zuckte mit den Schultern. »Aber Männer scheinen ab und zu ein Refugium zu brauchen.«

Damit öffnete sie die Tür und mir blieb die spitzzüngige Entgegnung im Hals stecken.

Der Raum war riesig, man hätte darin locker eine vielköpfige Flüchtlingsfamilie samt Großmutter und einem Dutzend Ziegen unterbringen können. Unter der Dachschräge stand ein gedrechselter Schreibtisch, darauf ein Computer und ein Telefon, in einer Ecke befand sich ein braunes Ledersofa und direkt gegenüber ein doppeltüriger Schrank. Durch die Dachfenster drang milchiges Licht, der Regen war als sanftes, konstantes Pochen zu vernehmen, das mich sofort schläfrig machte. Doch der Anblick der Tiere hielt mich wach. Es war unheimlich. Sie waren überall. Auf dem Boden, auf dem Schreibtisch, sie äugten mit ihren toten Knopfaugen vom Schrank herunter. Marder, Füchse, ein Dachs und ein Rehkitz, an der Wand der mächtige Kopf eines Steinbocks, ein Adler mit ausgebreiteten Schwingen, zwei Krähen. Alle ausgestopft. Mir lief es eiskalt den Rücken hinunter.

»Ihr Mann scheint ein großer Tierliebhaber zu sein.«

Sie seufzte. »Hat er alles mitgebracht von diesen Jagdausflügen. Oder Seeholzer hat es ihm geschenkt. Früher zumindest. Jetzt hat das glücklicherweise aufgehört.«

»Wo fanden diese Jagdwochenenden statt?«

»Doktor Seeholzer besitzt eine Jagdhütte bei St. Moritz. Allerdings so abgelegen, dass man kaum hinkommt. Ich glaube, sie sind da immer mit Helikoptern hingeflogen. Mit dem Auto ist es angeblich etwas mühsam.«

»Waren Sie auch mal dort?«

Sie schüttelte den Kopf. »Strikte Männergesellschaft. Der *Geheimbund der Diana.* Aber das habe ich Ihnen ja schon erzählt.«

Ich überlegte. Was, wenn die Hütte trotzdem noch genutzt wurde? Allerdings nicht mehr zum Jagen? Die Drogendeals hatten angeblich immer außerhalb stattgefunden. War es möglich, dass Winkler Drogen per Kurier nach St. Moritz lieferte? Und Stadelmann das alles organisierte? Benahm er sich deshalb neuerdings so merkwürdig? Und wieso verschwanden danach die Lieferanten? Damit sie den Standort des Umschlagplatzes nicht verraten konnten? Oder hatte Philipp für seinen Vater Koks besorgt? Hatte er sich deswegen mit Winkler gestritten? Waren sie sich ins Gehege gekommen? Mir schwirrte der Kopf ob der vielen Fragen, die sich jetzt plötzlich stellten. Dann fiel mir das aufgeregte Gespräch von gestern Nachmittag zwischen Winkler und Stadelmann wieder ein.

»Wo ist Ihr Mann jetzt?«

»Im Büro, nehme ich an.«

»Dann fahre ich jetzt gleich dorthin. Sind Sie sicher, dass Ihr Mann an den Wochenenden, an denen Sie ihn vermisst haben, nicht einfach auf der Jagd war?«

»Vermisst?« Sie lachte höhnisch. »Und nein, sonst hat er mir das immer gesagt, wenn er ins Bündnerland gefahren ist. Wozu wäre die Heimlichtuerei auch gut gewesen? Dort gibt es ja nichts zu verbergen.«

Da war ich mir mittlerweile nicht mehr so sicher.

Ich rief Miranda an, die noch im Bett lag, und trug ihr auf, was sie für mich erledigen sollte. Ungerührt hörte ich ihrem lahmen Protest zu, der sich rasch in ein unwilliges Keifen steigerte, sobald sie wach genug war, um das Ausmaß meines Auftrags zu begreifen. Ich war nicht in Verhandlungslaune und legte auf. Wieder fuhr ich übers Bellevue. Den Käfer stellte ich nicht allzu weit entfernt ab, damit ich ihn im Notfall rasch erreichen konnte, sei es zur Verfolgung oder zur Flucht. Ich war vorsichtig geworden. Ich zündete eine Zigarette an, nahm zwei Züge und trat sie aus. Dann betrat ich die Bank *Canis.* Ich hatte keine Lust mehr, stundenlang im Regen auf dem Beobachtungsposten zu verharren, zudem war Philipp seit einer Wochen verschwunden. Ich durfte wirklich keine Zeit mehr verlieren.

Die Hochsteckfrisur saß am Empfang und kaute auf einem Bleistift herum. Zwei Dutzend Pfauenaugen starrten mich von ihrem Kleid gemeinsam mit ihr missbilligend an. Mir wurde schwindlig. Eilig ging ich an ihr vorbei und den Gang entlang auf die Tür zu, auf der *Direktion* stand.

»He, Sie!«

Ich hatte die Tür aufgerissen, ehe die Empfangsdame sich aus ihrem Sessel gehievt hatte.

Ich wusste nicht, was ich erwartet hatte, sicher jedoch nicht das, was sich mir darbot. Die Wände waren weiß getüncht, ein silbergrauer Spannteppich bedeckte den Boden und von irgendwoher säuselte esoterisches Glockengeläute.

Es roch entfernt nach Zitronengras und an den Wänden hing japanische Kunst. Alles sehr minimalistisch und sehr geschmackvoll. Vor dem Fenster stand ein schwerelos wirkender Schreibtisch, der das einzige Möbelstück im Raum zu sein schien. Nebst dem unbezahlbar aussehenden Designerstuhl, auf dem Doktor Seeholzer thronte. Er hatte die Ellbogen auf die Tischplatte gestützt und beobachtete mich interessiert über die zusammengelegten Fingerspitzen hinweg. Es machte nicht den Eindruck, als hätte ich ihn bei irgendetwas gestört. Während ich auf ihn zuging, fiel mir ein, dass ich nicht den Hauch eines Plans hatte, wie ich vorzugehen gedachte. Der Doktor musterte mich abwartend und irgendwie bedauernd, als wäre ich das letzte Exemplar einer vom Aussterben bedrohten Käferart und er hätte soeben die Hühner losgelassen. Ich betrachtete seine grau gewellte Mähne, die er sorgsam zurückfrisiert hatte, den Anzug, der zweifelsohne in der Preisklasse eines Mittelklassewagens einzuordnen war, dann räusperte ich mich. Das war nicht gerade ein bahnbrechendes Konzept. Die Hochsteckfrisur rettete mich kurzfristig, als sie die Tür aufriss und laut keifend hereinstürzte. Doch Doktor Seeholzer wedelte sie mit einer ungehaltenen Handbewegung wieder hinaus. Dann herrschte wieder Schweigen. Meine Einfälle schienen alle in der Mittagspause zu sein. Wir starrten uns an.

Seeholzer atmete tief durch. »Sie müssen etwas sagen. Wenn man unangemeldet ins Büro eines Bankdirektors hereinplatzt, muss man etwas sagen. Das ist in unserer Kultur so.«

»Ich würde gern dem *Geheimbund der Diana* beitreten.«

Immer schön mit der Tür ins Haus fallen, wie man uns das im Fernkurs beigebracht hatte. Seeholzer starrte mich perplex an. Der Einstieg war mir geglückt, dachte ich, doch dann begann er, lauthals zu lachen. Es klang mehr nach einem heiseren Bellen. »Sie?«

Er wischte sich eine Träne aus dem Auge.

»Wieso auch nicht?«

»Hören Sie, Sie Scherzkeks. Beim *Geheimbund der Diana* wird man nicht einfach so Mitglied wie bei einem Kaninchenzüchterverein oder einem Fitnessstudio. Man muss die nötigen Voraussetzungen mitbringen.«

»Die da wären?«

Er musterte mich spöttisch. »Nichts, was Sie bieten könnten. Und jetzt entschuldigen Sie mich bitte. Ich war gerade am Meditieren.«

So schnell gab ich nicht auf. »Ich habe gehört, Sie seien ein leidenschaftlicher Jäger.«

»Sie platzen in mein Büro, um mit mir über die Jagd zu reden?«

»Irgendetwas muss man ja sagen, das haben Sie eben selbst empfohlen.«

»Das ist durchaus richtig. Nur frage ich mich, wieso ich ausgerechnet mit Ihnen über die Jagd reden sollte. Oder wieso ich überhaupt mit Ihnen reden sollte.«

»Weil auch ich ein Jäger bin.«

»Ach.« Sein kalter Blick fixierte mich. Ich kam mir jetzt vor wie eine Haselmaus vor der Anakonda. Wie ich es auch wendete, mir schien hier eindeutig die Rolle der Beute zugedacht zu sein.

»Was jagen Sie denn?«

»Nur Großwild.«

Er nickte wohlwollend. »Gut so. Alles andere ist Kinderkram.«

»Sehe ich genauso.«

Auf seinen dünnen Lippen erschien ein angedeutetes

Lächeln, doch seine Augen blieben reptilartig starr. Mir wurde eiskalt. Es war, als blickte er durch mich hindurch. Totenstille herrschte.

»Wir haben uns noch gar nicht vorgestellt. Meinen Namen wissen Sie zweifelsohne, andernfalls steht er auf dem Messingschild neben der Tür. Durch die Sie demnächst hinausgehen werden.«

Ich lächelte unverbindlich. »Sehr erfreut, Vijay Kumar.«

»Sie sind Perser?«

»Inder.«

Ruckartig richtete er sich auf und war mit einem Schlag Feuer und Flamme. »Inder? Ach, fantastisch! Warum sagen Sie das nicht gleich? Indien war ja lange das Land der Großwildjagd. Auf Elefantenrücken tagelang durch den Dschungel, geplagt von der drückenden, feuchten Hitze, von Moskitos umschwirrt, bis man endlich den ersehnten Tiger vor der Flinte hatte. Shikar, wie die Einheimischen sagen. Muss das wunderbar gewesen sein.«

Verzückt blickte er mich an und klatschte in die Hände. »Die Jagd also!« Er legte genießerisch den Kopf in den Nacken und fixierte einen Punkt, der sich etwa zwei Meter über mir befinden musste.

»Das Ursprüngliche, das Echte! Das suchen wir doch alle. Draußen in der Natur, weit weg von der Zivilisation, den Normen, den einengenden Zwängen, nur da spüren wir uns noch richtig. Hier ist alles digitalisiert, technologisiert, alles findet in einer virtuellen, nicht mehr greifbaren Welt statt. Man lässt sich mit Internetradio wecken, bestellt seinen Lunch online beim Chinesen, verfolgt die Aktienkurse auf der Börsenhomepage, erledigt seine Post am Bildschirm, bevor man sich in Singapur an einer Videokonferenz beteiligt, verabredet sich bei *Facebook* und beschimpft sich anschließend im Chatroom – nichts ist mehr greifbar, nichts ist mehr echt. Nur noch da draußen, in der Natur, ist es möglich, seine wahren, ursprünglichen Kräfte zu entdecken. Die Natur, wo ein Mann noch ein Mann sein kann, seinen Mann stehen muss, nur da sind wir uns nah, nur da sind wir wir selbst.«

Ich gähnte verhalten. Ich hatte ihn als eiskalten Finanzhai eingeschätzt, doch was da vor mir saß, war ein pathetischer, esoterisch angehauchter Schwafler. Was die Wirtschaftskrise aus gewissen Leuten bloß machte.

»Aber Indien ist immer noch ein Traum für mich. Ein ferner, leuchtender Traum. Was für ein wunderbares Land, welch fantastisches Essen und die wundervollen Menschen erst! Dort würde ich gern mal auf die Jagd gehen. Leider habe ich bislang nur in den hiesigen Bergen gejagt.«

»Und das sagt Ihnen nicht mehr zu?«

Er zuckte mit den Schultern. »Ich hab die Jagd dort oben lange gemocht. Die ideale Wochenendbeschäftigung für einen erfolgreichen Mann. Auch unsere besten Kunden schätzten die Einladungen in die *Casa Canis.*«

»Klingt nach Hundepflegeheim.«

»Ist aber eine luxuriös ausgebaute Jagdhütte.«

»Was ist der Grund für Ihren Gesinnungswandel?«

Doktor Seeholzer legte die Fingerspitzen wieder aneinander und presste die Lippen zu einem dünnen Strich zusammen. Ohne wirklich überrascht zu sein, bemerkte ich den goldenen Ring mit dem blauen Siegel an seiner Hand. Ein stilisierter Hundekopf war darauf zu erkennen.

»Sagen wir es einmal so: Jede Beschäftigung verliert an Faszination, wenn man sie zu lange ausübt. Das gilt besonders für Freizeitaktivitäten, die nicht dem Reiz des Gewinns ausgesetzt sind.«

»Ach so.«

»Die Ausgangslage ist, wenn man sie genau betrachtet, doch sehr unfair. Hier die mit modernsten Schusswaffen ausgerüsteten Männer, da die wehrlosen Tiere.«

»Sie hätten es lieber ein wenig archaischer?«

»Genau.«

»Also müssten Sie nur mit primitiveren Waffen auf die Jagd gehen ...«

»Richtig.«

»Oder gefährlicheres und intelligenteres Wild finden.«

»Das wäre ein anderer Ansatz. Aber lassen wir die Gedankenspielereien. Deswegen sind Sie kaum zu mir gekommen, nehme ich an.« Abrupt hatte er den Kopf gesenkt und musterte mich jetzt lauernd durch beinahe geschlossene Lider.

»Ich bin Privatdetektiv und ich suche Philipp Stadelmann.«

Wenn ihn diese Aussage überraschte, so ließ er sich das jedenfalls nicht anmerken. »Ich kenne keinen Philipp Stadelmann.«

»Er ist der Sohn Ihres Vizedirektors.«

»Ich kenne die Gören meiner Angestellten nicht.«

»Sollten Sie aber. Denn dieser Philipp hatte den Auftrag, eine größere Menge Drogen zu liefern. Seither ist er verschwunden und die Spur führt direkt zu Ihnen und Ihrer Jagdhütte.«

Das war pure Mutmaßung, doch es schien zu wirken. Der Doktor blähte die Nasenflügel. Aber er fasste sich schnell wieder. »Das ist ja absurd, was Sie da behaupten! Wieso sollte der Sohn meines Vizedirektors mit Drogen dealen?«

»Wieso sollte irgendwer mit Drogen dealen? Philipp Stadelmann hat gedealt, dafür habe ich Beweise. Und er hat auch an Sie geliefert.«

»Ihre Behauptungen sind vollkommen lächerlich!«

»Nicht so lächerlich, wenn man bedenkt, dass seit geraumer Zeit Drogen dorthin geliefert werden und die Kuriere danach spurlos verschwinden.«

Seeholzer fuhr sich mit den gespreizten Fingern durchs Haar und presste die Lippen zusammen. Er wirkte plötzlich ziemlich angespannt. »Was versuchen Sie zu sagen?«

Nach wie vor befand ich mich auf äußerst unsicherem Terrain, doch wie es schien, waren meine Behauptungen nicht komplett falsch.

Doktor Seeholzer richtete sich auf und stützte sich mit beiden Händen auf seinem schwebenden Schreibtisch ab. »Was unterstellen Sie mir?« Seine Stimme war merklich schärfer geworden. »Drogenorgien? Und die Kuriere werden beseitigt, damit sie nichts erzählen können?«

Das klang selbst in meinen Ohren etwas sehr weit hergeholt.

Seeholzer setzte sich wieder und lächelte kalt. »Sie sind ja ein prima kleiner Privatdetektiv.«

»Ich bin nicht klein. Und das war nur eine von vielen Möglichkeiten. Vielleicht stehen Sie ja auf Albanerjungs. Und da oben gehen ganz andere Sachen ab.«

Sein Mund klappte auf und gleich wieder zu. »Machen Sie, dass Sie hier rauskommen! Und zwar sofort!« Seine Augen funkelten wütend. »Verschwinden Sie!«

Ich drehte mich auf dem Absatz um. Mission erfüllt. Der Verein war in Aufruhr. Ich zwinkerte der Hochsteckfrisur und ihren Pfauenaugen beim Hinausgehen freundlich zu und pfiff *Sweet Child O' Mine* aus dem Album *Appetite For Destruction.*

Ich parkierte in der nächsten Seitenstraße und rief dann Miranda an. »Hast du den Zettel gefunden?«

Die Farbe meines Wagens hatte mich unvermittelt an das Buchzeichen in Philipps Roman erinnert, den ich beim Besuch in der WG flüchtig durchgeblättert hatte. Dem blauen, zerknitterten Papierfetzen hatte ich da keine besondere Bedeutung beigemessen, bis mir viel später eingefallen war, dass er aussah wie eine Billettquittung der Schweizerischen Bundesbahnen. Ich musste lernen, exakter zu arbeiten. Ich konnte mir nicht mehr erlauben, Details zu übersehen, und musste jedem noch so kleinen Hinweis nachgehen. So mühsam das auch war. Aber ich hatte ja tatkräftige Unterstützung.

»Hallo?«

Miranda kicherte. Im Hintergrund war eine Männerstimme zu hören, dann lachte jemand laut auf.

»J-ja, Chef.« Sie kicherte wieder.

»Miranda?«

Sie unterdrückte ein Glucksen. »Ich habe den Zettel hier. Lag in dem Buch, das du erwähnt hast. *1984* von George Clooney.«

»Orwell.«

»Wenn du meinst. Ist eine Quittung für ein Bahnticket.«

»Wohin?«

»Von Zürich nach St. Moritz. Am letzten Freitag.«

Ich ballte die Hand zur Faust. Also war meine Vermutung richtig gewesen. Philipp war am Freitag mit dem Zug nach St. Moritz gefahren, nachdem er ein paar Sachen zusammengepackt hatte, darunter dreihundert Gramm Koks.

»Philipp heißt übrigens Stadelmann. Du wolltest doch die ganze Zeit seinen Nachnamen wissen.«

»Wie hast du das rausgekriegt?«

»Stand am Briefkasten, der im Treppenhaus hängt.«

Ich spürte, wie mir das Blut ins Gesicht schoss.

»Bist du noch dran?«

»Hm. Wo bist du jetzt?«

Miranda kicherte wieder. »Immer noch in der Wohnung. Ganz tolle Mitbewohner hat dein Philipp. Die beiden Jungs bauen einen Joint nach dem anderen!«

»Miranda! Ich brauche dich noch!« Ich sagte ihr, was sie als Nächstes zu tun hatte.

»Ups! Na dann nehm ich noch rasch 'nen Zug und mach mich auf die Netzstrümpfe!«

Ich hörte das meckernde Lachen der beiden Jungs, dann beendete Miranda das Gespräch abrupt. Ich war besorgt. Für den Auftrag, den ich ihr gegeben hatte, hätte sie nüchtern und bei klaren Sinnen sein sollen, aber ich konnte es jetzt auch nicht mehr ändern. Andererseits war sie es gewohnt, die unglaublichsten Dinge im Rausch zu vollbringen. Ich zündete mir eine Zigarette an und beobachtete den Eingang der Bank *Canis.* Von der Seitenstraße aus, in der ich geparkt hatte, konnte ich ihn gerade knapp im Auge behalten. Ich schaltete das Radio ein. Britney Spears schmollte gerade *Gimme More* und verlangte, dass man ihr mehr geben solle, wovon auch immer. Nach einer Viertelstunde tat sich endlich etwas: Die Tür wurde aufgerissen und Herr Stadelmann eilte aus dem Bankgebäude, gefolgt von Doktor Seeholzer. Sie blieben auf dem Gehsteig stehen und der Bankdirektor sprach eindringlich auf Stadelmann ein. Dieser nickte unablässig, wie eine Puppe, deren Kopf nicht mehr richtig festgenäht ist, dann kehrte der Doktor in die Bank zurück, während sich Stadelmann eilig zu seinem Wagen begab, einem schwarzen Offroader, den er gleich neben der Bank parkiert hatte. Ich startete den Motor, als mein Handy klingelte.

»Er ist gerade rausgekommen. Läuft jetzt Richtung Bahnhof.«

»Dranbleiben.«

»Mann, wie bloß? Du hast ja keine Ahnung, was ich anhabe!«

»Ich nehme an, die Manolo Blahniks, wie immer.«

Miranda schnaubte. »Man weiß nie, wen man trifft. Er überquert jetzt übrigens gerade den Fluss und geht auf die Gessnerallee zu.«

Stadelmann manövrierte den Wagen umständlich aus der Parklücke, bevor er an mir vorbeifuhr.

»Erinnerst du dich an die Party im *Stall 6*, an der wir ...«

»Miranda! Konzentrier dich!«

»Ja, ja«, murrte sie.

Ich bog in die Hauptstraße ein und folgte dem Offroader, einem Mercedes, in einigem Abstand. Aus dem Hörer vernahm ich eine Zeit lang nur Mirandas abgehacktes Keuchen.

»Hallenbad. Er sieht sich nicht um. Scheint es ziemlich eilig zu haben.«

»Gut, einfach dranbleiben.«

»Ist schon klar, Boss. Ich bin bekifft, nicht bescheuert.« Sie kicherte verhalten.

»Was tut er?«

Stadelmann bog links ab und fuhr auf die Börse zu.

»Steuert auf die Börse zu.«

»Okay, du kannst abbrechen.«

»Schon? Jetzt, wo's gerade anfing, Spaß zu machen!« Ich hörte Miranda nach Luft schnappen und dann einen wenig damenhaften Fluch ausstoßen.

»Was ist?«

»Fuck! Von wegen abbrechen!«

»Was?«

»Mein Absatz!«

»Hä?«

»Mein Absatz ist abgebrochen, verdammte Scheiße! Das waren Manolo ...«

»... Blahniks, ja, ja. Ich flicke ihn, sobald ich zurück bin.«

»Du?« Sie lachte spöttisch.

Der Offroader bremste vor der Börse ab und Winkler stieg ein.

»Er ist in einen schwarzen Kastenwagen eingestiegen.«

»Ich weiß.«

»Und ein lächerlicher hellblauer Käfer verfolgt ihn!«

»Halt die Klappe!« Ich blickte aus dem Fenster. Miranda balancierte auf einem Bein, in der Hand hielt sie den Schuh mit dem abgebrochenen Absatz. Sie trug ein sehr kurzes, sehr glitzerndes Kleid.

»Perfekte Camouflage, Schätzchen.«

»Fick dich, Curryfresser!«

»Ich mag dich auch.« Ich legte auf und bemühte mich, ein paar Autos hinter dem Offroader zu bleiben. Ich war nicht weiter erstaunt, als er die Autobahnausfahrt Richtung Chur nahm.

Schon bald hatten wir Zürich hinter uns gelassen und rasten auf der Autobahn ostwärts. Die Landschaft wurde weiter, offener, hin und wieder war zwischen den Bäumen ein grauer Streifen Zürichsee zu erkennen. Der Regen hatte etwas nachgelassen, doch noch immer herrschte trübes Herbstwetter. Nicht gerade die idealen Bedingungen für einen Ausflug in die Berge.

Ich ließ Musik laufen und versuchte, die Dinge in einen Zusammenhang zu bringen. Albaner, die Drogen lieferten und dann verschwanden, Albaner, die von Hunden zerfleischt in der Limmat trieben; Murat, der ermordet wurde, weil er etwas wusste; Herr Stadelmann, der mit Winkler

Geschäfte machte; Doktor Seeholzer, der sich bei der Jagd langweilte und nicht wusste, dass Philipp Stadelmanns Sohn war, und Philipp selbst, der mit dreihundert Gramm Koks nach St. Moritz fuhr und seither verschwunden war, seinen Vater hasste und von seiner Freundin und seiner Mutter vermisst wurde. Es ergab auf Anhieb keinen Sinn, mir fehlte der rote Faden, ich kam mir vor, als hätte ich einen dieser Rubikwürfel in der Hand und keine Ahnung, wie ich es bewerkstelligen sollte, Ordnung in die Farben zu kriegen.

Ich ließ mich etwas zurückfallen, damit Stadelmann und Winkler mich nicht entdeckten. Für eine unauffällige Verfolgungsjagd hatte ich ohnehin das denkbar ungünstigste Auto, doch der Offroader war so groß, dass ich ihn selbst aus weiter Distanz nicht aus den Augen verlieren würde. Mein Handy klingelte und ich stellte die Musik leiser.

»Hombre! Was gibt es Neues?«

»Unterwegs ins Bündnerland.«

»Wellness und wandern?«

»Eher Großwildjagd.«

»Auch nicht zu verachten. Ein wenig Nervenkitzel für den überspannten Städter.«

»Winkler und Stadelmann fahren dahin.«

»Aha.«

Ich lieferte José eine Kurzfassung der Ereignisse und meines Verdachts. »Und ich möchte das morgen bitte nicht in der Zeitung lesen.«

»Wieso erzählst du es mir dann?«

»Irgendwie fühle ich mich sicherer, wenn du auch davon weißt.«

»Soll ich nach St. Moritz kommen?«

»Das würde nichts bringen. Die Hütte liegt angeblich außerhalb und ist schwer zu erreichen.«

»Na gut. Aber die Geschichte klingt hammermäßig: Bankdirektor feiert Orgien im Bündnerland – Drogenkuriere verschwinden spurlos.«

»Na ja.«

»Versprich mir, dass du mir die Geschichte exklusiv überlässt, wenn alles vorüber ist.«

»Ehrlich gesagt habe ich mir noch nicht so viele Gedanken zur Vermarktung gemacht.« Ich ärgerte mich ein wenig über José. Seine Arbeit als Journalist dominierte manchmal sein ganzes Denken.

»Tut mir leid. Das hab ich nicht so gemeint.«

»Hm.«

»Wenn du die Gelegenheit hast, irgendwo einzukehren, trink einen Bündner Röteli. Das haben sich die dort oben ganz fein ausgedacht.«

Schreiben und Saufen. Josés Interessenpalette war milde ausgedrückt übersichtlich. Vielleicht war das der Grund, weshalb wir seit Jahren so eng befreundet waren.

»Gibt's etwas Neues bei dir?«

»Nicht viel. Am Tatort an der Lagerstrasse fand man keine Spuren.«

»Was?«

»Der Täter muss ein Profi gewesen sein.«

Jetzt war ich mir fast sicher, dass Winkler Murat umgebracht hatte. Ramiz wäre einfach zu blöd gewesen, keine Spuren zu hinterlassen. Fehlte nur noch ein stichhaltiger Beweis. »Ich melde mich wieder.«

»Vergiss nicht, Fotos zu machen, wenn du kannst.«

Verdammt! Natürlich hatte ich meine Digitalkamera zu Hause vergessen. Ich warf einen Blick auf mein Handy und überprüfte den Akku. Er war noch beinahe voll. Immerhin.

Ich blickte aus dem Fenster. Links lag dunkel und beängstigend ruhig der Walensee. Noch war es ein ziemliches Stück bis nach St. Moritz. Ich durchsuchte meine CD-Sammlung, die seit der letzten unsanften Bremsung auf dem Fußboden vor dem Beifahrersitz verstreut lag, und fischte die erstbeste heraus. Eine Selbstgebrannte, natürlich wieder *Guns N' Roses.* Die silberne Scheibe wurde mit einem mechanischen Schnappen ins Gerät hineingesogen. Dann setzten jäh dumpf galoppierende Trommeln ein, die immer lauter und zahlreicher wurden, von allen Seiten schienen sie auf mich herabzustürzen und veranstalteten eine regelrechte Hetzjagd, bis ein giftiges Gitarrenriff das Intro zersägte. *You Could Be Mine.* Der Rhythmus passte zur Autobahn, und plötzlich musste ich an Manju denken. Ganz unvermittelt.

Die Fahrt machte mich schläfrig. Wir passierten eine Raststätte, die sich mit unverhohlenem Kalkül *Heidiland* nannte, danach ging es schier endlos geradeaus, während sich zu beiden Seiten der Autobahn düster und grau die Bergketten erhoben. Dichter Nebel dampfte aus dem Nadelwald. Gipfel waren keine zu erkennen, sie wurden von den Regenwolken verschluckt, die wie bösartige Pilze an den Hängen über der Baumgrenze lauerten. Die ›Gunners‹ inszenierten längst mit Streichern und viel Pathos den *November Rain,* was perfekt zur Stimmung passte. Wir ließen Chur hinter uns und das Tal wurde immer enger, die Bergwände rückten zusammen. Die Abhänge waren voller Geröll und Schutt. Felsbrocken, die sich beim letzten Jahrhundertunwetter gelöst hatten und in die Tiefe gestürzt waren, ragten wie die verwitterten Zacken auf dem Rücken einer Urechse aus dem steinigen Terrain. Alles war braun und schlammig. Zum Teil wuchsen bereits wieder Nadelbäume auf den unwirtlichen Steinhaufen. Verwitterte Burgruinen und kleine Schlösser waren immer wieder auf Hügelspitzen zu erkennen. Irgendwann bog der Offroader links ab und wir fuhren auf einer schmalen Landstraße durch dichtes Waldgebiet. Immer höher stiegen wir, und als Ausgleich zum karger werdenden Gelände wurden die Namen der Ortschaften immer malerischer: Savognin, Ruenga, Furnatsch, Marmorera.

Kurz bevor sich die Straße in engen Kurven auf den Julierpass hinaufschlängelte, setzte Stadelmann den Blinker und fuhr in ein schmales Seitensträßchen. Ich hielt an, zählte bis hundert und folgte ihm.

Etwa nach einem halben Kilometer bekundete der Käfer erstmals Mühe mit der Steigung, doch ich zwang ihn weiter, obwohl sein Motor lautstark rebellierte. Brauner Matsch spritzte hoch, und während sich der VW über den holprigen, regennassen Grund kämpfte, kam mir plötzlich eine Idee. Ich hielt an, stieg aus und begann, den Wagen mit Dreck vollzuschmieren, sodass er bis auf die Fenster komplett mit Schlamm bedeckt und kein Fleckchen Hellblau mehr zu sehen war. Befriedigt trat ich einen Schritt zurück und betrachtete mein Werk. Beinahe empfand ich Mitleid mit dem Auto, so erbärmlich verdreckt hatte es noch nie ausgesehen, obwohl ich keineswegs einer dieser Samstagnachmittagsautowäscher war. Doch der Käfer war jetzt perfekt getarnt. Ich wischte meine Hände an einem abgerissenen Grasbüschel ab und blickte den Hang hinauf. Der Offroader war nicht mehr zu sehen, nur ein schwaches Motorengeräusch war aus der Ferne zu vernehmen. Bis anhin hatte ich das Gefühl gehabt, die beiden hätten nicht bemerkt, dass ich sie verfolgte. Und so sollte es auch bleiben. Ich wollte lieber nicht rausfinden, was geschehen würde, sollte Winkler mich entdecken.

Die Reifenspuren des Offroaders hatten sich tief in den aufgeweichten Boden graviert, entsprechend leicht war es für mich, die Spur wieder aufzunehmen. Der Abstand, den ich jetzt zu Stadelmann hatte, gab mir ein Gefühl der Sicherheit. Der Käfer stotterte widerwillig das Sträßchen hinauf, das sich schon bald zu einem Pfad verengte, der durch ein dicht bewaldetes Tal führte. Der Matsch war hier knöcheltief und die Weiterfahrt beschwerlich. Der Bergbach, der an sonnigeren Tagen wohl anmutig über pittoreske Felsbrocken plätscherte, war zu einem reißenden, braungrauen Fluss geworden, der über die Ufer getreten war. Die Bäume zu beiden Seiten befanden sich im Wasser, einige waren abgeknickt oder standen merkwürdig schräg, und den Schwemmhölzern nach, die immer wieder an die Wasseroberfläche gespült wurden wie zuckende, schwarze Skelette, hatte er weiter oben noch einiges mehr abgeräumt. Offensichtlich hatte in den Bergen, während Zürich unter einer etwas heftigen Regenphase gelitten hatte, ein ausgewachsenes Unwetter getobt.

Ich kam nur noch zentimeterweise voran und betätigte die Scheibenwischer, da mittlerweile der Dreck, den ich aufs Dach geschmiert hatte, auf allen Seiten runterlief. Was nur zu einer noch größeren Schweinerei führte. Ich verfluchte meinen Job, und einen Moment lang wünschte ich, ich hätte etwas Anständiges gelernt. Nur fiel mir beim weiteren Nachdenken nicht ein, was das hätte sein können. Ich spähte durch die Schlammschlieren und erkannte etwas vom Weg zurückversetzt eine Scheune oder einen Stall. Beim näheren Hingucken entpuppte sich das Gebäude als einfache Berghütte. Immerhin gab es hier oben Zeichen von Zivilisation. Ich drückte aufs Gas und irgendwie schaffte der Käfer den Aufstieg, der die letzten paar Hundert Meter über einen schmalen Wegstreifen der Felswand entlangführte. Ich vermied es, in die Tiefe zu gucken. So gelangte ich in eine weitere Schlucht und die Spur führte wieder hinunter. Weit entfernt sah ich plötzlich den Offroader, der gerade eine kleine Brücke zur gegenüberliegenden Seite überquerte und dann weiter bergauf fuhr, bevor er aus meinem Sichtfeld verschwand. Ich seufzte und drückte aufs Gas. Immerhin hatte mich der Käfer bislang nicht im Stich gelassen.

An der Stelle angekommen, wo ich den Mercedes zuletzt gesehen hatte, hielt ich an. Zwischen den Baumstämmen hindurch war eine Alpweide zu erkennen, sanft abfallendes Gelände mit erstaunlich grünem Gras. Geschätzte zweihundert Meter von mir entfernt stand eine Alphütte, die offensichtlich vor nicht allzu langer Zeit renoviert worden war.

Das Haus war gedrungen und niedrig, gebaut aus groben Steinquadern und am Fuß einer zerklüfteten Felswand hingeduckt, wirkte es trotz der auffällig roten Fensterläden und der kleinen quadratischen Fenster wie eine Festung. Vor dem Gebäude befand sich eine eben aufgeschüttete Fläche, groß genug, um nochmals ein Gebäude hinzustellen. Neben dem Haus parkte gerade der schwarze Offroader. Das musste die *Casa Canis* sein. Ich hatte Doktor Seeholzers Jagdhütte gefunden.

Kaum hatten Winkler und Stadelmann die Jagdhütte betreten, kamen sie auch schon wieder herausgerannt. Aufgeregt lief Stadelmann um das Gebäude herum, schüttelte den Kopf und spähte beunruhigt zum Waldrand und zu den Felsen hinauf, als ob er etwas suchte, während Winkler stehen geblieben war und sich am Hinterkopf kratzte. Dann rief er Stadelmann zurück. Sie beratschlagten kurz und gingen schließlich wieder hinein.

Ich hatte den Wagen unter einer majestätischen Rottanne abgestellt, deren herabhängende Äste ihn gegen allzu neugierige Blicke schützten, und harrte aus, bis es dunkel wurde. Gegen sechs Uhr trat Stadelmann vor die Hütte, spähte misstrauisch in die Dämmerung, verschwand wieder, nur um in der Folge noch ein paarmal aufzutauchen, um genauso geschäftig wie ziellos ums Haus herumzulaufen, während sich Winkler offensichtlich im Gebäudeinnern verbarrikadiert hatte. Sie schienen allein zu sein, doch um sicherzugehen und meine Neugier zu befriedigen, wie es im Innern der Festung wohl aussah, nahm ich mir vor, nach Einbruch der Dunkelheit einen Spaziergang zu machen. Ich zündete mir eine Zigarette an und warf das Päckchen auf den Beifahrersitz. Vom Baum tropfte es in unregelmäßigen Abständen aufs Autodach, ein dumpfes Pochen, das mich zusammen mit der ansonsten herrschenden Stille schläfrig machte. Ich versuchte, Miranda zu erreichen, doch erst jetzt bemerkte ich, dass ich keinen Empfang hatte. Leise fluchend ließ ich die Rücklehne meines Sitzes hinunter, drückte die Zigarette aus und blickte nachdenklich ins Geäst der Tanne.

Als ich aufwachte, hatten sich die Wolken verzogen und ein tief hängender Silbermond beleuchtete die Lichtung. Der Himmel war von einem samtenen Schwarz, in dem Tausende von Sternen funkelten, wie ein mit Schuppen übersäter Mantelkragen. In der Festung brannte noch Licht. Bei den herrschenden Lichtverhältnissen war es gerade noch möglich, den Pfad zu erkennen, den der Offroader am Nachmittag ins hohe Gras gepflügt hatte, doch der führte geradewegs den Hügel hinunter und über die Lichtung. Das wollte ich nicht riskieren. Winkler, der schnell mal rausgeht, um eine zu rauchen, und ich, wie ich dann wie auf dem

Präsentierteller auf der Weide stehe. Also schlich ich am Waldrand entlang, was ungleich beschwerlicher war. Ich ging vorsichtig, setzte behutsam Schritt vor Schritt, wie eine tatterige, alte Frau mit schweren Einkäufen. Der Grund war aufgeweicht und glitschig, und meine Adidas-Turnschuhe versanken augenblicklich im Matsch, wie auch die Socken und der Saum meiner Jeans. Ich dachte sehnsüchtig an meine Zigaretten, die ich im Wagen vergessen hatte, und stieg über eine dicke, knorpelige Wurzel hinweg, während ich stets die Festung im Blick behielt. Wenn ich bis zum Haus vordringen wollte, musste ich die letzten fünfzig Meter übers offene Gelände zurücklegen. Mir wurde etwas mulmig. Ich duckte mich neben einem Busch und beobachtete die hell erleuchteten Fenster. Stadelmann saß am Tisch und nippte an einem Weinglas, Winkler war nirgends zu entdecken. Aus dem Wald klang das klagende Heulen einer Eule, dann knackte plötzlich ein Ast. Ich hielt den Atem an, während das Blut in meinen Ohren so stark pochte, dass ich kaum noch etwas hörte. Ich wandte mich vorsichtig um, aber in der Finsternis, die zwischen den Bäumen lauerte, war nichts zu erkennen. Ich verharrte reglos, doch außer einem hastigen Rascheln, das sich schnell entfernte, war es wieder still. Ein Waldtier, versuchte ich mich wenig überzeugt zu beruhigen, während ich mich wieder zur Jagdhütte hinwandte. Stadelmann hatte sich nicht gerührt, doch nun saß ihm Winkler gegenüber, ich konnte seinen kahl geschorenen Schädel deutlich erkennen. Ich überlegte nicht lange, sprang auf und hetzte über die Lichtung auf das Haus zu. Ich hätte es ahnen müssen. Das Gelände war uneben, und bereits nach wenigen Metern strauchelte ich. Ich unterdrückte einen Schmerzensschrei, rappelte mich auf und rannte weiter, aus dem Mondlicht, das mir plötzlich viel zu grell vorkam, in den schützenden Schatten des Gebäudes.

Ich kauerte mich hinter den Geländewagen, der neben einem rudimentär zusammengezimmerten Holzschuppen stand, und wartete ab, ob sich etwas rührte. Als ich sicher war, keine unnötige Aufmerksamkeit auf mich gezogen zu haben, schlich ich geduckt weiter, der Hausmauer entlang, immer darauf achtend, nicht mehr vom Mond beschienen zu werden. Als ich den verzerrten Umriss eines erleuchteten Fensters auf dem Gras entdeckte, hielt ich inne. Vorsichtig richtete ich mich auf und spähte in die Hütte hinein. Wobei Hütte eine geradezu vulgäre Untertreibung war für das, was sich mir darbot. Hatte sich der Architekt bei der Renovierung der Fassade noch zurückgehalten und möglichst alles im Originalzustand belassen, so galt für das Interieur das pure Gegenteil. Hier hatte offensichtlich jemand die Platinkreditkarte gezückt und den *Neumarkt 17* geplündert, ein nobles Möbelhaus, dessen Preise sich in ähnlich luftigen Höhen tummelten wie die hochgezogenen Augenbrauen der Verkäuferinnen, wenn jemand wie ich den Einrichtungstempel betrat.

Vorhandenes war bei dieser Neugestaltung ebenfalls berücksichtigt worden, aufwendig restauriert natürlich. Und, wie ich mit Neid feststellte, auch noch stilvoll. In dem Schlafzimmer, in das ich gerade blickte, befand sich eine niedrige, olivgrüne Bauernkommode, die mit filigraner Malerei verziert war, das Bett, das daneben stand, schien jedoch eher von einem japanischen Futondesigner zu stammen. Erstaunlicherweise passten die beiden Möbelstücke zusammen, und zwar besser als die Verbindung von asiatischer Kochkunst mit europäischer Hausmannskost, einer Unart, die in den späten Neunzigerjahren Zürich überrollt hatte und mittlerweile vielleicht gerade noch im tiefsten Aargau praktiziert wurde. ›Fusion Kitchen‹ nannte sich der kurzlebige Trend, der mit Zitronengrasstängeln und Ingwerstäbchen versuchte, Zürcher Geschnetzeltes und Rösti zu vergewaltigen. ›Fusion Living‹ jedoch schien zu funktionieren, jedenfalls hier oben.

Geduckt schlich ich weiter und schaute durchs nächste Fenster. Hier war offenbar das Wohnzimmer, wobei Wohnsaal als Bezeichnung angebrachter gewesen wäre. Der Raum erstreckte sich über die ganze Fläche, sodass man hinter der beigen Sofalandschaft und einer Vitrine mit antiken Jagdutensilien die Fenster auf der anderen Seite erkennen konnte. An den Wänden hingen gerahmte schwarz-weiße Fotos, grobkörnige, zum Teil vergilbte Bilder von Einzelpersonen und ganzen Familien, auf denen alle so konsterniert guckten, als hätte gerade jemand einen peinlichen Witz über das Familienoberhaupt erzählt. Neben dem Eingang fand sich eine offene Küche mit einem frei stehenden Korpus, einer chromstahlblitzenden Konstruktion, dekoriert mit einer Unzahl an Pfannen und Gerätschaften, deren Verwendungszweck wohl nur eingefleischten Kochprofis bekannt war. Auf der hinteren Seite des Raumes führte eine Tür, wie ich annahm, zu weiteren Schlafzimmern.

Die beiden Männer saßen an einem riesigen Esstisch mit dunkler Holzfassung und eingelegter Schieferplatte. Quer auf dem Tisch, in Griffweite von Winkler, lag ein Gewehr. Ein paar kleine Plastiksäckchen, unverkennbar braune Quader enthaltend, die an Rindsbouillonwürfel erinnerten, entdeckte ich am anderen Tischende, dazwischen, achtlos hingeworfen, eine Plastiktüte mit weißem Pulver. Ich schätzte, dass es sich dabei um ziemlich genau dreihundert Gramm Koks handelte. Waren sie von Philipp? Ich fragte mich, weshalb die Ware einfach so herumlag. Vielleicht war der Drogendeal tatsächlich nur ein Vorwand gewesen. Die Frage war nur: Vorwand wofür?

Stadelmann und Winkler schienen nicht viel zu bereden zu haben. Wie festgefroren saßen sie sich gegenüber und starrten in ihre Weingläser.

Meine Beine begannen, in der Hockstellung zu schmerzen. Ich streckte kurz eines, dann das andere, dabei vernahm ich ein leise ratterndes Geräusch, worauf neben mir ein Kieselstein zu Boden fiel. Er musste sich von der Felswand, die sich hinter dem Haus erhob, gelöst haben und dann über das Dach gerutscht sein. Winkler fuhr herum und ich warf mich augenblicklich zu Boden. Auf allen vieren kroch ich auf den Offroader zu, als ich hörte, wie die Haustür aufgerissen wurde. Glücklicherweise befand die sich auf der anderen Seite des Gebäudes. Außenlicht flammte auf und ich versteckte mich hinter dem Wagen. An eine Flucht über die hell beschienene Wiese war nicht zu denken, da hätte ich gleich in die Hütte marschieren und mich mit an den Tisch setzen können. Vielleicht hätte es noch zu einem Schluck Wein gereicht, bevor mich Winkler niedergemetzelt hätte.

Die beiden Männer beratschlagten flüsternd, von der Tür hatten sie sich offenbar noch nicht wegbewegt. Verzweifelt sah ich mich nach einem Fluchtweg um, vergebens, wenn ich von der Variante Kletterpartie an überhängender Felswand absah. Ich saß in der Falle.

Winkler und Stadelmann schienen sich getrennt zu haben, das Geflüster war verstummt. In der plötzlichen Stille war nur noch mein Keuchen zu hören. Dann sah ich Stadelmann über die Wiese pirschen. Das Mondlicht ließ sein Gesicht fahl erscheinen und malte dunkle Schatten in seine Mimik. Der Lauf des Jagdgewehrs, das er im Anschlag hielt, glänzte kalt. Zögernd und mit angezogenen Schultern, als fürchte er sich, bewegte er sich Richtung Waldrand. Richtung meines Käfers.

Ich hörte die knirschenden Schritte erst, als sie ganz in der Nähe waren. Winklers Schatten geisterte lang gezogen über die Grasfläche. Auch er war bewaffnet. Er musste direkt vor dem Offroader stehen. Noch zwei Schritte, und ich würde ihm zulächeln können. Wenn auch nur kurz, wie ich befürchtete.

Jetzt blieb er stehen, der Gewehrlauf schwang unschlüssig in der Luft, und er fluchte leise. Meine Handflächen waren nass, der Schweiß lief mir über Rücken und Gesicht. Winkler pfiff durch die Finger, worauf sich Stadelmann jäh umwandte und ratlos mit den Schultern zuckte. Winkler schnaubte verächtlich und drehte sich langsam um. Noch hatte er mich nicht entdeckt. Ich wich zurück und hob, in Erwartung eines Schusses, sinnloserweise die Hände vors Gesicht, als plötzlich mit einem lauten Poltern ein Stein auf das Dach knallte und dann scheppernd über die Ziegel runterrutschte. Winkler riss den Kopf hoch, wirbelte herum und rannte vors Haus, wo der Stein mit einem matten Geräusch ins Gras plumpste.

»Wer ist da?« Seine Stimme klang rau und angespannt.

Als Antwort schlug erneut ein Stein auf dem Dach auf und rollte dann lärmig herunter. Dann folgte ein weiterer und noch einer, ein regelrechter Steinschlag setzte ein.

»Verdammte Scheiße!«, fluchte Winkler und sprang zurück, um nicht von den herunterkollernden Felsstücken getroffen zu werden. »Stadelmann!«

Dieser kam bereits mit großen Schritten den Hügel heruntergerannt, die Erleichterung, dass er nicht länger am Waldrand herumstolpern musste, war ihm selbst im Mondlicht deutlich anzusehen. »Ein Steinschlag!«, schrie er. »Wir müssen rein und uns in Sicherheit bringen!«

Winkler knurrte ungehalten. »Steinschlag, ha! Wer's glaubt!«

Trotzdem folgte er Stadelmann in die Hütte hinein, jedoch äußerst widerwillig, wie mir schien. Ich nutzte die Gelegenheit unverzüglich, richtete mich auf und rannte auf den Waldrand zu, vermied die Bodenwellen und die aus der Wiese herausragenden Steinbrocken und erreichte endlich die schützenden Bäume. Ein stechender Schmerz flammte in meiner rechten Körperseite auf, der Schweiß lief mir in Strömen herunter. Ich beschloss, mit dem Rauchen aufzuhören und zukünftig mehr Sport zu treiben. Doch kaum hatte ich den Wagen erreicht, warf ich meine eben gefassten Vorsätze über Bord und zündete mir eine Zigarette an. Noch nie hatte mir eine Parisienne besser geschmeckt. Erst als ich mir die zweite ansteckte, fiel mir auf, dass das Päckchen merkwürdig leer war. Ich war überzeugt, mit einem vollen in Zürich losgefahren zu sein. Dann bemerkte ich, dass die Beifahrertür nicht ganz geschlossen war. Natürlich hatte ich den Wagen nicht verriegelt, bevor ich mich aufgemacht hatte, um die Hütte auszukundschaften. Aber sicher hatte ich die Tür auch nicht offen stehen gelassen. Ich lehnte mich zurück und starrte auf die Felswand, die sich vom Mond gespenstisch beleuchtet über der Hütte erhob. Allmählich dämmerte es mir. Das Geräusch im Wald, der rettende Steinschlag, die geklauten Zigaretten: Ich war nicht allein.

Samstag

Lautes Motorengeräusch weckte mich. Ich öffnete die Augen spaltbreit und erkannte lilafarbenes Dämmerlicht. Mein Rücken schmerzte, der Hals war steif und mein Mund trocken, als hätte man ihn mit Asche ausgerieben. Ich nahm einen Schluck aus der Plastikflasche, die seit Monaten auf dem Rücksitz lag. Das Wasser schmeckte modrig, doch das kümmerte mich wenig. Immer lauter wurde das knatternde Geräusch, dröhnender, merkwürdigerweise schien es von oben zu kommen. Ich stieg rasch aus dem Wagen, schlich vorsichtig an den Rand des Abhangs und verbarg mich dort in Kauerstellung im hohen Gras. Der Helikopter schwebte über der ebenen Fläche vor der Jagdhütte, langsam senkte er sich und setzte dann sanft auf. Silbern glitzernd neigten sich die Grashalme, und die Schweizer Fahne vor dem Haus flatterte ungestüm. Die Kabinentür des Helikopters wurde aufgerissen und Doktor Seeholzer sprang mit wehendem Mantel heraus. In geduckter Haltung eilte er auf die Jagdhütte zu, sein Haar vom Luftzug strähnig aufgewirbelt, ein bizarres Bild, als schössen grau melierte Flammen aus seinem Kopf. Stadelmann und Winkler waren aus dem Haus geeilt, und während Winkler unverzüglich mit Seeholzer hineinging, rannte Stadelmann zum Helikopter und lud Taschen und Gerätschaften aus. Ich zündete eine Zigarette an, und als ich aufblickte, hievte Stadelmann gerade gemeinsam mit dem Piloten eine offensichtlich schwere Holzkiste aus dem Laderaum, die auf der einen Seite vergittert war, ihr folgte eine zweite, anschließend schleppten sie beide in den Schuppen hinter dem Haus. Dann stieg der Pilot wieder ein und schwerfällig schwankend erhob sich der Helikopter in die Luft. Als er eine gewisse Höhe erreicht hatte, drehte er ab und schwirrte zielstrebig davon.

Da es gerade nichts zu beobachten gab, rutschte ich auf der von der Hütte abgewandten Seite der Anhöhe hinunter zum schlammigen Bach, wo ich mich notdürftig erfrischte. Eine friedliche Stille herrschte, Vögel zwitscherten und die ersten Strahlen der Morgensonne brachen golden blitzend durchs herbstlich belaubte Geäst. Irgendwie kam ich mir beobachtet vor, jetzt, da ich wusste, dass da noch jemand im Wald herumlungerte.

Als ich wieder beim Wagen ankam, waren die drei Männer vor das Haus getreten. Sie trugen nun Jagdkleidung, altmodisch aussehende Jacken aus dickem, grünem Stoff, braungraue Hosen, feste Schuhe, rehfarbene Hüte. Jeder trug ein Gewehr über der Schulter und hatte einen Feldstecher um den Hals gehängt. Obwohl Seeholzer bei unserem kurzen Gespräch erwähnt hatte, dass ihn die Jagd langweile, schien er es sich jetzt doch anders überlegt zu haben. Was wohl daran lag, dass September war und die Jagdsaison im Bündnerland gerade begonnen hatte. Ich legte mich ins Gras und robbte vorwärts. Mit dem Handy zoomte ich die drei heran und schoss ein paar Fotos. Der Akku war immer noch halb voll, Empfang hatte ich nach wie vor keinen. Winkler deutete ans andere Ende der Lichtung, wo das Gelände steil abfiel, Stadelmann stand wie unbeteiligt dabei, seine Arme hingen kraftlos herunter. Er sah aus wie eine Marionette, die niemand mehr bediente. Als ihm Seeholzer etwas zurief, zuckte er zusammen, nickte dienstbeflissen und trottete Richtung Scheune davon. Der Bankdirektor suchte mit dem Feldstecher die Felswand ab, dann schüttelte er den Kopf und deutete ebenfalls auf den Abhang. In dem merkwürdig urchigen Aufzug und mit den grauen Haaren, die unter seinem Tirolerhut hervorragten, erinnerte er mich an eine der gruseligen Gestalten, die in volkstümlichen Fernsehsendungen steif hin- und herwankend und mit dem Fuß den Takt stampfend folkloristische Schlager darboten. Wäre da nicht dieser eisige Blick gewesen.

Ich machte ein weiteres Foto, dann schwenkte ich nach rechts, wo Stadelmann im Schuppen verschwunden war. Genau in dem Moment schossen sie heraus, mit schäumenden Lefzen, die gewaltigen Kiefer aufgerissen, blutrünstige Bestien, zwei schwarze, muskelbepackte Teufel, die, ohne zu zögern, direkt auf Seeholzer zujagten. Ein dürres Rezessionslächeln umspielte seine Mundwinkel, als die beiden Rottweiler begeistert an ihm hochsprangen. Als sie sich ein wenig beruhigt hatten, hielt er die Hunde an ihren schweren Metallketten fest, die sie um den Hals trugen, und sprach beruhigend auf sie ein. Beinahe andächtig schienen sie seinen Worten zu lauschen, er tätschelte die massiven Schädel und streichelte ihre Rücken. So viel Zärtlichkeit hatte ich ihm nicht zugetraut. Dann ließ er sie los. Wie zwei schwarze Pfeile flitzten sie davon, auf den Abhang zu. Und während ich sie so über die Lichtung jagen sah, ahnte ich mit einem Mal, was hier vorging. Alles hatte plötzlich Sinn. Die Erkenntnis traf mich wie ein Faustschlag, zu grässlich und unvorstellbar war meine Vermutung, und doch sprach alles dafür, sämtliche Anzeichen deuteten in eine einzige Richtung.

Hastig versuchte ich, ein Foto zu machen, doch in der Aufregung drückte ich auf die falsche Taste und ein leises Piepen erklang. Wie auf Kommando rissen die beiden Hunde ihre Köpfe in die Höhe, wechselten, ohne zu zögern, die Richtung und rasten jetzt direkt auf mich zu. Meine Beine waren plötzlich butterweich und verweigerten jeden

Befehl. Erst nach einer kleinen Ewigkeit, in der ich mich wie in Zeitlupe versuchte aufzurappeln, rannte ich los. Blindlings, ich stolperte über Wurzeln und schürfte meine Handflächen an rauer Baumrinde auf, ich bemerkte es kaum. Endlich tauchte der VW vor mir auf, ich warf mich hinein und riegelte sinnloserweise alles ab. Keine Sekunde zu früh. Mit wütendem Gebell brachen die beiden Hunde durch die herabhängenden Äste und stürzten sich auf den Wagen. Der eine richtete sich sofort an der Fahrertür auf. Sein Gewicht ließ den Käfer heftig wanken, die messerscharfen Zähne waren nur durch eine Glasscheibe von mir getrennt, die mir plötzlich extrem dünn und zerbrechlich schien. Der andere war mit einem Satz auf die gewölbte Kühlerhaube gesprungen, wo er sich mühsam balancierend festhielt. Ich drehte den Schlüssel, doch der Motor sprang nicht an. Mein Herz sackte abwärts, meine Eier rutschten höher. Die beiden Viecher blafften jetzt noch wilder, als hätten sie meinen Fluchtversuch bemerkt. Ich drehte den Schlüssel erneut, der Motor stotterte und erstarb augenblicklich wieder. Plötzlich bemerkte ich einen dünnen Riss in der Fensterscheibe, der sich rasend schnell über die ganze Fläche verästelte. Unbarmherzig drückten die schwarzen Pfoten dagegen, es war eine Frage von Sekunden, bis sie bersten würde. Ich kämpfte gegen die aufkommende Panik an und versuchte, mich auf den Autoschlüssel zu konzentrieren. Der Köter auf der Kühlerhaube rutschte ab, für einen kurzen Moment verlor ich ihn aus den Augen, dann preschte er von rechts heran, sprang hoch und die Scheibe dehnte sich unter seinem Gewicht nach innen. Ich glaubte mit einem Mal ganz heftig an Wiedergeburt, das konnte es ja wohl nicht gewesen sein. Ich fummelte wieder am Schlüssel herum, der Motor stotterte, erstarb. Voller Grauen starrte ich auf die Speichelfäden, die an der Scheibe klebten, den Schmutz, den sie mit ihren Pfoten darauf verschmierten. Außer sich vor Wut sprangen die Bestien gegen den Wagen, ihre blutunterlaufenen Augen irr verdreht, die Lefzen geifernd. Das ohrenbetäubende Bellen bohrte sich in mein Gehirn und drohte es in Stücke zu reißen. Plötzlich erfasste mich eine unglaubliche Ruhe. Schicksalsergeben lehnte ich mich zurück und steckte mir in Erwartung meines genauso sicheren wie spektakulären Endes eine Zigarette an, als das Unglaubliche geschah: Wie auf Kommando ließen die Hunde vom Wagen ab und jagten den Abhang hinunter. Die plötzliche Stille war beinahe unheimlich. Ich schwitzte, mein ganzer Körper war klatschnass, sodass ich zuerst dachte, ich hätte mir in die Hose gemacht. Was aber glücklicherweise nicht der Fall war. Keuchend legte ich den Kopf aufs Lenkrad. Meine Hände zitterten immer noch und mein Puls raste. Als hätte ich gerade sensationellen Sex gehabt. Was auch nicht der Fall war. Hundepfeife, dachte ich, wäre eine plausible Erklärung, andererseits war mir das im Moment alles ganz und gar egal. Ich lebte. Ich zog an der Zigarette, sie schmeckte wunderbar. Mein Gehirn war leer und leicht, nur allmählich kehrten vereinzelte Denkfunktionen zurück. Die Männer schienen nicht hier heraufkommen zu wollen. Ich verspürte nicht einmal Erleichterung. Vielmehr ahnte ich, dass ich immer noch in Gefahr schwebte. Doch nach der Begegnung mit den Kampfhunden hätte es so einiges gebraucht, um mir Angst einzujagen. Ich öffnete die lädierte Tür des Käfers. Die frische, kühle Luft tat gut. Ich atmete tief ein, schlich unter den Tannenästen hervor und spähte zur Hütte hinunter. Alles war ruhig. Die Männer waren samt den beiden blutrünstigen Bestien verschwunden.

Ich sah aus, als wäre ich soeben einer Kloake entstiegen. Meine Kleidung war vollgesogen mit Schweiß und Schlamm, meine Schuhe waren unter einer dicken Schmutzkruste verschwunden.

Ich zündete mir eine weitere Zigarette an, die zweitletzte in der Schachtel. Tief sog ich den Rauch ein und zoomte mit meinem Handy die Hütte heran. Nichts rührte sich. Aus weiter Entfernung hörte ich das Bellen der Hunde, hohl dröhnte es von den Felswänden wider. Es würde einen Moment dauern, bis sie zurückkämen. Ich durfte keine Zeit verlieren.

Vom Spurt über die Lichtung außer Atem, duckte ich mich unter den Fenstern und spähte ins Wohnzimmer hinein. Niemand war zu sehen. Rasch ging ich um das Haus und öffnete geräuschlos die Eingangstür. Dabei kam mir in den Sinn, dass ich nicht annähernd bewaffnet war, einmal abgesehen von meinen Körpergerüchen. Ich griff mir eine der Bratpfannen, die über der Küchenkombination neben dem Eingang hingen, und verharrte lauschend. Totenstille herrschte. Die Säckchen mit dem Haschisch lagen immer noch auf dem Tisch, genauso wie das Kokain. Ich näherte mich auf Zehenspitzen und streckte gerade die Hand danach aus, als ich eiskaltes Metall an meinem Hals spürte.

»Lass die Pfanne fallen!«, zischte jemand hinter mir, und ein undiplomatisches Klicken sagte mir, dass die Waffe jetzt entsichert war. Ein äußerst überzeugendes Argument. Scheppernd prallte das Küchenutensil zwischen meinen Füßen zu Boden.

»Und jetzt die Hände an den Hinterkopf und umdrehen!«

Langsam wandte ich mich um und blickte in Winklers Gesicht, auf dem sich ein kühles Lächeln breitmachte. »Verdammter Schnüffler. Hast wohl gedacht, wir hätten dich nicht bemerkt in deinem hellblauen Tarnfahrzeug.«

»Ich hab's zumindest gehofft.«

Winkler stieß ein trockenes Lachen aus. »So ein blutiger Anfänger! Du müsstest noch viel lernen. Ich befürchte leider nur, dass du dazu kaum mehr Gelegenheit haben wirst.« Er richtete den Gewehrlauf auf meine Stirn.

»Ich weiß von eurer abscheulichen Freizeitbeschäftigung«, ächzte ich.

Winkler nickte. »Genau das ist dein Problem. Du kombinierst, ohne groß zu überlegen, kommst dabei auf erstaunliche Resultate und bist dann leider zu bekloppt, um im richtigen Moment die Klappe zu halten. Ich kenne Leute, die sind davon wenig begeistert.«

»Ich hab an der Lagerstrasse gesehen, wie ihr mit denen verfahrt, die euch nicht genehm sind.«

»Wie gesagt: Man muss die Klappe halten können, wenn es erforderlich ist. Murat hat das genauso wenig geschnallt wie du. Deswegen hat er auch von mir Besuch gekriegt.«

Ich schluckte leer. Er war es also gewesen, er hatte Murat umgebracht. Jetzt hatte ich zwar endlich den Beweis, doch ich fühlte mich kein bisschen erleichtert. Was nicht unwesentlich damit zusammenhing, dass Winkler mir jetzt den Gewehrlauf zwischen die Augen presste.

»Das war's wohl, Mister Vijay Kumar. Der Detektiv mit dem halben Fall.« Er lachte hämisch und begann zu zählen. »Fünf, vier, drei …«

Ich wartete ab, bis er bei eins war. Dann tat ich das Einzige, was mir auf die Schnelle in den Sinn kam: Ich schlenkerte nach indischer Art mit dem Kopf. Winklers Blick flackerte irritiert, der Lauf rutschte ab und ich warf mich zur Seite, gleichzeitig löste sich mit einem ohrenbetäubenden Knall der Schuss. Ich hörte eine Fensterscheibe bersten, dann ging alles sehr schnell. Die Tür wurde aufgerissen und Winkler fuhr herum, während ich mich aufrappelte und blitzschnell nach der Pfanne griff. Ohne nachzudenken, schlug ich zu. Winkler sackte stöhnend in die Knie, dabei löste sich ein weiterer Schuss, der die Vitrine zersplittern ließ. Doch schon richtete sich der ehemalige Polizist wieder auf, einen Augenblick unentschlossen blickte er zwischen mir und dem Eindringling, der unbewaffnet schien, hin und her, dann lächelte er und wandte sich wieder mir zu. Wer auch immer in die Hütte hereingestürzt war, stand jetzt vor der offenen Tür, sodass ich im Gegenlicht sein Gesicht nicht erkennen konnte. Jedoch sah ich aus dem Augenwinkel, wie sich dieser blitzschnell etwas von der Küchenkombination griff und auf uns zustürmte. Dann schlug der Eindringling zu. Mit einem merkwürdig hellen Laut kippte Winkler, seitlich am Kopf getroffen, vornüber und blieb reglos liegen.

»Dabei hatten wir es gerade so lustig.«

Der Junge schaute mich an, als sei ich nicht ganz richtig im Kopf. Unter seiner Mütze ragte orangefarbenes Haar hervor.

»Philipp?«

Abrupt wechselte sein Gesichtsausdruck von Verachtung zu unverhohlenem Erstaunen. »Woher …?«

»Dafür haben wir jetzt keine Zeit. Sie sind jeden Moment zurück.«

Von draußen war deutlich Hundegebell zu hören. Und es klang, als käme es rasch näher. Die Schüsse mussten weitherum zu hören gewesen sein.

»Lass uns abhauen.«

»Sieht aus wie beim Kochduell.« Ich deutete auf unsere Bratpfannen, die wir immer noch umklammert hielten, und erntete ein schwaches Grinsen.

»Ich muss rasch meine Sachen holen.« Er verschwand im Flur, der vom Wohnzimmer wegführte. Ratlos blieb ich stehen. Winkler regte sich nicht. Ich blickte aus der offen stehenden Tür und realisierte, dass man ihn so schon von Weitem daliegen sehen konnte. Mit ein paar Schritten war ich beim Eingang und hatte die Tür schon fast geschlossen, als Seeholzer am Rand des Abhangs auftauchte, neben ihm trottete Stadelmann, die beiden Rottweiler sprangen aufgeregt um beide herum. Das Bild erinnerte mich an Werbung für Hundefutter. Wobei in dem Fall wohl Philipp und ich als Futter vorgesehen waren. Schnell schloss ich die Tür ganz. »Beeil dich!«

Außer Atem stürzte Philipp ins Wohnzimmer zurück, er hielt jetzt eine Sporttasche in der Hand und warf einen kurzen Blick aus dem Fenster. »Verdammte Scheiße!«

Ich packte seinen Arm und zog ihn in eines der Schlafzimmer auf der Frontseite der Jagdhütte. Dabei fiel mir auf, dass er unangenehm roch. Was eigentlich eine maßlose Untertreibung war: Er stank zum Himmel. Wir kauerten uns unter das Fenster, während ich versuchte, mit offenem Mund zu atmen.

»Hast du Asthma?« Er blickte mich mitfühlend an. Ich schüttelte hastig den Kopf und klappte den Kiefer zu. Wahrscheinlich roch ich ohnehin ähnlich wie er, nur schien ihm das im Gegensatz zu mir nichts auszumachen. Draußen waren jetzt Schritte zu hören, dem Rasseln der Ketten nach wurden die Hunde zum Schuppen geführt. Ich fragte mich, ob Philipp wusste, dass sein Vater vor der Hütte stand.

»Wenn er sie einsperrt, haben wir bessere Chancen.«

Jetzt erst fiel mir auf, wie blass und abgemagert Philipp war. Er musste die ganze Woche hier oben verbracht haben. Aber wieso war er nicht geflohen? Die Hauptstraße war nur ein paar Kilometer weit entfernt. Doch jetzt war keine Zeit für Fragen. Ich würde sie ihm später stellen. Falls es ein Später gab.

Die Schritte erklangen wieder, und wir hörten Seeholzer leise auf Stadelmann einreden. Sie mussten direkt vor dem Fenster stehen, ihre Stimmen waren dumpf zu vernehmen, obschon man nicht verstand, was genau sie besprachen. Ihre Schritte entfernten sich, dann wurde die Haustür geöffnet. Uns blieben Sekunden.

Ich riss das Fenster auf, während ich hinter mir Stadelmanns unterdrückten Aufschrei hörte. Seeholzer sagte etwas mit scharfer Stimme, dann schwang ich mich hinaus, Philipp folgte mir unverzüglich.

»Warte!«, flüsterte er, als wir uns vor dem Fenster duckten. Drinnen wurde die Tür zum Schlafzimmer aufgerissen. Ich wich zurück, doch Philipp rannte in die entgegengesetzte Richtung zur Haustür hin.

Ist der denn völlig bekloppt?, dachte ich. Durch das Wohnzimmerfenster beobachtete ich, wie Stadelmann aufgeregt nickend den mit einem Gewehr bewaffneten Seeholzer in die hinteren Räume des Gebäudes begleitete. Ich eilte der Mauer entlang und prallte beinahe mit Philipp zusammen, der keuchend an der Wand lehnte.

»Bist du jetzt komplett verrückt geworden?«

Er hielt sich den Finger an die Lippen und spähte durch die offen stehende Tür ins Wohnzimmer hinein. »Ich hab was vergessen.«

»Sie sind hinten«, flüsterte ich.

Philipp sah mich misstrauisch an, als wäre ich in der Lage, ihn in dieser Situation anzulügen, dann flitzte er flink hinein, zum Tisch hin, schnappte sich den Beutel mit Kokain und sauste so schnell, wie er hineingehuscht war, wieder zurück.

»Jetzt aber nichts wie weg!«, zischte ich.

Wir rannten geduckt unter den Fenstern hindurch, am Offroader vorbei. Als wir den Schuppen passierten, ließ mich ein unbehagliches Knurren wie angewurzelt stehen bleiben. Ganz langsam wandte ich den Kopf. Mein Herz setzte einen Schlag aus und verfiel gleich darauf in panischen Galopp. Die Tür des Verschlags stand weit offen, darin befanden sich die beiden Rottweiler, sie hatten offensichtlich über einen Napf gebeugt gefressen, bis wir vorbeigerannt waren. Jetzt beobachteten sie mich reglos, mit erhobenen Köpfen und aufmerksam aufgestellten Ohren. Dabei fiel mir auf, dass sie nicht angekettet waren.

»Tu was! Schnell!«, flüsterte Philipp eindringlich. Die Hunde drehten sich aufreizend langsam um. Wie hypnotisiert beobachtete ich das Spiel der Muskeln unter ihren schwarz glänzenden Fellen, den Speichel, der schaumig von ihren Lefzen tropfte.

»Verdammt, Mann!«

Ich schreckte auf und warf mich im letzten Augenblick gegen die Tür. Sofort brach drinnen wütendes Gekläffe los, ich spürte, wie sie mit blinder Wut dagegenrammten, hundert Kilo blutrünstiger, tödlicher Muskelkraft, die Tür sprang kurz auf, ein mit messerscharfen Zähnen bestückter Kiefer schnappte nach mir, und nur gemeinsam mit Philipp schaffte ich es, die Tür ganz zuzudrücken und den Riegel vorzuschieben. Keuchend blieben wir stehen, grinsten uns kurz an, während im Schuppen die Tiere wie von Sinnen tobten, und sprinteten los, quer über das Gelände, dem Waldrand zu. Blindlings hasteten wir bergauf, ohne uns umzusehen, ohne Luft zu holen, so schnell wie noch nie in unserem Leben. Und dann hörten wir das heisere Bellen, das rasch näher kam.

Der Motor stotterte und erstarb sogleich wieder. Ich fluchte und benutzte dabei Wörter, von denen ich gar nicht gewusst hatte, dass ich sie kannte.

Philipp warf mir einen verwirrten Blick zu.

»Hindi«, erläuterte ich.

»Hauptsache es nützt.«

Ich zog den Schlüssel heraus und fingerte sinnlos am Schloss herum. Dann steckte ich ihn wieder hinein, drehte ihn um – und der Motor sprang an! Der schützende Gott Vishnu war mit mir. Ich legte den Rückwärtsgang ein und der Käfer schoss unter der Tanne hervor.

»Shit!« Philipp deutete mit weit aufgerissenen Augen nach vorn, wo gerade die beiden Rottweiler durch das Dickicht brachen und auf uns zupreschten. Ich fluchte erneut und drückte aufs Gas. Der Käfer machte einen Satz nach hinten, wackelte unschlüssig und rutschte dann langsam auf dem schlammigen Boden den Abhang hinunter. Ich riss das Steuer herum und legte den ersten Gang ein, doch der Wagen schlitterte immer schneller abwärts. Über uns, am Rand des Abhangs, standen die beiden Köter und wurden immer kleiner. Unschlüssig sahen sie uns hinterher, offensichtlich verspürten sie nicht die geringste Lust auf eine Schlammschlacht. Zweige peitschten die arg malträtierten Fensterscheiben, ich hörte Steine und Wurzeln am Boden des Autos entlangkratzen, weiter unten schäumte der schmutzig braune Bach. Dann kamen wir mit einem unsanften Ruck und von einem gehässigen Knirschen begleitet zum Stehen. Philipp riss die Tür auf und blickte hinaus.

»Felsbrocken, Mann«, stellte er nüchtern fest. Er schien mich für äußerst sensibel und nicht belastbar zu halten, anders konnte ich mir nicht erklären, weshalb er mir nur das Allernotwendigste weiterleitete.

»Könnte nicht schlecht sein.«

»Muss gut sein.«

»Weshalb?« Die Generation, die sich die normale Kommunikation mittels dreibuchstabiger Abkürzungen und Symbole aus Satzzeichen systematisch abgewöhnt hatte. Gymnasiallehrer, Personalchefinnen und Lehrmeister waren heutzutage wirklich nicht zu beneiden.

»Dahinter geht es steil bergab. Voll schwarze Piste und so.«

»Ich weiß nicht, wie es dir geht, aber ich hab keine Lust auf eine Vreni-Schneider-Nummer.«

Philipp starrte mich konsterniert an.

»Vergiss es.« Andere Generation.

Der Wagen wankte und stand plötzlich bedenklich schräg.

»Wir sind zu schwer.«

Ich packte das Lenkrad mit beiden Händen und drückte aufs Gaspedal. Die Räder drehten im Morast durch, der Wagen bewegte sich langsam, aber in die falsche Richtung, und sackte noch ein Stück weiter ab.

»Gleich gibt's eine sehr unschöne Szene.«

»Steig aus!«

Philipp machte sich keuchend am Türgriff zu schaffen. »Ich kann nicht. Der Felsbrocken blockiert die Tür.«

»Mist.«

Ich spähte durch die Windschutzscheibe, die völlig verdreckt war. Die beiden Hunde tänzelten unruhig am Wegrand. Sie waren das Sträßchen hinuntergejagt, das in einem weiten Bogen um das Tobel herumführte, und ließen uns nicht aus den Augen. Es konnte nicht mehr lange dauern, bis Seeholzer und Stadelmann, zweifelsohne schwer bewaffnet, die Anhöhe erklommen hatten.

Verzweifelt drückte ich das Gaspedal durch, der Motor heulte auf und die Räder rotierten wie von Sinnen. Schlamm spritzte, dann fanden sie plötzlich doch Halt und der Wagen machte einen gewaltigen Satz nach vorn.

»Okay, das war der erste Teil.« Ich deutete den Abhang hinauf, wo die beiden Bestien aufmerksam witternd stehen geblieben waren. Wenn wir auf den Weg zurückwollten, mussten wir an ihnen vorbei. Ich stöhnte unmutig und dachte kurz daran, wie es wäre, einen ganz normalen Bürojob zu haben. Vier Wochen Ferien, dreizehnter Monatslohn, lauwarmer Kaffee aus dem Automaten und das einzig Aufregende am Tagesverlauf wäre die Frage, was es in der Kantine zum Mittagessen gab. Da ging ich lieber vor die Hunde.

Ich zog die Handbremse an und drückte aufs Gas. Als ich die Bremse löste, schoss der Wagen ungestüm den Hang hinauf, er schaffte etwa drei Viertel der Strecke, dann begann er zu ächzen und zu stottern. Ich blieb gnadenlos auf dem Pedal, widerwillig krochen wir die letzten paar Meter hinauf, bis wir wieder festen Grund unter den Rädern hatten.

»Respekt, Mann!«

Die Hunde erwarteten uns schon. Unverzüglich sprangen sie auf die Kühlerhaube, konnten sich aber dort nicht festhalten, da sie voller Schlamm war. Wie zwei Eisläufer, die zum ersten Mal auf dem Eis stehen, schlitterten sie darauf herum, bevor einer nach dem andern abrutschte. Ich riss das Steuer herum, der eine Rottweiler prallte unsanft gegen den Kühler und blieb verblüfft liegen, bevor er sich wieder aufraffte und uns mit seinem Partner von der Seite attackierte. Ich bog in den schmalen Pfad ein und beschleunigte. Einen Moment lang blieben sie auf gleicher Höhe und sprangen immer wieder schnappend gegen die Seitentüren und Fenster, doch dann fielen sie allmählich zurück, bis sie schließlich hechelnd stehen blieben. Ich wandte mich kurz um und glaubte, die Enttäuschung in ihren Hundefratzen erkennen zu können. Dass ihnen jemand entkam, waren sie wohl nicht gewohnt. Ich atmete auf und wischte mir den Schweiß vom Gesicht. Im Rückspiegel entdeckte ich Seeholzer, er stand jetzt neben der Tanne, unter der mein Versteck gewesen war, und ballte wütend die Faust. Dann legte er das Gewehr an, doch er schoss nicht. Wahrscheinlich waren wir schon zu weit entfernt. Stattdessen ließ er die Waffe sinken und hielt sich ein vorsintflutlich aussehendes Funkgerät ans Ohr. Stadelmann tauchte neben ihm auf, er wirkte erschöpft. Seine Arme hingen leblos an ihm herunter, das umgehängte Gewehr sah aus der Ferne wie ein etwas zu lang geratener Pausenbrotsack aus. Ich warf Philipp einen Blick zu. Er bearbeitete gerade mit den Schneidezähnen seine Unterlippe.

»Weißt du …?«

Er machte eine unwirsche Handbewegung. »Nicht jetzt.«

Schweigend fuhren wir durch ein Waldstück, dann folgte eine Art Lichtung, auf der die Berghütte stand, die mir schon am Tag zuvor aufgefallen war.

»Fahr schneller.«

»Wieso?«

Philipp deutete stumm hinaus. Die Tür der Hütte schwang auf und ein bärtiger, grimmig dreinblickender Mann stürmte heraus. Seeholzer musste ihn alarmiert haben. Ich drückte aufs Gas. Auch er war mit einem Jagdgewehr bewaffnet. Wir waren bereits an ihm vorbei, als er, mitten auf dem Pfad stehend, anlegte. Instinktiv duckten wir uns, dann barst die Heckscheibe mit einem dumpfen Klirren, und für den Bruchteil einer Sekunde verlor ich die Kontrolle über den Wagen. Er schlingerte bedenklich nah dem Abgrund entlang. Philipp schrie auf, dann hatte ich das Lenkrad wieder fest im Griff. Das Sträßchen machte eine leichte Biegung, und als ich in den Rückspiegel sah, waren Hütte und Mann verschwunden.

»Was war das?«

»Eine Art Wächter.«

»Wächter?«

»Es gibt mehrere davon. Auf dem ganzen Gebiet. Weshalb glaubst du, bin ich die ganze Zeit dort oben geblieben und nicht abgehauen? Wegen der gesunden Alpenluft?«

»Seeholzer hat Wächter angestellt, damit du nicht fliehen kannst?«

»Yep. An allen strategisch wichtigen Punkten passt mindestens einer auf. Alles Exknastbrüder, die Winkler aus seiner Zeit im Gefängnis kannte. Dazu kam der verdammte Regen, der das Gelände weitgehend unpassierbar machte. Ich saß in der Falle wie eine verdammte Maus.«

Ich kaute nachdenklich an meiner Unterlippe. »Ich glaube, es gibt da ein, zwei Fragen, die du mir beantworten musst.«

»Dito.«

»Aber erst mal Grüße von Ness. Wegen ihr bin ich hier.«

Philipp warf mir einen erstaunten Blick zu. »Ness?«, sagte er dann wie zu sich selbst, und seine Gesichtszüge wurden mit einem Mal ganz weich und zart.

Nach einer endlosen halben Stunde erreichten wir die Hauptstraße, die hinunter ins Tal führte. Immer wieder hatte ich im Rückspiegel überprüft, ob uns jemand verfolgte, doch es schien, als wären wir momentan in Sicherheit. Philipp guckte schweigend aus dem Fenster, und obwohl mir die Fragen unter den Nägeln brannten, beschloss ich, abzuwarten und in einer entspannteren Umgebung mit ihm zu reden. Viel mehr Sorgen machte mir jetzt der Motor, der bei unserer halsbrecherischen Flucht ziemlich in Mitleidenschaft gezogen worden war. Kurz nach Marmorera hatten wir ein weiteres Problem. Wir waren ein ganzes Stück dem pittoresken See entlanggefahren, auf den man trotz der Baumbestände nahe der Straße einen großartigen Ausblick hatte, als der Motor zu stottern begann, kurz darauf blieb die Karre ganz stehen. Erst jetzt sah ich, dass der Tank leer war. Ich ignorierte Philipps besorgten Blick und fluchte vor mich hin.

»Wenn du fertig bist, könnten wir den Wagen bis zu dem Restaurant da unten rollen und ganz easy fragen, ob die uns Benzin verdealen. Da steht ein Geländewagen, mit etwas Glück gibt's auch einen Reservekanister. Außerdem habe ich Hunger und Durst.«

Mit einem Mal bemerkte ich das konstante Knurren in meinem Magen. Seit gestern hatte ich nichts mehr gegessen und nur das Nötigste getrunken. Die neue Generation schien immerhin praktisch veranlagt. Ich glaubte wieder an den Fortbestand der Menschheit.

Wir ließen den Käfer die gewundene Straße hinunterrollen, bis wir vor der Einfahrt zum Gasthaus standen. Glücklicherweise herrschte nur wenig Verkehr. Dann schoben wir den Wagen gemeinsam hinter das Haus und ließen ihn zwischen den Müllcontainern stehen, wo man ihn von der Straße aus nicht sehen konnte. Zumindest, wenn man von oben kam.

Philipp ging ins Lokal hinein und kehrte kurz darauf mit der Bedienung zurück, einer robusten Frau mit gewinnendem Lächeln. Sie öffnete den Kofferraum des Geländewagens und entnahm ihm einen roten Kanister, den sie mir gegen einen vernünftigen Preis überließ. Mit einem neugierigen Blick auf den lädierten Wagen fragte sie uns, ob wir Hilfe benötigten. Ich verneinte, bemerkte aber, dass wir

Hunger und Durst hätten. Die Frau nickte und bat uns herein. Der Koch sei am Nachmittag nicht da, aber sie würde uns gern eine Platte mit Bündnerfleisch und Hobelkäse vorbereiten. Mit schweren Schritten stapfte sie die Treppe zum Lokal hinauf und drehte sich auf der obersten Stufe nochmals um.

»Die Heckscheibe hat wohl etwas abbekommen.«

Ich starrte auf die Stelle, wo die Scheibe einmal gewesen war.

»Steinschlag«, sagte ich.

»Aha.« Sie guckte zweifelnd.

»Gefährliche Gegend hier oben.«

»Hab ich gehört.« Sie wischte ihre Hände an der Schürze ab, die sie sich um die breiten Hüften gebunden hatte, lächelte unsicher und verschwand im Restaurant. Ich blickte besorgt die Straße hoch, sie war nur wenig befahren. Früher oder später jedoch würde ein schwarzer Offroader der Marke Mercedes hier herunterbrausen und wir konnten nur hoffen, dass diejenigen, die drinsitzen würden, weder den Käfer entdeckten noch ausgerechnet hier Hunger oder Druck auf der Blase verspürten. Ich drängte Philipp, der bereits damit beschäftigt war, den Tank aufzufüllen, sich zu beeilen.

»Es war eine verdammte Falle.«

Wir hatten uns an einen Tisch am Fenster gesetzt, von wo aus wir die Straße gut überblicken konnten. In der Zeit, in der wir die kalte Platte mit viel knusprigem Brot verschlungen hatten und ich dazu ein paar Bier hinuntergestürzt hatte, während Philipp sich lieber an Kaffee hielt, waren sieben Offroader vorbeigefahren. Von Ökologie schienen sie hier oben nicht viel zu halten. Bei keinem hatte es sich aber um einen Mercedes gehandelt, wir zuckten dennoch jedes Mal zusammen, wenn wir einen entdeckten. Mein Handy fand endlich wieder ein Netz und vermeldete sechzehn verpasste Anrufe, zwölf davon von meiner Mutter, zwei von Ness, dazu einige SMS, die ich später lesen würde. Der Akku war beinahe leer, ich war gezwungen, selektiv vorzugehen.

Nachdem Philipp zu Beginn äußerst wortkarg gewesen war, hatte ich für uns beide Kirsch bestellt, nach drei daumennagelgroßen Gläsern wurde er endlich etwas gesprächiger.

»Der Reihe nach. Ich will alles ganz genau wissen.«

»Na ja, angefangen hat es mit diesem krassen Deal. Die ganze Szene sprach davon, alle hatten etwas davon gehört, niemand wusste etwas Genaues. Es ging um unglaubliche Mengen, und das war genau das, was ich suchte. Ein großer Deal, richtig abkassieren und dann aussteigen. Mit Ness. Ich fand über Umwege raus, dass alles über Winkler lief, und stattete ihm einen Besuch ab. Doch er weigerte sich, mich weiterzuvermitteln. Sagte, er wisse von nichts. Ich ging mehrmals hin und bedrängte ihn, flehte ihn an, bettelte, schließlich platzte ihm der Kragen und wir hatten voll den heftigen Streit. Ich drohte, ihn auffliegen zu lassen, ich ahnte ja jetzt, dass dort was ganz Krummes gedreht wurde. Da gab er plötzlich nach, und Mann, ich war so krass versessen auf den Deal, dass ich nicht einmal misstrauisch wurde. Wenige Stunden später rief er mich an und bestellte dreihundert Gramm Koks, die ich am nächsten Tag in St. Moritz abzuliefern hätte. Klang alles ganz easy, ich stieg sofort drauf ein. Auch wenn es nicht ganz einfach war, solch eine Menge Kokain in so kurzer Zeit zu beschaffen. Aber meine Mitbewohner und ich haben so unsere Quellen.

Ich fuhr also am Samstagmorgen mit dem Zug nach St. Moritz, und als ich ausstieg, standen da drei Shipis, die mir sehr bekannt vorkamen. Alles kleine Haschdealer, die ich schon bei Winkler gesehen hatte. Wir machten uns flüchtig bekannt. Edi, Tarik und Ardim hießen sie, wenn ich mich richtig erinnere. Alles voll cool, auch wenn wir kaum miteinander sprachen, sie konnten nur wenig Deutsch. Zwei Typen in grauen Anzügen holten uns kurz darauf mit einer Limousine ab und fuhren uns zu einem Helikopterlandeplatz. Da wurde ich dann doch stutzig. So verliefen diese Deals normalerweise nicht. Doch sie baten uns äußerst höflich einzusteigen, und ich zögerte nur kurz, schließlich war ich scharf auf das Geld. Wir flogen nicht lange, eine Viertelstunde vielleicht oder zwanzig Minuten, und als wir landeten, standen wir vor der Jagdhütte, wo uns dieser Typ begrüßte.«

»Doktor Seeholzer?«, unterbrach ich ihn.

»Keine Ahnung, Mann. Der mit den langen grauen Haaren, der ein bisschen aussieht wie ein Bundesrat. Schien der Boss zu sein.«

Ich nickte. Eindeutig Seeholzer.

»Da waren noch andere Leute, alles ältere Herren. Ein fetter Chinese, zwei Russen, Deutsche und ein paar Schweizer, offensichtlich gut betuchte Bankkunden, Bonzen, die dieser Seeholzer zu einem Wochenende in den Bergen eingeladen hatte.«

»Man muss das Geld in diesen schwierigen Zeiten an sich binden«, warf ich ein.

Er grinste schwach. »Korrekt, Mann. Ihnen etwas Besonderes bieten. Und genau das tat Seeholzer. Er bot ihnen etwas ganz Besonderes. Sie trugen alle lächerliche Trapperkleidung, in einer Ecke standen Gewehre. Eine Jagdgesellschaft, dachte ich und fragte mich, wozu sie dann die ganzen Drogen brauchten. Vielleicht hatten sie alle irgendwelche viel jüngeren Tussis, die sich in einem der Luxushotels in St. Moritz langweilten. Dafür ist das Kaff ja bekannt, da wird beinahe mehr geschnupft als in New York. Selbst im Hochsommer absolut schneesicher. Doch ich erfuhr den wahren Grund schneller, als mir lieb war. Wir legten unsere Ware auf den Tisch, danach wurden wir mit Getränken und Sandwiches versorgt. Bis dahin war alles cool, alles voll easy. Ich wartete auf die Kohle und wollte danach so rasch wie möglich abhauen. Doch plötzlich veränderte sich die Stimmung, und ich dachte noch, aber hallo, was für eine abgefahrene Sache ist denn das. Die Spannung stieg spürbar, es war, als rückten sie näher, und sie hatten alle diesen merkwürdigen Blick drauf. Drohend, gefährlich und irgendwie auch gierig. Lüstern. War echt krass, Mann. Und dann ließ der dicke Chinese plötzlich sein Glas fallen. Es war, als wäre der Bann gebrochen. Alle zuckten zusammen, und ich sprang, ohne zu überlegen, zur Tür, riss sie auf und rannte, wie ich noch nie in meinem Leben gerannt bin. Die drei Shipis folgten mir, ich hörte sie hinter mir keuchen. Ich hatte keine Ahnung, in welche Richtung ich fliehen sollte, ich rannte einfach geradeaus, über die Lichtung auf den Wald zu. Hinter uns knallte ein Schuss. Ich blickte zurück und sah die Männer aus der Hütte laufen, sie hielten jetzt alle Gewehre in der Hand. Ein weiterer Schuss wurde abgegeben, direkt neben mir gab es ein dumpfes Geräusch und Erde wirbelte auf. Es dauerte einen Moment, bis ich kapierte, was abging.

›Lauft!‹, schrie ich den Shipis zu, aber das wäre echt nicht nötig gewesen. Wie gehetzte Karnickel rannten sie im Zickzack den Hang hinauf, es hätte echt lustig ausgesehen, wären nicht die ganze Zeit Gewehrkugeln um uns herum eingeschlagen. Glücklicherweise schienen die Männer keine geübten Schützen zu sein. Als ich den rettenden Wald erreicht hatte, hielt ich kurz an, um Atem zu holen. Es war völlig abartig, was hier abging. Ich holte mein Handy raus, doch ich hatte keinen Empfang. Mir blieb nicht viel Zeit, die Männer stapften ja schon in meine Richtung über die Lichtung. Die Shipis hatte ich längst aus den Augen verloren, ich hörte aber das trockene Laub rascheln, sie mussten noch in der Nähe sein. Ich hetzte weiter, bis ich keine Luft mehr bekam. Mein Gesicht und meine Arme wurden voll zerkratzt, als ich durch die Sträucher kroch, um mich zwischen zwei Baumwurzeln zu verstecken, die aus der Erde ragten. Ich presste mich auf den Boden und versuchte, nicht zu keuchen. Es war absolut still, Mann, nur von weit her war so ein bekloppter Vogel zu hören. Keine Ahnung, wie lange ich dalag, aber irgendwann raschelte es ganz in der Nähe. Als ich aufblickte, stand einer der Russen direkt über mir. Er hatte mich nicht entdeckt, weil ich unter den Wurzeln und vom Laub der Bäume und Büsche einigermaßen geschützt war, aber das hieß noch gar nichts. Ich hielt den Atem an und rührte mich nicht. Der Russe guckte sich mit zusammengekniffenen Augen um, dann zündete er sich eine Zigarette an und stapfte weiter. Vorsichtig richtete ich mich auf. Er lief jetzt den Abhang hinunter, ich konnte seinen breiten Rücken sehen und das Gewehr, das über seiner Schulter baumelte. Er überquerte den Bach am Grund des kleinen Tobels und stieg dann auf der anderen Seite des Abhangs hoch, als ich plötzlich eine Bewegung zwischen den Bäumen wahrnahm. Ich erkannte Edi, oder vielleicht war es auch Ardim, ich war mir nicht ganz sicher. Aus der Entfernung sahen sie sich ziemlich ähnlich in ihren engen

T-Shirts und den gegelten Haaren. Ich tippte aber eher auf Edi. Er schlich geduckt über die Kuppe, den Rücken mir und dem Russen zugedreht, und beobachtete irgendwas, das sich auf der anderen Seite des Abhangs abspielte. Der Russe stieg immer höher, glücklicherweise versperrten ihm die Baumstämme die Sicht. Fieberhaft überlegte ich, wie ich Edi warnen könnte. Ich hab keine Ahnung, wie man einen Eichelhäher oder sonst so einen Vogel nachahmt, und um Steinchen zu werfen, war die Distanz viel zu groß. Mein Puls hämmerte und mir brach der Schweiß aus. Dann sprang ich auf und schrie: ›Pass auf, Edi!‹ Edi schnellte herum, erblickte zuerst mich, dann den Russen, und rannte los. Doch mit ein paar Riesensätzen, die man ihm gar nicht zugetraut hätte, war der Russe auf gleicher Höhe, seelenruhig legte er das Gewehr an und zielte.

›Edi!‹, schrie ich, dann dröhnte ein Schuss. Edi warf die Arme in die Luft, stolperte und rutschte den Abhang hinunter, überschlug sich ein paarmal, bevor er reglos liegen blieb. Entsetzt starrte ich auf seinen leblosen Körper. Dann sah ich den Russen mit angelegtem Gewehr den Abhang hinunterrennen. Auf mich zu.«

Philipp atmete heftig ein, immer schneller hatte er gesprochen, während sich die Finger seiner gefalteten Hände ineinander verkrampft hatten, als suche er Halt. Er schenkte sich jetzt doch noch einen weiteren Kirsch ein. »Was ich befürchtet hatte, war jetzt Tatsache: Sie machten Jagd auf uns.« Philipp leerte das Glas in einem Zug, sein Kehlkopf zuckte nervös. »Menschenjagd.«

Ich erinnerte mich daran, was Seeholzer zu mir gesagt hatte. Dass ihn die Jagd auf Tiere auf Dauer langweilte und dass er sich spannenderes und intelligenteres Wild wünschte. Blauäugig, wie ich war, hatte ich gedacht, er betreibe ein wenig Small Talk. Nicht ansatzweise hatte ich geahnt, was er damit wirklich andeutete. Erst, als ich da oben im Gras gekauert war und das Treiben in der Berghütte beobachtet hatte, war mir klar geworden, um was es bei diesen Jagdausflügen wirklich ging. Philipp hatte mir soeben meinen entsetzlichen Verdacht bestätigt.

Philipp barg für einen Moment sein Gesicht in den Händen, dann hob er langsam den Kopf, als wäre er unsäglich müde. »Aber das war längst noch nicht alles.«

Ich bedeutete ihm mit einem Nicken, dass er fortfahren solle.

»Ich rannte durch den Wald, zurück zur Hütte, weil ich nicht wusste, wohin ich sonst hätte fliehen sollen. Das Gelände war steil und teilweise kaum passierbar. Ich hatte keinen Bock, von dem Russen an einen Ort getrieben zu werden, wo auf allen Seiten die Felswände steil abfielen oder sich erhoben und er mich seelenruhig hätte abknallen können. Also schien mir die Hütte das sinnvollste Ziel. Mit etwas Glück war der Rest der Truppe gerade im Wald und machte Jagd auf die beiden übrig gebliebenen Jungs. Irgendwie fand ich den Weg zurück und konnte das Steingebäude schon durch die Baumstämme hindurch erkennen, als es ganz in meiner Nähe raschelte. Ich hörte ein Keuchen, dann schlugen Äste zur Seite und Ardim stürzte panisch auf mich zu. Seine Augen waren in blankem Entsetzen aufgerissen, sein Atem ging pfeifend, er hetzte an mir vorbei, als hätte er mich nicht gesehen, genau in die Richtung des Russen, der nicht weit hinter mir sein musste. Ardims rechter Arm hing herunter, Blut tropfte über seine schlaffe Hand, er rannte irgendwie merkwürdig, torkelte fast.

›Ardim!‹, schrie ich, um ihn zu warnen, doch er reagierte nicht. Ein schlurfendes Geräusch auf dem Waldboden ließ mich herumfahren. Der dicke Chinese wackelte mit weit aufgerissenem Mund den Hang herauf. Sein Gesicht war übersät mit roten Flecken, als hätte er Masern, Schweißbäche liefen über seine Stirn, sein Haar stand struppig vom Kopf ab. Ich verdrückte mich gerade noch rechtzeitig hinter den nächstbesten Baumstamm. Er hatte mich offensichtlich nicht bemerkt, hielt das Gewehr wie eine Puppe im Arm und stapfte an mir vorbei. Ich sah ihm hinterher. Er würde Ardim kaltblütig erschießen, wenn er ihn vor die Flinte bekäme, verdammt, Mann, ich wusste es, ich hatte miterlebt, was der Russe mit Edi angestellt hatte. Blinde Wut stieg in mir hoch. Mit ein paar Sprüngen hatte ich den Chinesen eingeholt und stieß ihn mit voller Wucht in den Rücken. Er schrie, bevor er zu Boden stürzte. Ich trat ein paar Mal auf ihn ein, in den Bauch, vor die Brust, ich war wie von Sinnen, Mann, ich spürte nichts mehr.« Philipps Lippen zitterten, mechanisch schob er das Glas von der einen Hand in die andere.

»Er quiekte wie ein Schwein beim Schlachter und versuchte, das Gewehr richtig herum in die Hände zu kriegen. Ich kickte es weg, es rutschte mit einem scharfen Zischen über den blätterbedeckten Boden und stürzte über den Rand des Abgrunds am unteren Ende der Halde. Die Waffe knallte ein paarmal gegen die Felswand, bevor sie im Tobel aufprallte. Der Chinese glotzte mich ängstlich aus seinen Schweinsäuglein an. Ich gab ihm einen Stoß, er rutschte ein paar Meter Richtung Abgrund und richtete sich dann überraschend auf. Er war jetzt auf den Knien und hatte ein riesiges Buschmesser gezückt, mit dem er wild herumfuchtelte. Ich umkreiste ihn und versuchte, ihm das Messer aus der Hand zu schlagen, aber er war zu schnell. Sein Blick schweifte kurz ab, er grinste plötzlich schmierig, und dann schoss eine Kugel haarscharf an meinem Kopf vorbei. Ich warf mich zu Boden und brachte mich hinter dem Chinesen in Deckung. Der Russe stand am oberen Rand der Böschung, er schrie etwas, das ich nicht verstand, und der Chinese robbte so flink, wie er konnte, zur Seite und ich tat natürlich dasselbe, ein Schuss pfiff durch die Luft, Blätter wirbelten auf, der Russe schrie wieder etwas. Der Chinese wandte sich plötzlich zu mir um und das Messer sauste haarscharf an meiner Nase vorbei. Blitzschnell packte ich seinen Arm und drehte ihn um. Er fing an zu plärren, dabei fiel ihm die Waffe aus der Hand. Rasch griff ich danach, packte ihn an den Beinen und zerrte sie mit einem Ruck zu mir hin, sodass er hintenüberfiel. Dann riss ich ihn hangabwärts. Der Russe schoss ein weiteres Mal, verfehlte uns aber. Danach schien sein Magazin leer zu sein, als ich kurz aufblickte, machte er sich an seinem Gewehr zu schaffen. Ich ließ den Chinesen los, warf mich zur Seite, worauf dieser immer schneller werdend auf die Stelle zurutschte, wo der Waldboden einfach aufhörte. Seine Finger gruben sich verzweifelt in die Erde und ich sah die Todesangst in seinen Augen, Mann, ich sah sie voll deutlich, doch merkwürdigerweise ließ mich das kalt. Irgendwie kriegte er eine lose Wurzel zu fassen, doch es war zu spät. Er quiekte ein letztes Mal, dann verschwand er so plötzlich, als hätte ihn der Wald verschluckt. Einen kurzen Moment lang herrschte Stille, dann hörte ich ihn jämmerlich aufjaulen. Ich richtete mich auf und bemerkte, dass die Wurzel bis zum Äußersten angespannt war, straff wie eine Wäscheleine verlief sie bis zum Baumstrunk. Offensichtlich hing er immer noch dran. Ich rannte los, durch den Wald, und hielt erst an, als ich sicher war, dass mir der Russe nicht gefolgt war. Durch die Baumstämme hindurch sah ich ihn jetzt am Rand des Abgrunds knien, angestrengt versuchte er, den Chinesen heraufzuziehen. Die Wurzel war längst gerissen, der Dicke hing jetzt an der Hand des Russen. Dann hörte ich aufgeregte Stimmen, die sich von der Hütte her näherten. Ich pirschte mich so geräuschlos wie möglich durch das Unterholz davon. Nach wenigen Schritten hörte ich erst ein verzweifeltes Quieken, dann einen dumpfen Aufprall und das Fluchen des Russen.

Am Rand der Lichtung blieb ich stehen. Die Hütte wirkte verlassen, die Männer schienen sich entfernt zu haben. Alles war ruhig. Ich holte gerade Luft, um über die Weide zu spurten, als Ardim rechts von mir aus dem Wald stürzte. Sein Gesicht war zur Fratze verzogen, seine Augen verdreht, sodass nur das Weiße zu sehen war. Nur wenige Sekunden nach ihm brach der andere Russe aus dem Unterholz, das Gewehr im Anschlag, mit wütender Miene, eine echte Tötungsmaschine, Mann!

Ardim rannte quer über die Lichtung, kam bis zur Mitte und bog dann plötzlich scharf ab. Jetzt hetzte er geradewegs auf mich zu. Entsetzt bemerkte ich, dass von der linken Seite her Seeholzer mit zwei Männern auftauchte. Offensichtlich hatten sie gut getarnt im Unterholz darauf gelauert, dass einer von uns zur Hütte zurückkehren würde. Der Mann wusste, wie man erfolgreich jagte. Jetzt stieß der Russe zu ihnen, und die vier Männer lärmten und schossen wild in die Luft, eine regelrechte Treibjagd veranstalteten sie, während der arme Ardim versuchte, den Waldrand zu erreichen. In diesem Augenblick musste er begriffen haben, dass es aussichtslos war, dass er verloren hatte. Ich erkannte es in seinem Blick, kurz bevor er von einem Schuss in den Rücken getroffen wurde und sein T-Shirt sich rot färbte. Ardim stolperte, sein Blick wurde leer, er fiel hin, zuckte noch ein paarmal, dann regte er sich nicht mehr. Vor Wut und Verzweiflung hätte ich am liebsten laut geschrien. Ich hätte Ardim berühren können, er lag nicht einmal eine Armlänge von mir entfernt im Gras.« Philipp wischte sich mit der Hand die Tränen weg und zog den Rotz hoch.

»Seeholzer machte eine Bemerkung und die anderen Männer lachten, dann wandten sie sich ab und trotteten den Hang hinunter auf die Hütte zu. Einer der Männer klopfte dem Russen auf die Schulter. Ich zitterte echt am ganzen Leib. Dann hörte ich ein Motorengeräusch, das sich rasch näherte. Es war ein schwarzer Offroader, der neben der Jagdhütte parkte. Mann, ich traute meinen Augen nicht, als ich erkannte, wer ausstieg. Eiskalte Wut schoss in mir hoch, und gleichzeitig war ich zutiefst entsetzt. Entsetzt darüber, dass mein Vater so etwas mitmachte. Doch je länger ich darüber nachdachte, desto logischer erschien es mir, dass er an dieser abscheulichen Jagd teilnahm. Ich halte ihn schon länger für einen Versager. Ich verachte ihn, weil er sich nicht gegen meine Mutter wehrt, die ihn mit ihren hohen Ansprüchen unter Druck setzt. Sie stammt aus einem alten Adelsgeschlecht und hat unter ihrem Stand und gegen den Willen ihrer Familie meinen Vater geheiratet. Wahrscheinlich will sie seitdem beweisen, dass sie trotz der Einwände ihrer Eltern keine schlechte Wahl getroffen hat. Doch mein Vater ist nicht in der Lage, ihre Erwartungen zu erfüllen. Er schafft es ihr zuliebe mit Müh und Not bis zum Vizedirektor, doch es ist klar, dass er nie Direktor der Bank werden wird. Dazu ist er nicht der Typ. Nicht ein einziges Mal hat er den Mut aufgebracht, gegen sie aufzubegehren, das zu machen, was er für richtig hält, was er will. Lieber leidet er stumm, tut, was sie von ihm verlangt, und wird immer unglücklicher. Ich konnte das nicht länger mit ansehen, deswegen bin ich abgehauen und habe jeden Kontakt zu meiner Familie abgebrochen. Dass er da oben in den Bergen auftauchte, passt zu ihm und seiner unterwürfigen Art.«

Philipp starrte nachdenklich vor sich hin. Dann sagte er so leise, dass ich Mühe hatte, ihn zu verstehen: »Ich habe ihn einmal sehr geliebt. Er war mein Held, bis ich herausgefunden habe, wie er funktioniert. Der Mann hat zwar viel Geld, eine tolle Villa und eine attraktive Frau. Aber er hat kein Rückgrat. Das habe ich ihm sehr übel genommen und nie verziehen. Bis zum heutigen Tag nicht.«

Er klaubte sich die letzte Zigarette aus meinem Päckchen und zündete sie an. »Ist übrigens nicht die erste, die ich mir borge.«

Ich grinste schwach. »Hab ich bemerkt. Du hast mich beobachtet, deswegen die Geräusche im Wald. Und den Steinschlag, der mich gerettet hat, hast auch du ausgelöst.«

»War gar nicht so schwierig, da raufzukommen. Man muss nur schwindelfrei sein. Der erste Stein, derjenige, der dich überhaupt erst in Gefahr gebracht hat, war aber nicht Absicht. Ich hab ihn im Dunkeln übersehen. Sorry, Mann.«

Er lächelte entschuldigend. »Aber ich musste erst einmal abchecken, was du wolltest. Da oben wimmelt's nur so von kuriosen Gestalten.«

»Immerhin bist du genau im richtigen Moment aufgetaucht. Aber erzähl weiter«, forderte ich ihn auf.

»Also: Mein Vater tischte Bier und Sandwiches auf und arrangierte eine Art Buffet auf dem Esstisch, den sie ins Freie geschleppt hatten. Nachdem sie gestärkt waren, schulterten sie ihre Gewehre, und Seeholzer instruierte meinen Vater, worauf dieser zum Offroader ging und den Kofferraum öffnete. Zuerst rührte sich nichts, doch dann, als ich sah, was da herausgeschossen kam, verließ mich aller Mut. Bis zu diesem Moment war ich zuversichtlich gewesen, diesen Albtraum auf irgendeine Art und Weise zu überleben, aber von dem Zeitpunkt an, als die Hecktür des Wagens aufgemacht wurde, ahnte ich, dass es mir genauso ergehen würde wie Edi und Ardim.

Wie gelähmt starrte ich auf die beiden schwarzen Hunde, zwei muskelbepackte Killermaschinen, die freudig diesen Seeholzer begrüßten. Mussten wohl ihm gehören. Dann nahmen sie unvermittelt Witterung auf und stürmten geradewegs auf mich zu. Meine Beine waren mit einem Mal butterweich und gehorchten mir überhaupt nicht mehr. Ich dachte schon, das wäre das Ende, als mich jemand an den Schultern hochriss. ›Was guckst du? Lauf, Mann!‹ Es war Tarik, der mir so das Leben rettete.«

Philipp schenkte sich ein weiteres Glas Kirsch ein, das er nicht sofort trank. Er hielt es nur fest und starrte lange darauf. Seine Kiefer malmten, dann hob er den Kopf. Ich erschrak, als ich in sein Gesicht blickte. Er war leichenblass geworden – er durchlebte das Erzählte erneut. Dunkle Schatten lagen wie eintätowiert auf seinen jungenhaften Zügen.

Wir sagten beide eine Weile nichts, dann entschuldigte ich mich, stand auf und ging hinaus, um den Motor zu überprüfen. Auf dem Weg dorthin wechselte ich Geld bei der Bedienung und holte eine Packung Parisienne Blau aus dem Automaten.

Die Dämmerung setzte langsam ein, lilafarbene Schatten legten sich über die Bergspitzen, der Himmel färbte sich orange und der Wald wurde dunkler, düsterer, spinnwebartiger Abendnebel stieg langsam aus ihm hoch. In den letzten zwanzig Minuten war kein einziger Offroader mehr vorbeigefahren, und doch wusste ich, dass Stadelmann und Winkler früher oder später auftauchen mussten. Ich zündete eine Zigarette an und sog den Rauch tief in die Lunge. Die

Kühlerhaube war zwar immer noch heiß, aber wenigstens war der Tank jetzt wieder voll.

Philipp saß noch genauso am Tisch, wie ich ihn zurückgelassen hatte, und hielt sich am Schnapsglas fest.

»Wir können bald los.«

»Warten wir ab, bis diese Typen vorbeigefahren sind.«

»Hatte ich mir auch gedacht.«

»Soll ich weitererzählen?«

»Du kannst auch später ...«

»Ich will es loswerden. Ich trage es schon die ganze Woche mit mir herum.« Er stürzte den Kirsch in einem Zug hinunter und fuhr mit leiser Stimme fort:

»Tarik rannte voraus. Ich war plötzlich so müde. Wäre er nicht gewesen, ich hätte mich auf den Boden geworfen und auf die Hunde gewartet. Doch er trieb mich an und führte mich durch den Wald zu einer Art Höhle, eigentlich mehr ein großer Spalt in einer Felswand. Offensichtlich hatte er sie auf der Flucht entdeckt und sich darin in Sicherheit gebracht. Das Versteck war gar nicht so übel, es war hinter Büschen verborgen, aber ich war mir nicht so sicher, ob uns die Hunde dort nicht doch aufspüren würden. Aber für Zweifel war keine Zeit. Wir zwängten uns hastig hinein, ich zuerst, dann, nachdem er sich vergewissert hatte, dass die Tiere noch nicht so nah waren, dass sie uns sehen konnten, Tarik. Es war eng darin und roch modrig. Wir drängten uns aneinander, trauten uns kaum zu atmen und rührten uns nicht. Hinter mir wurde der Spalt immer schmaler, es wäre unmöglich gewesen, noch weiter hineinzukriechen. Nur wenig später hörten wir Äste knacksen, trockene Blätter rauschen, dazu ein metallisches Rasseln, begleitet von einem wilden Hecheln. Ich erstarrte und befürchtete, das Hämmern meines Herzens könnte die Bestien herlocken. Doch sie schossen am Felsspalt vorbei, zwei entfesselte Dämonen, ich konnte ihre schwarz glänzenden Körper sehen, ihren muffigen Geruch kurz danach riechen. Wir hielten still, bis sich das Klirren ihrer Halsbänder entfernt hatte. Nach einer Weile richtete Tarik sich vorsichtig auf und öffnete den Mund, um etwas zu sagen, als es draußen knirschte. Seine Gesichtszüge erstarrten. Das Geräusch war schwer einzuordnen, es konnte ein auftretender Schuh sein, aber auch nur ein Vogel, der im Laub nach Insekten wühlte. Instinktiv befürchteten wir das Schlimmste. Dann hörten wir das Geräusch wieder, und jetzt waren wir sicher, dass es Schritte waren. Sie kamen näher und stoppten dann abrupt. Leises Fluchen war zu hören. Wer auch immer es war, er stand direkt neben dem Eingang der Höhle. Ich presste mich so weit wie möglich nach hinten, während sich Tarik plötzlich nach vorn beugte.

›Tarik!‹, zischte ich.

Tarik suchte verängstigt meinen Blick. ›Spielt Scheißflöte, Mann.‹

›Eine Hundepfeife!‹

Die Sekunden, die dann vergingen, erschienen uns wie Stunden. Wir standen wie festgefroren in der Höhle und sahen uns mit wachsendem Entsetzen an. Dann war das Kettenrasseln zu hören, es kam verdammt schnell näher.

›Platz!‹, befahl eine Stimme. Durch den Spalt beobachtete ich, wie sich die Hunde vor ihrem Meister hinsetzten, die rosa Zungen hingen triefend zwischen den messerscharfen Zähnen. ›Brav.‹

Raschelnd entfernten sich die Schritte, und die beiden Hunde erhoben sich wieder. Ich lehnte mich etwas vor und spähte über Tariks Schulter. Seeholzer hatte sich abgewendet und ging jetzt gemächlich den Abhang hinauf, während die beiden Hunde friedlich hinter ihm hertrotteten. Ich zeigte Tarik den nach oben gerichteten Daumen und grinste triumphierend, worauf er sich erschöpft an die moosbedeckte Höhlenwand lehnte und sich den Schweiß von der Stirn wischte. Irgendwas knirschte über uns und Tarik zuckte zusammen. Seine Miene verhieß nichts Gutes. Es knirschte erneut, ein hohles, schabendes Geräusch, und feiner Schutt rieselte leise zu Boden. Als ich begriff, was vor sich ging, war es schon zu spät. Der Stein, der offenbar nur lose auf dem darunterliegenden Felsvorsprung gelegen hatte, musste sich durch Tariks Gewicht verschoben haben, jetzt schlitterte er über die abfallende Fläche unaufhaltsam Richtung Höhleneingang, und obwohl wir sofort versuchten, ihn zu bremsen, gelang es uns nicht. Er war viel zu schwer, voll von glitschigem Moos und so rutschte er uns dauernd aus den Händen. Mit einem Ächzen senkte er sich plötzlich nach vorn, Tarik sprang zur Seite, und ohnmächtig mussten wir zusehen, wie der Felsbrocken dumpf auf den Boden donnerte und dann aus der Höhle rollte, den Abhang hinunter, wo er immer schneller wurde, bevor er mit Wucht gegen einen Baumstamm prallte. Mit panisch flackerndem Blick fixierte mich Tarik. Alles Blut war aus seinem Gesicht gewichen und seine Lippen formten stumme Worte. Dann bekreuzigte er sich, und ehe ich ihn hätte daran hindern können, war er aus der Höhle gestürzt.«

Philipp schniefte geräuschvoll, Tränen liefen über sein Gesicht, und es dauert einen Moment, bis er sich einigermaßen gefasst hatte.

»Ich … ich …« Er brach ab und barg sein Gesicht in den Händen. Ich drückte behutsam seinen Arm, worauf er den Kopf hob und mich lange ansah. Ein schwerer Seufzer entfuhr ihm.

»Ich weiß nicht, wie lange ich dort stand, ich konnte mich nicht bewegen. Ich hätte ihm helfen müssen, doch mein Körper gehorchte mir nicht mehr, meine Beine waren wie gelähmt. Ich war zum Zusehen verdammt. Es muss eine Ewigkeit gedauert haben. Doch dann ließen die Hunde wie auf Kommando von ihm ab. Sie hoben die Köpfe und blickten mit bluttriefenden Schnauzen in dieselbe Richtung, dann setzten sie sich langsam und irgendwie widerwillig in Bewegung. Ich wartete nur so lange, wie unbedingt nötig, bevor ich aus der Höhle stürzte und neben Tarik auf die Knie fiel. Er lebte noch, doch er war übel zugerichtet, blutverschmiert, helles Blut spritzte in Stößen aus seinem Oberschenkel. Ich zog mein Hemd aus und riss einen Ärmel ab, mit dem ich sein Bein behelfsmäßig abband, dann richtete ich ihn auf und schleppte ihn den Hang hinauf. Er stöhnte vor Schmerz und wir kamen nur schrittweise voran. Wir waren beinahe am Rand der Lichtung, als ratterndes Rotorengeräusch über uns hinwegdröhnte. Kurz danach landete der Helikopter neben der Jagdhütte und Seeholzer stieg mit den restlichen Bankkunden ein. Die Hunde wurden in große, auf einer Seite vergitterte Kisten gedrängt und auch eingeladen. Ein düster aussehender Mann war neu dazugekommen und überwachte mit stoischem Gesichtsausdruck die Beladung des Helikopters. Er war bewaffnet, immer wieder blickte er über die Lichtung und suchte den Waldrand mit zusammengekniffenen Augen ab. Auch er war einer der Wächter, wie ich später herausfand, als ich die Männer belauschte. Sie waren sich offensichtlich bewusst, dass sie nicht alle erwischt hatten. Tarik mochten sie für tot halten, aber dass ich noch lebte, wussten sie mit Bestimmtheit. Echt kein schöner Gedanke.

Als der Helikopter abgeflogen war, überprüfte ich Tariks Zustand, der sich rasant verschlechterte. Er blutete wie ein

Schwein, zeitweise verlor er das Bewusstsein. Er röchelte, nur manchmal sagte er ein paar abgehackte Sätze in einer Sprache, die ich nicht verstand. Ich musste ihn so schnell wie möglich zum Wagen schaffen. Mit etwas Glück hatte mein Vater so viel Ehrgefühl und gesunden Menschenverstand übrig, dass er Tarik ins nächste Spital fahren würde. Ich wartete ab, während mein Vater den Esstisch mit den Resten der Zwischenverpflegung abräumte. Jede Minute kam mir endlos vor. Dann endlich betrat er das Haus, der Bärtige blieb mit dem Gewehr im Anschlag vor der Hütte stehen und äugte wachsam umher. Kurz danach kam mein Vater wieder heraus, wischte sich die Hände an der Hose ab und rief ihm etwas zu. Der andere blaffte etwas zurück, stapfte aber doch zum Eingang der Jagdhütte und half meinem Vater, den Tisch hineinzutragen. Ich legte Tariks Arm um meine Schultern, stützte ihn an der Hüfte und schleppte ihn so über die Lichtung. Mehrmals brach ich ein, der Junge war mit einem Mal sehr schwer geworden. Die beiden Männer trugen den Tisch in den Wohnraum, und ich hoffte inständig, dass keiner auf die Idee kam, gerade jetzt aus dem Fenster zu gucken. Ich blieb kurz stehen, um nach Luft zu schnappen, Tarik murmelte etwas im Delirium, dann humpelte ich weiter. Die Strecke erschien mir plötzlich unendlich lang, aber keuchend und wie durch ein Wunder unentdeckt erreichte ich den Offroader. Glücklicherweise war die Heckklappe unverschlossen. Ich hievte Tarik in den Kofferraum, wünschte ihm alles Gute und schloss sie dann leise.«

»Er hat es nicht geschafft.«

Philipp sah mich lange an. »Das habe ich mir gedacht. Er sah übel aus, als ich ihn in den Wagen legte.«

»Seine Leiche wurde in der Limmat gefunden. Er blieb im Abfallfänger des Kraftwerks Letten hängen.«

»Also hat ihn mein Vater entdeckt und in den Fluss geworfen. Wie edel!« Er verzog angewidert das Gesicht.

»Vielleicht ist er ja auch schon auf dem Weg nach Zürich gestorben«, warf ich ein.

Philipp zuckte mit den Schultern. »Was spielt das schon für eine Rolle. Er ist mitschuldig am Tod von drei jungen Albanern. Mindestens. Und wer weiß, wie oft die diese perversen Treffen dort oben schon abgehalten haben.«

»Das frage ich mich auch. Wie ging's weiter?«

»Das Ende ist rasch erzählt. Ich versteckte mich im Schuppen und wartete, bis mein Vater abgefahren war. Rückblickend hätte ich mich natürlich besser auch im Wagen versteckt, doch erstens war da nicht viel Platz neben dem verletzten Tarik, zweitens dachte ich, irgendwie käme ich schon wieder ins Tal. Und drittens lagen da dreihundert Gramm Kokain in der Hütte, die ich nicht einfach so zurücklassen wollte.«

»Und wenn du mit deinem Vater geredet hättest?«

»Wie gesagt, steht es mit unserem Verhältnis nicht zum Besten, und ich wusste nicht, ob mich der Wächter nicht einfach wegpusten würde, bevor ich mich zu erkennen geben konnte. Zugetraut hätte ich es ihm. Außerdem war ich mir nicht sicher, ob mein Vater überhaupt wusste, dass ich auch da oben war. Er stieß ja erst später dazu, als er Seeholzers Hunde mitbrachte. Da versteckten wir uns schon im Wald. Zumindest diejenigen, die noch lebten.« Er schluckte schwer.

»Der Bärtige beobachtete die Jagdhütte noch eine ganze Weile, bevor er sich verzog. Ich stieg durch ein angelehntes Fenster in die Hütte ein und verbrachte die ganze Woche darin. Im winzig kleinen Keller, wo ich auch Nahrungsvorräte fand. Nur zu duschen getraute ich mich nicht. Ich befürchtete, man hätte das Wasser in den Abflussrohren weitherum gehört.«

Er roch an sich und rümpfte die Nase. Dann grinste er verlegen. »Nur die letzte Nacht verbrachte ich im Freien, nachdem ich meinen Vater und Winkler schon von Weitem habe heranfahren hören.«

Jetzt begriff ich, wieso die beiden derart aufgeregt ums Gebäude gerannt waren, kurz nachdem sie gestern angekommen waren. Sie mussten bemerkt haben, dass jemand in der Hütte gewesen war. Philipp zündete sich eine weitere Zigarette an und holte dann tief Luft.

»Der Wächter und seine Kollegen patrouillierten die ganze Woche durch die Gegend, immer wieder tauchten sie unverhofft auf, immer schwer bewaffnet, ich musste echt aufpassen. Und jedes Mal kamen sie in die Hütte und machten einen Rundgang. So richtig gesucht haben die allerdings nicht nach mir, sonst hätten sie mich bestimmt entdeckt. Offensichtlich war es denen nicht so wichtig. Nicht so wichtig zumindest wie es Winkler und Seeholzer war.«

Und für die war die Angelegenheit plötzlich derart dringend, weil ich so hartnäckig nach Philipp gesucht hatte, dachte ich bei mir, sagte aber nichts. Das war das Konzept: Junge Männer, die sich illegal im Land aufhielten und die keiner offiziell als vermisst melden würde und nach denen sich auch keiner getrauen würde zu suchen, wurden als Jagdwild für ein Handvoll treue Bankkunden, die allesamt dem *Geheimbund der Diana* angehörten, in die Berge verfrachtet. Stadelmann organisierte alles und Winkler rekrutierte die Opfer. Er ließ sie zuerst eine Zeit lang mit Hasch dealen, bis er ihre familiären Verhältnisse genau kannte, dann schickte er die Auserwählten unter größter Geheimhaltung – die anderen durften davon unter keinen Umständen etwas mitbekommen – nach St. Moritz. Immer mit einem außerordentlich lukrativen Auftrag, damit die Vorsichtsmaßnahmen und die Verschwiegenheit glaubwürdig wirkten. Und besiegelte damit deren Todesurteil. Alles lief natürlich sehr diskret ab, nur wenige und nur absolut zuverlässige Leute waren eingeweiht. Dann tauchte Philipp auf, den Winkler gerne losgeworden wäre, weil er irgendwie zu viel erfahren und gedroht hatte, die ganze Sache auffliegen zu lassen. Und überlebt erst die Jagd und dann noch eine ganze Woche in der Wildnis. Und zu guter Letzt wird er auch noch von einem Privatdetektiv gesucht. Das Ganze musste für Seeholzer sehr ärgerlich gewesen sein. Ich hatte ihn selbst erlebt, als er Stadelmann wütend anwies, sich unverzüglich um die ›Angelegenheit‹ zu kümmern.

»Was geschah mit den Leichen?«

»Wurden wahrscheinlich irgendwo vergraben. Die Wächter haben sich darum gekümmert.«

»Und du hattest keine Chance abzuhauen?«

Philipp lachte trocken. »Nein, Mann. Wie gesagt: Das Unwetter machte das Gelände weitgehend unpassierbar, zudem wäre ich kaum an den Wächtern vorbeigekommen. Ich war gezwungen abzuwarten, bis das Wetter besser wurde. Vielleicht hätte ich es dann geschafft zu fliehen. Doch dann tauchten plötzlich Winkler und mein Vater wieder auf.«

Mit einem Mal war ich unvorstellbar müde, schon die Vorstellung, bis nach Zürich fahren zu müssen, weckte in mir die Lust nach unvernünftigen Mengen Amrut. Aber kein Zürich, kein indischer Whisky. Ich seufzte und blickte aus dem Fenster. Die Dämmerung war diesem farblosen Licht gewichen, das die nahende Dunkelheit ankündigt, doch der schwarze Offroader, der mit beunruhigender Langsamkeit die Straße heruntergefahren kam, war trotzdem deutlich zu erkennen.

»Runter!«, schrie ich Philipp zu, im mittlerweile hell erleuchteten Fensterrahmen mussten wir weitherum erkennbar sein. Wir warfen uns zu Boden, lauschten angespannt und atmeten erst auf, als der Offroader mit einem leisen Rauschen vorbeigefahren war.

»Zahlen, bitte.«

Die Bedienung musterte uns etwas befremdet, als wir uns wieder aufrichteten, um uns ordentlich auf die Stühle zu setzen, doch sie eilte rasch mit einem schwarzen Portemonnaie, das sie sich unter den Arm klemmte, an unseren Tisch. Ich beglich die Rechnung und wollte gerade aufstehen, als Philipp mit stumm aufgerissenem Mund hinaus deutete. Ich folgte seinem erschrockenen Blick. Der Offroader raste rückwärts die Straße herauf, bremste vor der Auffahrt zum Gasthof scharf und schoss dann direkt auf das Lokal zu.

»Hinterausgang?«

Die Bedienung begriff rasch. Das war der Vorteil, wenn man aus dem Kosovo kam. Sie bugsierte uns durch die Küche zu einer Tür auf der rückwärtigen Seite des Gebäudes, während wir vom Restaurant her rasch die Treppe herauftrampelnde Schritte hörten. Dann wurde die Eingangstür aufgerissen.

»Hallo! Ist da jemand?« Eindeutig Winklers Stimme. Er schien sich vom Schlag gegen seine Schläfe gut erholt zu haben. Wir bedankten uns eilig bei der Kellnerin und ahnten, dass wir ihr nichts mehr erklären mussten, sie würde schon richtig handeln. Wir rannten die Hintertreppe hinab und ums Haus herum, wo der Käfer stand. Durch das Fenster sahen wir Seeholzer und Winkler im Lokal auf die Kellnerin zumarschieren, die sie mit unschuldigem Blick und einer eifrig aufgeschlagenen Speisekarte empfing. Philipp setzte sich neben mich und ich startete den Wagen. Wir kurvten hinter den Mülltonnen hervor und steuerten auf die Einfahrt zu, die zur Hauptstraße führte, als sich uns plötzlich ein Mann in den Weg stellte. Er trug ein Gewehr und guckte grimmig.

»Vater!«, flüsterte Philipp. Plötzlich ganz blass richtete er sich in seinem Sitz auf, stieß die Tür auf und sprang hinaus. Wortlos schritt er auf seinen Erzeuger zu und blickte ihm dabei fest in die Augen. Als Stadelmann erkannte, wer da auf ihn zukam, wich seine eben noch düstere Miene einem Gesichtsausdruck, der zwischen Erschütterung und Schuld pendelte. Seine Arme sanken herab und hingen kraftlos neben dem Körper, seine Haltung fiel in sich zusammen. Jetzt wirkte er wie ein hoffnungsloser Pinguin. Er schien tatsächlich nicht geahnt zu haben, dass er die ganze Zeit mitgeholfen hatte, seinen Sohn zu jagen. Ich konnte sein Entsetzen nur ahnen.

Unverhohlene Verachtung im Blick, blieb Philipp dicht vor seinem Vater stehen. Regungslos verharrte er dort, dann senkte der Vater den Kopf, er wirkte plötzlich verhärmt und alt. Ohne ein Wort zu sagen, nahm ihm Philipp das Gewehr ab, legte es an und schoss einige Male auf den Offroader, der neben dem Restauranteingang parkiert war. Ein lautes Zischen erklang. Immerhin zwei Reifen hatte er getroffen, der Geländewagen sank auf der rechten Seite ein. Philipp drückte seinem Vater die Waffe wieder in die Hand und ging gelassen um meinen Wagen herum und setzte sich auf den Beifahrersitz. »Wir können.«

Ich drückte aufs Gas. Als wir in die Straße einbogen, die hinunter ins Tal führte, hörten wir einen weiteren Schuss. Ich warf Philipp einen Blick zu. Er war heftig zusammengezuckt, jetzt biss er sich auf die Unterlippe. Die Nasenflügel vibrierten und seine Augen wurden feucht. Ich schluckte den Satz, den ich gerade hatte sagen wollen, hinunter, und als wir um das Gasthaus herumgefahren waren, blickte ich nochmals hinauf und sah im Schein der gusseisernen Laterne, die über dem Eingang hing, wie Winkler und Seeholzer gerade die Treppe heruntergestürzt kamen und sich über den Körper beugten, der dort am Boden lag.

Das Blinken und Leuchten auf der Langstrasse schien mir plötzlich fremd und unwirklich. Ich kam mir vor, als wäre ich gerade aus einem Albtraum erwacht, nur um festzustellen, dass ich gar nicht geschlafen hatte. Ich fühlte mich todmüde, elend und unsäglich beschmutzt, äußerlich und innerlich. Und vor allem sehnte ich mich nach einem großen Glas Amrut.

Es war kurz vor Mitternacht und wir standen vor der *Longstreet Bar.* Ungestüm fiel Ness immer wieder Philipp um den Hals, küsste ihn ab und stieß dabei kleine, spitze Schreie aus. Irgendwie rührte mich die Szene und machte mich auch ein klein wenig neidisch. Als sie endlich von ihm abließ, hatte sie Tränen in den Augen. Ob aus Wiedersehensfreude oder wegen seinen Körperausdünstungen, war nicht auszumachen. Philipp und ich lächelten uns erschöpft an und ich überlegte mir gerade eine elegante Überleitung, die unweigerlich zu meinem ausstehenden Honorar geführt hätte, als mein Handy klingelte.

»*Hai rabba, Betaji!* Wo hast du bloß gesteckt?«

»Erkläre ich dir morgen in aller Ruhe, Ma.«

»Du nimmst meine Anrufe nicht entgegen!«

»Ich erkläre es dir morgen, Ma.«

»Hast du eine neue Freundin?«

»Ma!«

»Die alte Mutter erfährt es immer als Letzte.«

»Es ist spät.«

»Es ist etwas Schreckliches passiert.«

»Was denn? Hat Manju ihre Linsen verloren und trägt jetzt wieder Brille?«

»*Buddhou!* Vor ein paar Tagen kam ein junger Mann in den Laden und hat herumgewütet. Er hat ein paar Gestelle umgeschmissen und gebrüllt, beim nächsten Mal zünde er alles an.« Meine Mutter schluchzte unvermittelt auf.

»Wie sah er aus?«

»Wie sah er aus, wie sah er aus! *Hai rabba!* Er hat mich bedroht, *Beta!*«

»Es ist wichtig, Ma!«

»Blonde Haare vorne, viel Gel, viele Pickel, schlechte Zähne. Er sprach wie einer vom Balkan, Jugo, weißt du.«

Ramiz. So eine Aktion war genau sein Stil. Ich hätte damit rechnen müssen, nachdem ich ihn vor seinen Kumpels mit den Pornos und dem Dildo derart lächerlich gemacht hatte. Ich musste ihn stoppen. Bescheuert, wie der Typ war, war es ihm tatsächlich zuzutrauen, dass er das Geschäft meiner Mutter abfackelte.

Ich klappte das Handy zu und räusperte mich. Ness und Philipp hoben die Köpfe, sie wirkten merkwürdig verträumt, als hätte ich sie soeben aufgeweckt.

»Ich würde gerne über meine Bezahlung sprechen.«

»Oh, sicher. Sobald wir das Koks verkauft haben. In Zürich geht das schnell. Morgen hast du dein Geld.«

»Ich hätte da einen anderen Vorschlag.«

Sonntag

Ich teilte es Frau von Salis-Stadelmann am nächsten Vormittag per Telefon mit. Sie nahm die Meldung von den verschwiegenen Ausflügen und dem Selbstmord ihres Mannes mit seltsamer Erleichterung auf. Auf meine Frage hin antwortete sie nur, dass sie am frühen Morgen einen Anruf von Doktor Seeholzer erhalten hätte, dieser hätte von einem tragischen Jagdunfall und einem unersetzbaren Verlust für die Bank gesprochen. Sie hätte ihm kein Wort geglaubt. Dank meiner Ermittlungen würde sie jetzt wenigstens die Wahrheit kennen. Des Weiteren wünsche sie, dass ich Seeholzer zur Rechenschaft ziehe, das schulde sie ihrem Mann. Wie sie den Direktor kenne, werde er alles vertuschen und versuchen, ungeschoren davonzukommen. So sei das im Bankenmetier. Ich versprach, mein Möglichstes zu tun. Im Gegenzug fragte sie nach meiner Kontonummer und deutete die Summe an, die sie zu überweisen gedachte, was mich dann doch etwas erschreckte. Ja, meinte sie, das sei es ihr wert. Ich verbat mir weitere Einwände und bedankte mich artig.

»Beweise! Ich brauche Beweise!« Ungehalten schrie José ins Telefon.

»Da hast du eine veritable Knüllerstory, die mich tagelang auf die Titelseite brächte, aber alles, womit du diesen Skandal untermauern kannst, sind ein paar verwackelte Handyfotos, auf denen mit Müh und Not ein Bankdirektor mit zerzauster Frisur und zwei rennende Hündchen zu erkennen sind! Hombre! So ein Motiv finde ich jeden Sonntag am Üetliberg!«

Ich wusste nicht, was ich erwidern sollte, vor allem da er zugegebenermaßen recht hatte. Mit diesem Beweismaterial würden wir Seeholzer nie drankriegen. Ich überlegte angestrengt, doch auf die Schnelle fiel mir keine Lösung ein. Und dass es eilte, war mir klar. Winkler würde nicht aufgeben, genauso wenig wie Seeholzer. Solange es mir nicht gelang, beide aus dem Verkehr zu ziehen, war ich in Gefahr. Und nicht nur ich. Auch Philipp war nicht sicher.

Ich verabschiedete mich kleinlaut von José, der missmutig grunzte, und begab mich in die Hohlstrasse. Ich hatte trotz dieser schmerzlichen Niederlage immer noch genügend Dinge zu erledigen. Ramiz' grüner BMW stand vor dem Haus. Was einmal geklappt hatte, würde auch ein zweites Mal hinhauen. Das Knacken von Autotüren war mir beinahe schon zur Routine geworden.

Danach bog ich um die Ecke und tätigte aus einer der Telefonzellen vor der Post am Helvetiaplatz zwei Anrufe.

Ich hatte gerade meinen Beobachtungsposten am Wurststand bezogen und mich hinter der blauen Plastiktrennwand versteckt, als Winkler aus dem Haus stürzte, gefolgt von Ramiz und zwei weiteren Albanern. Winkler trug eine Umhängetasche, die den Ausbeulungen nach zu urteilen prall gefüllt war. Soweit ging mein riskanter Plan auf. Ohne sich umzusehen, stiegen sie in Ramiz' Wagen, Ramiz auf den Fahrersitz, Winkler daneben. Nervös blickte ich immer wieder auf die Uhr. Wo blieben die bloß, wenn man sie wirklich einmal brauchte? Sie hatten es ja nicht weit, der Posten befand sich ganz in der Nähe an der Militärstrasse. Eigentlich hätten sie schon längst da sein müssen.

Ramiz kurvte gerade aus der Parklücke, als plötzlich ein Polizeiwagen mit Blaulicht von der Ankerstrasse her einbog und ihm den Weg versperrte. Sofort legte er den Rückwärtsgang ein, mit einem gehässigen Knurren wich die Karre zurück und stellte sich quer. Bremsen quietschten, Reifen qualmten und der widerliche Geruch verbrannten Gummis machte sich breit. Ramiz versuchte offenbar zu wenden, doch die Straße war beidseitig zugeparkt und für dieses Manöver zu eng. Die Fahrertür wurde aufgerissen und Ramiz machte einen halbherzigen Fluchtversuch, doch da standen die Polizisten schon mit gezückten Waffen vor dem Auto.

Ich leerte mein Bier in einem Zug. Wenigstens das hatte ich gut hingekriegt. Die Polizisten würden gleich hundertfünfzig Gramm Kokain im Handschuhfach des Wagens finden, dazu kam all die illegale Ware, die Winkler in seiner Tasche aus der Wohnung hatte schaffen wollen, nachdem er diesen anonymen Anruf erhalten hatte. Er war sich bewusst, dass es einige ehemalige Kollegen gab, die sein Treiben missbilligten und nur auf eine Gelegenheit warteten, ihm ein für alle Mal das Handwerk zu legen. Was ihn allenfalls hätte misstrauisch machen können, war, dass er vor der Hausdurchsuchung gewarnt wurde. Doch er hatte weder meine durch ein Taschentuch rudimentär verfremdete Stimme erkannt noch meine Aussage bezweifelt. Ich vermutete, dass ihm die frische Alpenluft etwas zugesetzt hatte.

Ich lümmelte auf dem Bett herum und hörte entzückt dem Knacken der Eiswürfel zu, während der Whisky ölig im Glas schwappte. Von draußen drang Kinderlachen, eine Frau beschimpfte jemanden auf Brasilianisch, und der aseptische Saubermann Justin Timberlake stellte zu abgehackten Rhythmen die gewagte Behauptung auf, er bringe *sexy* zurück. Gegenüber auf der Dachterrasse grillten junge und jung gebliebene Leute in stylischen Klamotten Würstchen und tranken Prosecco aus Plastikkelchen dazu. Die Frau schrie jetzt zetermordio, eine Autotür wurde zugeknallt, jemand zerbrach eine Glasflasche. Ein entspannter Sonntagabend im Quartier. Ich lehnte mich zurück, nahm einen tüchtigen Schluck Amrut und schaltete mit der freien Hand den Fernseher ein. Ich hatte Miranda versprochen, mit ihr etwas trinken zu gehen, schließlich stand ich tief in ihrer Schuld für die geleisteten Beschattungsdienste. Vielleicht würden wir später noch ein bisschen in der *Zukunft* abtanzen. Und morgen wollte ich erst den Käfer vom gröbsten Schmutz befreien, bevor ich ihn in die Reparatur brachte, und anschließend Zamira und ihre Familie besuchen, um ihnen mein Beileid auszusprechen und sie darüber in Kenntnis zu setzen, dass Murats Mörder gefasst worden war. Das war eine Verantwortung, um die ich mich nicht drücken konnte. Und auch nicht wollte. Der nötige Hinweis, dass Winkler Murats Mörder war, würde morgen in diesem Gratisblatt stehen, ebenso die Vermutung, dass sich etliche Leichen vergraben auf dem Gelände der *Casa Canis* befanden. Der Rest war dann Sache der Polizei. Auch ein Mittagessen bei meiner Mutter stand noch an, und José wollte endlich seinen Saufabend in der *Centralbar* einlösen. Zudem wollte ich Manju demnächst ausführen, stilvoll und mit allem Drum und Dran, wie sich ein Mädchen das so wünscht.

Ich hatte viel vor, doch im Moment wollte ich mir nur in aller Ruhe die nostalgische Musiksendung ansehen, die gerade auf dem Schweizer Kanal lief, und mich dazu vollaufen lassen.

Der Schlagersänger mit den abstehenden Ohren, ohne den eine Musiksendung im Schweizer Fernsehen offenbar nicht auskam, wurde interviewt. Zappelig berichtete er von den sensationellen Plänen für eine neue CD, auf der ausschließlich Coverversionen zu hören sein würden. Er sprach von ungewöhnlichem, ja provokantem Songmaterial. Ich dachte an unser kurzes Gespräch im Delirium und grinste. Sollte er sich darauf an einem Stück von *Guns N' Roses* vergangen haben, hätte ich mir das selbst zuzuschreiben. Der aalglatte Moderator schwafelte mit der ihm eigenen künstlichen Aufgeregtheit weiter und langweilte mich schon bald, doch als ich gerade dabei war einzunicken, brandete lautstarker Applaus auf. Ich riss den Kopf hoch und die Augen auf, und da stand sie: Von weichem Scheinwerferlicht und Trockeneisschwaden umschmeichelt, in einem atemberaubenden, kaftanähnlichen Kleid sang sie ihren großen Hit in einer modernisierten Fassung. Das Publikum sang lautstark mit und klatschte dazu im Takt in die Hände, während Babsi etwas ungelenk zu den Technoklängen, die jetzt ihr Lied untermalten, mit ihrem beeindruckenden Becken wackelte. Unwillkürlich summte ich mit, während die Kamera Eindrücke von den frenetischen Zuschauern einfing. Eine Oma krähte euphorisch mit, ein biederes Ehepaar wiegte die Köpfe und zwinkerte sich dazu so begeistert an, als hätten sie sich so etwas Verwegenes gegenseitig nicht zugetraut, und vier junge Mädchen fotografierten sich gegenseitig mit ihren Handys, während sie ununterbrochen kicherten, als sei das das Lustigste, was sie je erlebt hatten. Ich stutzte. Der Song ging zu Ende, Babsi verbeugte sich mehrmals und tapste von der Bühne, obwohl der Applaus anhielt und erste »Zugabe«-Rufe erschallten. Das alles nahm ich nur noch wie aus weiter Ferne wahr. Meine Gedanken kreisten einzig und allein um die vier Mädchen. Die Generation, die nur noch mit dreibuchstabigen Abkürzungen kommunizierte, nur durch ihr Handy zu existieren glaubte und alles und jedes fotografierte, um es kurz darauf bei *Facebook* oder einer anderen Internetplattform der ganzen Welt zugänglich zu machen. Ich sprang auf, zog meine Schuhe an und rannte die Treppe hinunter.

Eine halbe Stunde später klickte ich befriedigt auf *Senden* und wartete ungeduldig, bis die E-Mail an José vom Bildschirm verschwunden war. Sie war mit einer beträchtlichen Anzahl von Anhängen ausgestattet, mehreren Dutzend Fotos und drei kürzeren Filmchen, die Philipp mit seinem Handy aufgenommen hatte, solange sein Akku dies noch zugelassen hatte. Sie zeigten nebst ein paar unwichtigen, aber pittoresken Ansichten von der Jagdhütte und der Berglandschaft gestochen scharfe Bilder von der Jagd. Da war der Helikopter beim Beladen und beim Abflug zu sehen, man erkannte Doktor Seeholzer deutlich, vor der Hütte und auch zuvor, wie er mit dem Gewehr im Anschlag hinter Ardim her war, den Russen ebenfalls, der Edi erschoss und später versuchte, dem Chinesen, der hilflos am Abgrund hing, zu helfen, alles war da, akribisch genau dokumentiert, selbst die Rottweiler, als sie Tarik zerfleischten. Philipp hatte jedes Mal – kaltblütig oder reflexartig, das sei dahingestellt – den Auslöser betätigt, und das Resultat war so beängstigend wie belastend. Es würde Doktor Seeholzer und seinen Kumpanen das Genick brechen und dem menschenverachtenden Treiben endgültig ein Ende setzen.

Ich erhob mich und grinste Philipp und Ness erleichtert an.

»Bleibst du auf einen Joint?«

Ich dachte an das halb volle Glas Amrut, das zu Hause auf mich wartete, und schüttelte den Kopf. An der Tür blieb ich stehen. »Philipp, du solltest vielleicht wieder mal deine Mutter anrufen. Ich glaube, sie würde sich sehr darüber freuen.«

Philipp, der mich zusammen mit seiner Freundin zur Tür begleitet hatte, nickte wenig überzeugt.

Ness legte ihm den Arm um die Schultern, beugte sich vor und drückte mir einen Kuss auf die Wange.

»Danke, dass du dein Versprechen eingehalten hast.«

»Man tut, was man kann.«

Sie lächelte. »Echt nicht übel. Für einen Inder.«

Als ich vor der *St. Pauli Bar* stand, schien mir plötzlich, als leuchteten die Lichter an diesem Abend heller und bunter als sonst. Die Luft war lau und voller vielversprechender Gerüche. Für einen Moment schien die Welt ein kleines bisschen weniger aus dem Lot zu sein, und ich war stolz darauf, einen bescheidenen Teil dazu beigetragen zu haben. Eine tiefe Zufriedenheit machte sich in mir breit, ich fühlte mich plötzlich leicht, beinahe schwebend. Ich zündete eine Zigarette an und nahm einen tiefen Zug, dann schlenderte ich gemächlich die Langstrasse entlang nach Hause und pfiff dazu einen meiner Lieblingssongs. *Paradise City* von *Guns N' Roses.* Passte wie die Faust aufs Auge.

Glossar

Agglo – der, schweizerisch, abschätziger Ausdruck für Bewohner der Vororte

Brockenhaus – das, gemeinnützige Sammel- und Verkaufsstelle gebrauchter Waren, deren Ertrag zur Finanzierung sozialer Projekte dient

Bürli – schweizerisch für Brötchen

Camion – schweizerisch für Lastkraftwagen

Cervelatprominenz – abwertende Bezeichnung der weniger wichtig einzustufenden Schweizer Lokalberühmtheiten

Combox® – Gratis-Anrufbeantworter der Swisscom für Natel®-Abonnenten

Perron – der, schweizerisch für Bahnsteig

Schmier – die, schweizerisch für Polizei

Schneider, Verena »Vreni« – ehemalige Schweizer Skirennfahrerin

Schümli Pflümli – alkoholhaltiges Kaffeegetränk aus Kaffee, Pflaumenschnaps (Pflümli) und Schlagsahne

Shipi – schweizerisch umgangssprachlich, oft abwertend für Albaner; Abkürzung von albanisch Shqiptar, Albaner

Tobel – das, süddeutsch, österreichisch, schweizerisch für enge (Wald-)Schlucht

Übername – Spitzname

urchig – schweizerisch für urwüchsig

Und so geht es weiter mit Vijay Kumar

Lichterfest

ISBN 978-3-89425-384-4, E-Book-ISBN 978-3-89425-851-1

Der zweite Fall für Vijay Kumar

Vijay Kumar ist irritiert: Was ist so besonders an Putzfrau Rosie, die er im Auftrag des Medientycoons Blanchard finden soll? Als der rechte Politiker Graf tot aufgefunden wird, bekommt der Fall eine neue Dimension, denn auch bei Graf hat Rosie geputzt.

»Sunil Mann ... erzählt mit coolem Witz und in flottem Tempo.«
NZZ am Sonntag

Uferwechsel

ISBN 978-3-89425-407-0, E-Book-ISBN 978-3-89425-871-9

Der dritte Fall für Vijay Kumar

In einem Waldstück nahe des Flughafens wird die Leiche eines jungen Mannes gefunden. Hatte er sich im Radkasten eines Flugzeugs versteckt, um illegal in die Schweiz einzureisen? Vijay Kumar findet eine Spur, die ins Strichermilieu führt – und trifft auf bekannte Gesichter ...

»Spitzen-Spannung aus der Schweiz: Sunil Manns Vijay Kumar ist eine Bereicherung der Schnüfflerszene.« WDR

Familienpoker

ISBN 978-3-89425-425-4, E-Book-ISBN 978-3-89425-976-1

Der vierte Fall für Vijay Kumar

Die junge Noemi will unbedingt wissen, wer ihre leiblichen Eltern sind. Was für Privatdetektiv Vijay Kumar als einfacher Rechercheauftrag beginnt, entwickelt sich zu einer gefährlichen Jagd von Madrid bis ins Berner Oberland – immer auf der Suche nach einem mysteriösen Doktor Grüninger …

»Ein zum Schmunzeln und Lachen anregender Krimi, der dennoch ein ernsthaftes Thema beleuchtet.« J.Kijanski, www.krimi-couch.de

Faustrecht

ISBN 978-3-89425-447-6, E-Book-ISBN 978-3-89425-164-2

Der fünfte Fall für Vijay Kumar

Für Adrian Bühler ist ein Inder das kleinere Übel im Vergleich zu einem Deutschen – und er beauftragt Vijay Kumar herauszufinden, ob ihn seine Frau mit einem Deutschen betrügt. Als es einen Toten gibt, ist die Geschichte für Vijay längst zu einer persönlichen Angelegenheit geworden, nicht ahnend, wer seine Gegner wirklich sind ...

grafit

Hochspannung von Michael Herzig

Saubere Wäsche

ISBN 978-89425-338-7, E-Book-ISBN 978-3-89425-971-6

Der erste Krimi mit Johanna di Napoli

Ein Doppelmord in einer Wäscherei und eine brutale Vergewaltigung – Johanna di Napoli, ›Quotenfrau‹ bei der Zürcher Stadtpolizei, gerät zunehmend unter Druck: Ihr Chef erwartet höchste Diskretion, die Öffentlichkeit Erfolge und der Großteil ihrer Kollegen ihr Scheitern.

»Der Autor Michael Herzig kennt die Zürcher Kulisse ...«
Neue Zürcher Zeitung

Die Stunde der Töchter

ISBN 978-3-89425-362-2, E-Book-ISBN 978-3-89425-835-1

Der zweite Krimi mit Johanna di Napoli

Johanna di Napoli soll gegen Bernhard Stämpfli ermitteln, der verdächtigt wird, in großem Stil mit Kunstraubgut aus dem Irak zu handeln. Als Stämpfli entführt wird, ist klar, dass in der Geschichte jemand mitmischt, den niemand auf der Rechnung hatte.

»Ein actionreicher Krimi mit träfen Milieuschilderungen.« Blick

Töte deinen Nächsten

ISBN 978-3-89425-419-3, E-Book-ISBN 978-3-89425-868-9

Der dritte Krimi mit Johanna di Napoli

In Zürich häufen sich die Fälle, in denen Deutsche massiv bedroht werden. Johanna di Napoli bekommt den undankbaren Auftrag, der Sache nachzugehen. Unvermittelt wird es hochbrisant: Während der Einweihung eines Nuklearforschungsinstituts wird ein deutscher Spitzenpolitiker erschossen.

»Von Herzigs Hauptfigur will man mehr lesen.«
3sat ›Kulturzeit‹

Frauen hassen

ISBN 978-3-89425-671-5, E-Book-ISBN 978-3-89425-153-6

Der vierte Krimi mit Johanna di Napoli

Der Undercovereinsatz Johanna di Napolis in Berlin endet in einem Fiasko. Die Ermittlungen im Rockermilieu werden von kriminellen Ex-Cops torpediert. Johanna übersieht das entscheidende weibliche Element in einem Fall, in dem es vor Machos nur so wimmelt ...

»Die gut gelungene Version eines schweizerischen Hardboiled-Romans.« Wolfgang Bortlik, 20 Minuten